メデューサの首　微生物研究室特任教授・坂口信

内藤 了

角川ホラー文庫
24176

目次

――生き残る種。それは最も強いものでも
最も知的なものでもなく、最も変化に適応したものだ。
チャールズ・ロバート・ダーウィン――

プロローグ

ジーッ……と低い音を立てて死体収納袋のジッパーが開く。

現場で遺体の状況を見てきたにも拘《かか》わらず、搬送してきた警察官らは凄《すさ》まじい悪臭に顔をしかめた。検死官助手がジッパーの奥を覗《のぞ》き込み、ステンレス製のストレッチャーに死体を載せるよう指示を出す。警察官らは収納袋の内部に腕を突っ込むと、

「One, Two, Three, Go!」

かけ声と共に遺体を引き抜き、ストレッチャーに載せ替えた。粘ついた体液が糸を引き、焼け爛《ただ》れた皮膚の一部が収納袋に残される。検死官助手はピンセットでそれを剝《は》ぎ、解剖用のトレーに受けた。

「Cruel」

酷《ひで》ぇな、と悪態を吐く。

遺体は成人男性で、皮膚は緑色に変色し、下半身が腐敗ガスで膨張していた。ガパ

リと口は大きく開き、舌も眼球も飛び出ているが、最も恐ろしいのは腹部であった。電子体重計が重さを計測、若い検死官助手がそれをメモする。次にレーザーを使ってサイズを測る。先《ま》ず身長、そして頭部から順に大きさを。作業しながら何度も腹部に視線を送る。遺体は胸部から下腹部にかけて十文字に裂けていて、内臓がはみ出していた。傷口は切れない凶器で弄《もてあそ》ばれたかのようにズタズタで、腹腔《ふくくう》内には血液でなく濁った水が溜《た》まっていた。穿《は》いているズボンは焼け焦げて、生地と皮膚とが癒着している。裸の上半身は首と両手首にそれぞれ二本の傷跡が残されて線状に皮膚が剝げ、拘束を解こうと闇雲にもがいたことが窺《うかが》えた。

なるほど、腹部の傷も生前につけられたものか、と、検死官助手は理解した。すべてを写真に撮り終えると、彼は遺体のズボンをハサミで切った。焦げて癒着した布地を丁寧に皮膚から剝がしながら写真を撮って、その都度体重を計測する。

「It looks like a dissected corpse」

すでに解剖されてるみたいだな、と彼は言う。

その通りだと警察官たちも思った。

哀れな遺体は廃墟《はいきょ》の火災場跡から、二十数体もの焼死体と一緒に見つかった。焼死体のほとんどは性別もわからないほど黒焦げになっていたのだが、この遺体だけは床下の貯水槽に沈められていて無事だったのだ。

「OK」

検死官助手は顔を上げ、解剖の準備が整ったことを顎《あご》で示した。

これから遺体は解剖室へと運ばれて、法医学者が傷口に触れることになる。

先生はどんな判断を下すかな、と、助手は興味深げに首を傾げた。

生活反応があるんだよな……何で切り裂いた跡かなあ……モゴモゴと口の中で呟《つぶや》いて、もう一度特殊な切り口を写真に収めた。

哀れな男の司法解剖は、通常よりも長い時間が費やされた。

【廃ビルの火災現場から二十三遺体・テロ組織による見せしめか：5月4日　APF】

フィリピンの検察当局は4日、ミンダナオ島の廃ビルから少なくとも二十三人の遺体を発見したと明らかにした。遺体は火災を起こした廃ビルの複数階で見つかり、ほとんどが性別不明なほど黒焦げになっていたが、貯水槽内部で発見された遺体は状態がよく、麻薬組織を牛耳っていた男性（42）とみられている。遺体には生きたまま高圧水流で腹を裂かれた形跡があり、見せしめのため貯水槽内に遺棄されたらしい。

ミンダナオ島では麻薬組織の抗争による殺人事件が後を絶たず、今回の大量殺人はここ数年で最も大規模なもの。抗争の背景には対立する麻薬組織同士の陰惨な縄張り争いのほか、武器商人やテロ組織などへ商売の幅を広げ始めたマフィア内部の事情があるという。
検察は治安上の理由から遺体発見の正確な場所を公表していない。遺体のほとんどは損傷が激しく、身元の特定は難しいだろうと言われているが、当局は身元が判明している男性の周囲を捜査することで事件の全容を明らかにしたいと語っている。

©ＡＰＦ：Ａｎｄｙ Ｏｄｕｍ

Chapter 1　大学教授　坂口信

海外のネットニュースに不穏な事件が報じられていると、坂口信《さかぐちまこと》は夕食後に妻から聞かされた。テーブルを挟んで向き合って、それぞれのマグカップで熱いネスカフェを飲んでいるときのことだった。坂口も妻もコーヒーが好きでよく飲むが、それだけでなく、坂口の帰りが遅くなる夜にコーヒーは妻の友人だった。

今では坂口も現役を退き、夕食後に二人の時間を持てるようになったが、なぜか坂口自身は穏やかで長い夜に身の置き場がないと感じてしまう。妻と共通の話題は子供たちのことぐらいだし、家事全般を妻が取り仕切っているのでやることもない。そんな坂口の心中を察してか、妻はせっせと話題を提供してくれる。ネットニュースの不穏な事件について話すのも、妻の思い遣《や》りなのだった。

「それでね、幸子《さちこ》があなたに訊《き》いてくれないかって」

幸子は妻の友人だ。妻同様に老後を迎え、長年の夢を叶《かな》えるために小説を書くことにしたらしい。女性らしく恋愛小説でも書くのだろうと思っていたら、なんとホラージャンルに手を出すという。小説を読む習慣がない坂口は、老いた女性がなぜ怖い話を書きたがるのか、まったく理解ができずにいる。

「水でお腹を裂くなんて、彼女は想像もできなかったんですって。私もさっぱりわからないんだけど、ホントに水でそんなことできるの？」

坂口は外科医でもある。当然ながら人体がどのように構成されているか知識もある。だからこそ、水圧で腹を裂かれるおぞましさには震えがくる。

妻は屈託もなく訊《たず》ねるが、それは想像できないからだ。ネットニュースの内容からしてホラー作家志望者が喜びそうなネタだとは思うが、こんな血なまぐさい事件の話を無邪気な妻に聞かせて欲しくなかった。坂口は心密《ひそ》かににわか作家の幸子を恨んだ。

「水か……そうだな……今はね……」

夕刊を読むために掛けていた老眼鏡を外して、なるべく刺激的でない言葉を探す。

「水圧で物質を切る技術が進歩して、ガラスやステンレスもきれいに切ることができるんだ。レーザーのようにね」

「じゃ、医療用メスのように使ったのね？」

「見せしめというからには違うと思うね。例えば消防車の放水ポンプもけっこうな水圧があるんだよ。大の大人が簡単に吹き飛ばされるほど強力だ。水は柔らかい印象があるけど、高い場所から飛び込めばコンクリート並みの堅さを感じるのと同じで、放水ホースの前に人が立ったら命の危険があるほどなんだ」

妻は目を丸くして質問をやめた。その顔で何か考えている。そうしてやがて、殺人に水が使われたことのおぞましさに気がついた。

「……とてもむごい殺し方をしたってことね」

そう呟くと、聡明《そうめい》にも自ら話題を取り下げた。

だがダメージはむしろ坂口に来た。マフィアのボスか、裏切り者か、貯水槽に沈められた男はむごいなんて言葉で言い表せないほどの目に遭ったのだ。さらに二十人以上の死体が出たというのなら、その者たちも同じ目に遭わされたのか。いずれにしてもそれが海外の話でよかった。現実はホラー小説の何十倍もむごたらしい。

「そういえばあなた。兎屋《うさぎや》さんに電話して豆大福を予約しておきましたよ。明日《あした》、忘れずに取りに行ってくださいね」

妻はもう水圧のことなど忘れたかのように、明日の予定に話題を変えた。

坂口は明日、大学時代の恩師の家に呼ばれているのだ。

「ありがとう。そうするよ」

チェストに飾った置き時計が、カチ、コチ、カチ、と秒針を鳴らす。

現役だった頃には気付くことさえなかった音だ。

妻がコーヒーを啜《すす》る音、どこかの犬が吠《ほ》える声、静かな夜を堪能《たんのう》しながらも、秒針が刻むのは自分たちの人生でもあると考える。目の前にいる妻はいつしか白髪が目立ち始めた。同様に自分も老いている。ぼくらの人生は、あとどれくらい残されているのか。終わりに向かって進む時間を、どう使うのがいいのだろう。

初めて訪れる恩師の住まいは、間口二間ほどの古くて質素な家だった。それはさいたま市の郊外にあり、よく似た外観の小さな家が道路ギリギリに軒を連ねて建っていた。スライド式のアルミ門扉はまだ新しく、壁や庇《ひさし》には塗り直された形跡があったが、お世辞にも贅沢《ぜいたく》な暮らしぶりとは言い難かった。研究一筋六十三年、遺伝子工学の発展に半世紀以上を費やした恩師宅の佇《たたず》まいは、坂口を複雑な心境にした。

坂口自身も今年で六十五歳だ。恩師が大学にいた頃は七十歳まで定年延長が許されたから、自分もそのつもりだったのに、大学職員の六十五歳定年制がほぼ定着してしまい、ここ一年くらいは大学以外の勤め口を求めて学会や研究者の伝手《つて》を探す日々を送ってきた。幸いにも特任教授として大学に残れることになったが、職を失う不安と戦う日々は心許《こころもと》なく、恩師の時代に生まれていればよかったと羨《うらや》ましく思ったものだ。

それなのに、恩師の家に来てみれば、研究者の貧寒とした生活ぶりを見せつけられた気がして尻《しり》のあたりがサワサワした。

学生から研究者へスライドしてゆく者の多くは実直かつ醇朴《じゅんぼく》で、一般企業における上下関係の荒波を泳ぎきる術《すべ》を持たない。自身もその例に漏れないことは、定年延長の決定が下るまでの短い間に嫌というほど実感させられた。若かった頃は年寄りだと思っていた六十五歳は、なってみればまだまだ働ける歳だった。七十どころか八十過ぎても現役でいけるのではと思いもした。

けれど今、清貧を絵に描いたような恩師の暮らしぶりを目の当たりにすると、その人生が家ではなくて大学の研究室にあったことを知る。生涯を学者で通したと言えば聞こえはいいが、研究室以外に彼の居場所はあったのだろうか。

坂口も同じだ。昨年で職員を終わっていたら、この先をどう生きていけただろうか。悠々自適に隠居生活を送る蓄えなどないし、研究者としての自分に見切りをつける気持ちも持てない。探究心はまだ衰えないし、老いた実感もあまりない。学生や若い研究者とする仕事は楽しく、何より坂口は研究が好きだった。

門扉の前でインターフォンを探したが、郵便ポスト付きの支柱があるだけでベルはない。背の低い南天《なんてん》の木が慎ましやかに郵便ポストの脇で揺れ、庭のない建物の外観を和らげている。仕方がないので腕を伸ばして錠を解き、アルミ門扉をスライドさせて敷地へ入った。

駐車スペースしかないアプローチはコンクリート敷きで、年代物の軽自動車が一台止まっている。恩師は八十三歳でこの世を去ったが、奥さんとは一回り以上も離れていたから、車は彼女のものだろう。ふと、奥さんは幾つになられたのだろうと思い、それでも七十は過ぎているのか、とまた思う。自分ですら六十五になったのだから当然だ。玄関の前まで進むと、ようやくインターフォンが見つかった。

背筋を伸ばしてネクタイの曲がりを直し、緊張しながらベルを押す。ややあって、

「はい？」

と優しげな声がした。

「大変ご無沙汰《ぶさた》しています。帝国防衛医大《ていこくぼうえいいだい》の坂口です」

名乗ると、さっきの声が言う。

「はいはい。ただいま参ります」

数日前、坂口は久しぶりに恩師の奥さんから電話を受けた。夫の遺品を整理していたら渡したい物がでてきたので取りに来てもらえないだろうかと言うのであった。

奥さんと会うのは恩師の告別式以来である。そのときでさえ焼香の折りに会釈しただけで、ほとんど言葉は交わしていない。きれいな人だった記憶があるが、喪主を務める彼女の顔は痛ましくて見られなかった。恩師にはかわいがってもらったが、遺品

を受け取るほど親しかったわけでもなく、亡くなる少し前までは学会で見かければ挨拶《あいさつ》する程度の仲だった。そんなわけで、突然の呼び出しに驚きつつも、とりあえず故人の好物だった兎屋の豆大福を土産に携え、自宅へやって来たのである。

カチャリと鍵《かぎ》の音がして玄関が開く。

狭い三和土《たたき》にサンダル履きで立つ奥さんは、記憶に残る印象よりも随分と縮んで見えた。恩師が大学にいた頃は、時折研究室を訪ねて来て部屋の拭《ふ》き掃除をしたり、ゴミを出したり、食べ物を差し入れて貧乏学生をねぎらうことも忘れなかった。今はその役を坂口の妻がやっている。

「まあ坂口君」

久しぶりね、と彼女は微笑み、

「ああ、ごめんなさい。すっかり立派になられたのに、『坂口君』はないわよね」

と、恥ずかしそうに俯《うつむ》いた。

「いえ。奥さんに君付けで呼ばれると、ジジイでも若やいだ気分になれますよ」

あえて軽口を叩《たた》きながら、坂口は頭を下げた。

奥さんは告別式の時より白髪が増えて、やや前屈《まえかが》みのままゆっくり行う動作に容赦のない老いを感じたが、かつては痩《や》せてひょろひょろだった自分も貫禄《かんろく》ある年寄りになったのだからお互い様だ。

「先生の告別式でお目にかかって以来ですね。どうです、少しは落ち着きましたか？」

「いいえ、ちっとも」

奥さんは笑顔でドアを大きく開けたが、四尺四方の玄関に大人二人が立つスペースはなく、先に框《かまち》へ上がるのを待って玄関へ入った。三和土にあるのは婦人用のサンダルが一足だけ。他には何もない。

「狭くてごめんなさい。でも本当によく来てくれたわね。さあ、上がって、上がって」

三和土と同じ広さの上り口の先は狭い廊下と階段で、脇に暖簾《のれん》を下げた入り口がひとつ。奥さんはスリッパを揃えてくれながら暖簾の奥へ坂口を誘《いざな》う。豆大福の包みを下げて暖簾をくぐると、そこはリビングとつながったキッチンだった。

室内はこざっぱりと片付いて、真面目な暮《く》らしぶりが見て取れた。布張りのソファには体が沈んだ跡があり、床には恩師が遺したらしき男物の上履きがきちんと揃えて置かれていた。二間をつなげた壁一面に資格証明書や表彰状がずらりと並び、チェストにトロフィーや盾が飾られている。立ったままそれらを眺めていると、

「これも近いうちに処分しなきゃと思うんだけど、あの人が苦労した証《あかし》だと思うと、なかなかね」

サッパリとした口調で奥さんが言った。

「どうぞ、そちらへお掛けになって」

凹《へこ》んだソファを勧めてくるので、坂口は豆大福の包みを出した。

「兎屋の豆大福を買ってきました。先生の大好物でしたよね」

「あら嬉《うれ》しい」

奥さんは恐縮して菓子を受け取り、

「坂口君。よく覚えていてくれたわね。早速あの人にお供えするわ」

と微笑んだ。

恩師がいるのはマンションサイズの仏壇で、位牌《いはい》の横に在りし日の写真が飾られていた。新しい花が生けてあるので、今も夫を愛しているのだろう。断りを入れて仏壇に線香を上げさせてもらった。

瞑目《めいもく》してから顔を上げると、奥さんは皿に盛った豆大福を手に焼香が終わるのを待っていた。坂口と入れ替わりに大福を供え、坂口には再びソファを勧める。

軽く腰掛けてから、坂口は室内を見渡した。先月で一周忌を迎えたというが、恩師の気配は未《いま》だ色濃く空間に漂っている。

「先生のものは、みんな片付けてしまうんですか?」

仏壇の写真を眺めて訊《き》くと、奥さんはキッチンでお茶の仕度をしながら、

「終活というのかしらね。少しずつ整理しようと思っているの」

と背中で言った。コンロで湯を沸かしつつ、皿にフルーツを盛っている。

「奥さん、お構いなく」

「遠慮なんかしないでちょうだい。せっかくのお客さんだし、私も独りで寂しい思いをしているんだから」

そう言って振り向くと、

「奥さまやお子さんたちはお元気？」

と、訊いてきた。

「おかげさまで元気です。奥さんはご存じでしょうが、ぼくが無精者だから、豆大福も満佐子《まさこ》に予約してもらったんですよ」

「兎屋さんのは人気だし、すぐに売り切れてしまうものねえ。それは奥さまに感謝だわ。実を言うと、私もこれが大好物なの」

「長男はまだ大学病院で外科医をやってます。孫が二人、男の子と女の子で」

「あら、それはいいわねえ。うちは子供がないから羨《うらや》ましい。下の子は？　坂口君のところは下も男の子だったわよね。とても元気な」

「奥さんの記憶力はすごいですね。おっしゃるとおり、男、男、女で、次男は陸上自衛官になって三宿《みしゅく》駐屯地にいます。娘は看護師ですが先月結婚して家を出て、今は女房とふたり、間の抜けたような生活になりました。子供たちがそれぞれ所帯を持って、ようやく一安心ってところです」

「間の抜けた、なんて、それは奥さまの台詞《せりふ》でしょ？　坂口君は大学一本で、お子さんたちのことは奥さまに任せきりだったんだから。そうじゃないの？」

奥さんがピシリと言った。坂口は恐縮して頭を掻《か》いた。

「まあ……言われてしまうと、その通りかな。ぼくも今年から特任で、前よりは随分時間があるんですけど、それをどう使えばいいのか、まだよくわからないんですよ」

「どうでも自由に使うといいわ。奥さまと旅行に行くとか、共通の趣味を探すとか」

「いや、でも週五日出勤でまとまった休みは取れません。子供を三人大学へやったので学資ローンや住宅ローンが残ってるんです。働けるだけ働かないと」

特任教授になったとはいえ、幸いにも坂口は週五日勤務で大学と契約を結ぶことができた。おかげでそれなりの年俸を得られるが、これが週に二日や三日勤務になってしまうと副業を探すよりほかはない。収入は現役時代よりも著しく下がり、年金と合算することでなんとか暮らしているのであった。あとは少しでも長く勤めさせてもらって好きな研究を続けたい。そうなると妻を旅行に誘うのも、しばらく後になりそうだ。そのあたりのことを話していると、奥さんがお茶を運んで来た。

故人が好きだった煎茶《せんちゃ》と豆大福、小鉢に盛った浅漬けと、食べやすいよう切り分けた果物などがテーブルに並ぶ。彼女は坂口の向かいへ来ると、床に座った。

「主人がね、ここと二階の一室をずっと占領していたものだから、よくわからない機械や書物がたくさんあったの。ファックスでしょ？　パソコンにプリンターでしょ？　できる限り処分して、これでも随分リビングらしくなったのよ」

福々しい顔に銀縁メガネ、額に白毫《びゃくごう》のようなイボがある恩師が写真の中で苦笑する。

「先生は研究熱心でしたからね。時々は大学へも顔を出してくれていましたし」

「熱心だなんて生やさしい。ほとんど取り憑《つ》かれたみたいだったわよ。技術に絶対的な自信を持っていたから、坂口君たちには鬱陶《うっとう》しい存在だったんじゃない？」

「いえ、そんなことは」

いいのよと奥さんは微笑んだ。

「……でも、おかげで最後の最後まで、好きなことをやり続けて逝《い》きました。本人は幸せな人生だったんじゃないかしら」

体調の異変に気付いたときには、前立腺《ぜんりつせん》がんが全身に転移していたと聞く。それでも延命は望まずに、ここで倒れてそのまま逝ったと奥さんは言った。告別式の焼香だけでは聞くことのなかった話である。

「パソコンも処分してしまったんですか？」

それらが置かれていたはずの場所には、デスクと本棚だけがある。

「ノートパソコンだけじゃなく、デスクトップパソコンが二台もあったの。それでね」

ちょっとお待ちになって、と言い置いて、彼女は夫のデスクへ立ってゆき、一冊のアルバムを持って戻った。革製で表紙が厚く、ベルトと鍵《かぎ》がついた重厚な品だ。

「坂口君に渡したいのは、これなのよ」

手に持つと、けっこう重い。

「なんですか？」

膝《ひざ》に載せて開こうとしたが、鍵が掛かっていてダメだった。伸び上がって坂口の様子を見ながら、奥さんが言う。

「あの人の研究データ……たぶんそうだと思うんだけど、鍵はどうしても見つからないの」

なるほど。重さから察するに写真ではなくＣＤかもしれない。

「私は研究のことがさっぱりだから、わかる人に受け取って欲しいと思ったの。あの人が遺した物を整理する後ろめたさか、それとも私のわがままなのかもしれないけれど、研究データとかなら、まだ何か役に立つんじゃないかしらと思ったり……だからもしも坂口君が中を見て、用がなければ処分してもらってかまわないのよ」

「鍵を壊して中を見てもいいということですか？」

プライベートな情報が入っている可能性があるので訊いた。けれど奥さんは委細を承知しているという顔で微笑んでいる。

「マズイものが入っているはずないわ。あの人も坂口君とまったく一緒。研究以外には何の興味もない人だったから」

どうぞ鍵は壊してちょうだい、とまた笑う。

「あの人の性格からしても、わざわざ鍵をかけておくなんて考えられないことだから、よほど重要なデータが入っているのよ」

「たしかに……そうですね」

恩師は大学の生体防御研究部門でウィルスの遺伝子を書き換える研究に従事していた。遺伝子の組み換え方法はいくつかあるが、遺伝子の運び屋として働くベクターや、遺伝子を切ったり貼ったりする酵素の生成方法について独自の知識と技術を持っていた。彼のレシピで遺伝子を操作しても同じ結果を出せることは稀《まれ》であり、研究者仲間からは『如月《きさらぎ》先生は針と糊《のり》を使って遺伝子を組み換えている』と言われるほどの熟練者でもあった。

そしてその繊細な技術とは裏腹に、大雑把な性質を持つ人でもあった。地位や名声などには執着がなく、論文とは予算を引っ張ってくるためのものだと割り切っていた。服装にも頓着《とんちゃく》しないので、奥さんがいつも着替えを届けに大学へ来ていた。そうでなければ研究室のイスに引っかけておいた汚い白衣でどこへでも出かけてしまいかねなかったから。

「先生が厳重に保管していたというのなら、それだけで興味がありますね」

ベルトを強く引っ張ってみたが、頑丈な作りで外れない。奥さんは鍵の在処《ありか》を知らないというので、中を見るにはベルトを切らねばならないだろう。

「何かなぁ……中身は」

首を傾げてアルバムをひっくり返したが、どこにも何も書かれていない。

大学の研究室ではその道のプロが膨大な時間を費やして探究を続けているので、うっかり国家機密級の発見に達してしまうことがある。けれど発見即実利に適《かな》うわけではなくて、予算やスポンサーやタイミング、その他多くの条件によって淘汰《とうた》されていく。このファイルに発見が隠されている場合でも、それが栄光に浴する可能性はあまりないのだ。

坂口はただ奥さんの手前、無下な扱いをしかねたのだし、また別に、故人が鍵をかけてまで保管していたデータの中身に興味を持っただけでもあった。

「確認して何かわかったら連絡しますよ」

豆大福を入れてきた紙袋にアルバムをしまう。

「いいえ、それには及びません。あの人はもういないんですから。それに、私が話を聞いても、なんのことだかわからないわ」

頂いたお茶を飲み、自分が持ってきた豆大福をひとつ食べた。つきたての餅《もち》と粒あんと、塩味のきいた豆のバランスは絶妙で、誰が食べても好物になる味だと思う。

奥さんはこれを、この家で、夫と味わう機会を持てたのだろうか。退職後も研究一筋だったという如月を自分に重ねて、ゆうべは妻にもっと詳しく水の話をするべきだったかな、と思う。自分がもしも先に死んだら、妻は暮らして行けるのだろうか。辞去するとき、彼女は南天の脇まで出てきてくれて、

「坂口君？」

と、悪戯《いたずら》っぽい顔で笑った。肩をすくめて小首を傾げている。

「あなた、奥さまを大切にしなくちゃダメよ。坂口君は主人と似たところがあるから、奥さまに甘えっぱなしなんじゃないかと思って……できるときにしっかり孝行しておかないと、人生って、自分が思うほど長くないのよ」

坂口は恐縮して頭を搔いた。

「……奥さんもお元気で」

門扉の先はすぐに車道で、坂口はそこで会釈した。道を渡って振り向くと、奥さんはまだそこにいて、小さく手を振っている。

恩師如月と過ごした長い年月が老いた彼女に重なって見え、坂口は、自分の老いを嚙《か》みしめた。

Chapter 2 ゾンビ・ウイルス

六月上旬。

最寄り駅から徒歩十数分。建物の隙間に見える細長い空を眺めながら進んで行くと、住宅街が途切れた先に鬱蒼《うっそう》たる森に囲まれたキャンパスが現れる。

それが坂口の勤務先である帝国防衛医科大学だ。

大学は全寮制で、学生たちが通って来ることはない。当然ながら門は閉め切ったままであり、特別な事情がない限りは開放されない。業者の通用は裏門からと決まっているため、正門を訪れるのは正賓か事情を知らない者だけだ。

正門、裏門、どちらにも守衛室があるが、正門の守衛は常時一人なのに対し、業者が頻繁に出入りする裏門は三人の守衛が守っている。広いロータリーを出入りする業者の車をすべて止め、逐一チェックするからだ。坂口の研究室がある微生物研究棟は裏門に近いため、彼らとは旧知の仲である。

裏門の守衛は眼光鋭い老人たちで、いずれもこの大学のOBだ。呑気《のんき》に老後を過ごそうなどという気持ちは微塵《みじん》もなくて、『敵兵は一人も通さん』という面構えで日々の勤務にいそしんでいる。一人が常にロータリーの中央に立ち、残る二人は守衛室で目を光らせる。その様子から学生たちは、彼らを『ケルベロス』と呼んでいる。

ケルベロスとはギリシャ神話に出てくる冥界《めいかい》の王ハーデスの番犬で、三つの頭と蛇の尻尾《しっぽ》を持つ怪物である。雨の日も風の日も炎天の日も、嬉々《きき》として敵兵の襲来に備える強面《こわもて》の老人たちには言い得て妙な愛称だ。

「おはようございます」

この朝も坂口は中折れ帽子をちょいと持ち上げてロータリーの真ん中に立つ老人に入構証を見せた。彼は最も年下のケルベロスだが、朝から晩までロータリーに立ち続けるのは大変なことだ。それでも彼は、いつ何時でも背筋をピンと伸ばしている。髪は白いが眉毛《まゆげ》は黒く、同じように黒い髭《ひげ》を持つガッチリした体格の男である。

坂口の入構証を横目で見ると、右手を守衛室のほうへ向け、あちらに提示せよという。たしかに規約はそうなっているが、坂口はこの大学に何十年も通い続けているのだから、いい加減顔パスでよかろうと思う。けれど老兵は頑として、決して職務を怠らない。仕方なく脇へ寄り、

「おはようございます」

と、守衛室に向かって帽子を上げた。

「おはようございます、坂口先生。いい帽子ですな」

守衛室にいる二人のうち、背の高いほうが笑いかけてくる。伸びた眉毛が目の上に掛かり、シュナウザーという犬を彷彿《ほうふつ》させる。もう片方はギョロ目を動かし、もったいぶって入構証を確認する。

「先週が結婚記念日だったのでね、これは家内からのプレゼントなんだ」

照れ臭そうに答えると、

「それはめでたい。で？　もう何年になるんです？」

伸びた眉毛がまた聞いた。

「いつの間にか三十年も経っていてね、驚くよ」

「そりゃ先生、旅行に連れて行けだとか、首飾りを買ってくれだとか、言われそうな年月ですな」

「はい、どうぞ。いいですよ」

ギョロ目が入構証を返してくれたが、何を思ってかチラシも一緒に渡された。黒が基調の豪華なそれは、目もくらむほどまばゆい宝石の数々が印刷されたものだった。

「これは？」

訊《たず》ねると、裏門の番人たちは悪戯っぽく視線を交わした。

「首飾りを買う参考ですな」

ニヤニヤと笑っている。

何カラットあるというのだろうか。親指ほどもある青い宝石や赤い宝石、星屑《ほしくず》を撒《ま》いたようなダイヤモンドのネックレス、ブレスレットや指輪など、どこの王族が身につけるのかというような宝飾品ばかりが並んでいる。

「こんなモノを買えるわけがないでしょう――」

坂口は真面目に答えた。

「――買っても合わせる服がない。お城に住んでるわけでなし」

「まったくだ」

ギョロ目は腕を伸ばしてチラシを引き上げ、声を殺してクックと笑った。

「売り物じゃなく宝飾展のチラシだよ。たまには銀座《ぎんざ》へ目の保養に行きたいって、女房がね。今も昔も高価なものは銀座に集まる。幾つになっても女ってやつは、どうして光り物が好きなのかねえ」

「男が戦闘機にワクワクするのと一緒だろ？　仕方がないさ、血が騒ぐんだから」

眉毛がギョロ目にそう言って、ゼロ戦の話を始めたので、坂口はようやく裏門を通って構内へ入った。

ケルベロスは戦闘機でワクワクするかもしれないが、坂口は電子顕微鏡でウイルスを見るとワクワクする。子供の頃に初めて顕微鏡を覗《のぞ》いてデンプンの美しさに感動した記憶が、今も心にあるほどだ。身近な塩やカタクリ粉の美しさを知った衝撃が、彼を微細な世界の不思議と魅力に目覚めさせたのだ。

裏門の先は長い並木道で、開校当初に植えられたケヤキが巨木に育ち、新緑の枝が伸び伸びと縦横にせり出している。木陰の風は気持ちがいいが、長い並木道を研究棟まで歩くと十分近くもかかってしまう。広大なキャンパスには様々な施設が点在するが、家と研究室と学会を行き来するばかりの坂口には、三十年を経ても未《いま》だ立ち入ったことのない施設が結構あるのだ。

恩師の奥さんに見透かされた通り、家のことは妻に、大学のことは大学に、任せきりの人生だった。守衛に言われたように、そろそろ妻を旅行に誘うべきだろうか。二人で旅行を済ませたら、次はどうすればいいのだろう。

国の予算で好きな研究を続けた日々は幸福だったが、裏を返せば仕事以外に取り柄もなければ生き甲斐《がい》もないということだ。学生同様に若い気持ちでいるうちに、いつの間にか老いていたのが驚きだ。一線を退いてなお独自に研究を続けた恩師如月の気持ちが、今になって身に染みる。研究者が研究者でなくなったなら、いったい何になればいいのか。

木漏れ日のなか、粋《いき》に帽子を被《かぶ》った男の影が足元を行く。それが自分自身の影だったので、坂口は照れ臭くなって帽子を脱いだ。見た目にずっと無頓着《むとんちゃく》できたものだから、帽子ひとつで変わる自分の印象が恥ずかしかった。

長い並木道を進んでいると、両腕に大きな荷物を抱えてこちらへ向かって来る学生が見えた。小柄で痩《や》せた青年は浅黒い肌に濃い顔で、留学生か研修生のようだった。この大学は国際交流の一環として百名近い外国人を受け入れているから、おそらくその一人だろう。たまに講義で顔を見かける。

彼は切羽詰まった表情で、うつむき加減に近づいて来た。

「おはよう」

すれ違いざま声を掛けると、

「オハヨゴザマス」

と青年も言う。太くて一本につながった眉《まゆ》、黒々と澄んだ瞳《ひとみ》、あぐらをかいた鼻に分厚い唇。異国の雰囲気をまとった顔で苦笑している。

「どうかしたかね？　たいそうな荷物じゃないか」

「学校、やメましたのネ。出ていくネ」

頬にえくぼのある顔で、青年はお辞儀した。

「やめた？　どうして」

「オ金ナイです」

そりゃおかしいだろうと坂口は思う。国立大学だからさほど学費が高いわけでもないし、ましてや国が受け入れを奨励した外国人留学生には様々な支援があるはずだ。

力になろうかとも思ったが、彼は決意の顔で「サヨナラ」と、背中を向けた。事情があるなら話してごらんと、こちらが問うのを拒絶するような態度であった。

逃げるように去って行く青年の後ろ姿を見送りながら、坂口はまた帽子を被った。

バサバサッと梢《こずえ》を揺らして小鳥が飛び立ち、若かった頃を思い出す。

狭い世界を広げるためにいくつも傷を負ったものだ。青臭く、頑《かたく》なで、生きにくかったのに、怖いものなどひとつもなかった。今と未来を天秤《てんびん》に掛けても目前の一事を優先するのが、若さなのかもしれないなあ。

小さくひとつ息を吐き、築山《つきやま》の裏を通って研究棟の前に出た。

学内の建物はどれも古くて殺風景で、赴任当初から変わっていない。

避難口さながらのエントランスには『微生物研究棟D』と記したプレートが貼ってあり、それ以外には目立った意匠が何もない。それでもそこが建物の正面だ。昇降口よろしくスノコが敷かれ、壁に下駄箱《げたばこ》が並んでいる。

帽子のクラウンに指をかけ、型崩れしないように脱いでから、坂口は下駄箱を開けてサンダルを出した。幼稚園時代からずっと下駄箱のお世話になっている。建物内部はひんやりとして、中学校の廊下に似ている。共用部分は空調設備がないので、夏は外よりいくらか涼しく、冬は外より少しだけ暖かい。

坂口の研究室は二階にあって、特任教授になった今も同じ部屋を使わせてもらっている。研究室といえば聞こえはいいが、六畳に三畳を足した程度の簡素な部屋だ。入ってすぐの場所に四人掛けのテーブルを置き、来客や研究員との打ち合わせに使うが、テーブルはすぐに資料やサンプル置き場になってしまうので、十日に一度は妻が掃除にやって来る。壁には部屋の奥まで続く書架があり、どん突きの窓下に坂口のデスクがある。デスクには重要書類や書きかけの論文などを置いているのでパーティションで目隠しをしている。パーティションの裏にはチェストがあって、ファックスとプリンターが載せてある。そしてデスクにいるときは、デスクとチェストに挟まれて、ほとんど身動きせずに過ごすのだ。

「されど愛《いと》しき我が家かな」

誰にともなく呟《つぶや》くと、ロックを外して部屋に入った。

天井に剥《む》き出しの配管が通っているが、さすがにそこまでは妻も手が届かないので、薄《うっす》らと埃《ほこり》が積もっている。デスクの前には窓があるが、ブラインドを下げたことはない。というのも、部屋が北向きなので、直射日光も、もっというと太陽の光自体がほとんど入ってこないのだ。

部屋に入ると坂口は先《ま》ず、応接テーブルの上をざっと眺める。そろそろ妻が来る頃なので、テーブルは荷物だらけになっている。開けたままの小包の周りに企業から送られてきた製品サンプルが散らかって、検査機器のパンフレットや、結婚式の招待状(これは忘れないよう別の場所に移動しておかなければならない)、そして茶色い革ベルトが転がっている。ベルトは恩師が遺《のこ》したアルバムのもので、切って中身を確認したら、やはりCDが入っていた。それはいま坂口のデスクに置いてある。

「おはようございます。如月先生」

帽子と上着をハンガーに掛け、鞄《かばん》を応接テーブルに載せると、坂口はデスクに向かって言った。

あれからずっと坂口は、仕事の合間に恩師のデータを確認している。日々膨大な研究データに向き合っていると、恩師がそばにいるような錯覚が起きるのだ。

晩年、如月はウィルス間で遺伝情報をやりとりさせる方法の開発にのめり込んでいた。研究費を支給される場合は、それがなんの役に立ち、どんな利益を生むかということを常に追及されるが、科学者を突き動かす原動力は利害よりもむしろ好奇心だったりする。人一倍好奇心旺盛《おうせい》だった如月は、自己の技術力向上に飽くなき好奇心を抱く人でもあった。彼の遺したCDには長年の研究成果だけでなく、執念とも呼べる技術開発の軌跡が残されていて、それを読むと如月が如何《いか》に周到で独創的な発想を持つ科学者だったかが偲《しの》ばれた。

坂口自身は偏執的ともとれる執念を持たないが、探究と失敗で得た発見を繰り返して進む科学の世界で、追究することに魅入られていった恩師の気持ちは理解ができた。現役教授を退いて、予算取りのために書く論文ずくめの日々から解放されたからこそよけいに、如月のデータを確認していると、在りし日の恩師に乗り移って時間を遡《さかのぼ》る感覚が味わえるのだった。

午後三時。

本日二枚目のCDに手を伸ばした坂口は、ホルダーの裏側に隠すようにしてある一枚に気がついた。タイトルはなく、小さな文字で『TSF・神よ』と走り書きがされている。

「ん……なんだろう?」

アルバムに収められた十数枚のCDは、『1998〜2000』のようにデータを作成した年で分類されている。

けれどこの一枚に年代はなく、しかも記録データ量の多いDVD-Rだった。漠然とした懐かしさから如月との日々に思いを馳《は》せていた坂口は、初めて故人の秘密を覗《のぞ》き見る感覚に囚《とら》われた。

窓の外では名前も知らない雑木が豊満に枝を広げている。構内が広すぎるので植栽の手入れまで予算が回らず、伸び放題になっているのだ。灰色に濁った窓ガラスを一瞬だけ見つめ、坂口はDVD－Rをドライブに挿入した。

このディスクは何だろう。

後ろめたさと裏腹に微《かす》かな高揚を覚えていた。ディスクにはフォルダーがなく、映像の最初を捉《とら》えたアイコンがひとつだけ浮かんでいる。まさかと思ったいやらしい画像ではなく、建物の内部を映したもののようである。坂口はアイコンをクリックした。

果たして、研究データではないものがモニター上に再生された。

やはり映像データだ。映像クルーに撮影させたようなクリーンな動画ではなくて、隠し撮りのそれに近い。

最初に映し出されたのは坂口が知る下駄箱で、撮影主の手や、その手がつまみ上げたスリッパや、スリッパを置いた近くの足が映っていた。

「これは……？……如月先生？」

坂口は首をひねった。なぜそう思ったかといえば、スリッパに黒の油性ペンで、『微生物研究棟D』と書かれていたからだった。大学の備品は来客用のスリッパにさえ油性ペンで保管元が記される。もたもたとしたスリッパの履き方や、その後映し出された廊下の様子、ペタペタとした歩き方は、どれも如月を連想させた。

いったいこれはなんだろう。

そう思っていると階段を下りて来る自分が映ってぎょっとした。

——あれ、先生？——

——やあ坂口君——

坂口は手のひらで口を覆った。そのまま指先で唇を弄《もてあそ》ぶ。

「あの時だ」

このシーンを覚えている。定年延長で躍起になっていた頃だから、如月先生が亡くなる数ヶ月前か。偶然姿を見かけたので、就職について相談をした。

記憶通りに階段で立ち話をする自分が映る。こうやって客観的に自分を見ると……

「ジジイだな」

坂口は苦笑した。

若いつもりでいたけれど、脳内に思い浮かべている自分の姿はすっかり現実と乖離《かいり》していた。前髪は後退して髪は白く、頭皮が透けて心許《こころもと》ない。

妻は、だから帽子をくれたのか。

ひとしきり言葉を交わすと自分は去って、恩師はさらに階段を上った。

「あの時は学会の打ち合わせに来たと言ってたけどな……」

たとえ元教授でも、ケルベロスは訪問理由のない者を学内に入れたりしない。来訪理由を訊《たず》ねた後は来訪先へ電話して確認を取るのも怠らない。ここはそういう大学だ。

如月は棟内を進み、やがてどこかの前室で止まった。

廊下に備え付けてある下駄箱に『微生物研究棟D』のスリッパを入れ、抗菌サンダルに履き替えると、備え付けのロッカーから装備一式を出して着替えた。

「保管庫かな?」

坂口は呟く。

保管庫にはウイルスを含む研究サンプルがある。それらは冷凍保存され、創薬やワクチンの開発など様々な研究に活用される。例えば周期的にパンデミックを起こすインフルエンザウイルスなどは、発生のたびに株を単離して冷凍保存し、遺伝子や分子進化を調べることで発生のメカニズムに迫るのである。

如月は誰と会う予定だったのだろうと考えながら見ていたが、保管庫には助教と研究員がいるだけで、学会の打ち合わせに来たようには思えなかった。隠しカメラは胸のあたりに仕込まれているらしく、研究員の笑顔や機器などが映し出される。

――今は何を調べているのかね?――

如月の声がして、研究員の姿が背後に消える。保管庫の内部をチェックしているのだろう。やがて、映像にウイルスの冷凍保管装置が映し出された。

──分子時計の検証で、塩基配列を調べようとして……──

相手の声が遠ざかり、如月の声ばかりが反射している。壁の前に立ったのだ。

──黒岩《くろいわ》先生がいる研究室かね？──

黒岩は現在、准教授として坂口と同じ研究室にいる。坂口が定年を迎えたために教授のポストが一つ空き、黒岩が講師から准教授へと繰り上がったのだ。

「あっ。そう言えば……」

坂口は席を立ち、デスクの隙間を抜け出した。

応接テーブルに載せたままだった招待状をつまんで戻る。

結婚式の招待状は、その黒岩准教授から受け取ったものだった。酒好きなのに人付き合いはあまり好まず、どちらかといえば冴《さ》えない風貌《ふうぼう》で、特に女性と話すのは苦手だと言っていた黒岩がこれを持ってきたときは驚いた。四十代の黒岩に対し、相手の女性が二十代前半と随分若く、知り合ってすぐ結婚を決めたと聞いた時にはもっと驚いたが、表情に出さずにいられたと思う。

大切な招待状が雑多な物に紛れているのはいかにもまずい。妻に見つかったら、黒岩先生に申し訳ないでしょうと小言をいわれるところであった。

「そうだった、そうだった」

坂口はまたデスクに座り、卓上カレンダーに招待状を立てかけた。やれやれとモニターに目を転じてギョッとする。意味不明の映像は進み、カメラが冷気で曇っていたからだ。如月が手にしたサンプルが映し出されていた。

坂口は目を細め、サンプルに書かれた記号を読んだ。

――20180224. TSF. KS virus.――

「KS virus.……ケイエス、ウイルス……？」

その名前に聞き覚えはなかった。しかも如月は保管庫からそれを出したのではなく、保管庫の奥にそれをしまったようだった。

保管したまま二度と出される見込みのない棚列の一番奥に。

――如月先生――

如月を呼ぶ声がして、映像は終了した。

……いま見たのは、いったい何だ？

坂口は自分に問うた。そしてDVD‐Rに走り書きされた『TSF・神よ』という文字を思った。TSFは何の略か。大学でよく使うTSFの意味は、こうだ。

トップ・シークレット・ファイル。極秘ファイルだろうか。

「……神よ……？」

と、坂口は声に出し、首を傾げながらパソコンを閉じた。

如月と話していたのは二階堂《にかいどう》という助教である。背が高く、イケメンで如才なく、坂口自身も何かと目を掛けている青年だ。

坂口は白衣を羽織って部屋を出た。二階堂を探して廊下を歩き、そして生体防御研究部門の実験室で彼を見つけた。

「二階堂君、ちょっと。随分前のことだけど……」

如月が大学を訪れた日のことを訊《き》くと、二階堂はそれを覚えていた。

「確かにいらっしゃいましたけど、でも、如月先生から預かった物なんてないですよ」

「ウイルスのサンプルを持って見えたというようなことは？」

「サンプルですか？　いいえ」

眉根《まゆね》を寄せて不審そうな顔をする。

「保管庫にいらしたときのことですよね？　あの時は、今どんな研究をしているのかと聞かれただけで……あとは室内の様子をチェックして出て行きましたよ。さすが如月先生は、おやめになった後も研究室のことが気になるんだなあと……挨拶《あいさつ》をしただけだったので、久しぶりに顔を見せに来てくれたのだと思ってましたが」

「保管庫の扉はその時どうしていた」

二階堂は首を傾げた。

「そりゃ……使用中だったので開いてましたが」

「ちょっと一緒に来てくれないか」

坂口は二階堂を連れて保管庫へ向かい、廊下に備え付けられた内線電話で現在の保管庫責任者である黒岩准教授を呼び出した。

件《くだん》の映像データは如月が生きていた頃のものだから、もしもその当時にKSウィルスなるものが持ち込まれたとするならば、管理不行き届きの責任は坂口にある。サンプルを持ち出される可能性はあると考えて警戒していたが、持ち込まれるとは思わなかった。

二階堂と黒岩に事情を話して保管庫の棚列を探った結果、如月が『神よ』と記したウイルスは、映像のままに凍結保存されていた。

六月中旬。

「あなた、ねえ?」

と、妻が訊ねた。謎のウィルス発見から数日後。弁当を届けに来たのを口実に、彼女は研究室の掃除をしている。

梅雨時だから明るい雰囲気にするわねと、応接テーブルのクロスを薄い黄色に掛け替えた。白い小花を散らした乙女チックなデザインだが、もとより坂口はインテリアに興味がなく、自宅でも研究室でも妻が掛けたまま、片付けたまま、飾ったままで生活している。彼女は手のひらでクロスの皺《しわ》を伸ばしてから、テーブルに置かれていたあれこれを、それぞれの場所に戻し始めた。華やかでかわいらしいテーブルクロスは、灰色の研究室に咲いた花畑のようだ。

「ウイルスには意思があるってホント？」

研究に関心などないくせに、唐突に悪戯《いたずら》っぽい目を向けてくる。

「ウイルスに意思がある？」

オウム返しに答えると、

「本当なの？　今読んでいる本にそんなことが書いてあるのよ」

坂口は老眼鏡を外して妻を見た。

自宅に置いてある研究書を彼女が読むとは考えにくいが。

「幸子に借りたホラー小説を読んでるんだけど、あるウイルスに感染すると、ウイルスが人の脳を操作して、高い場所から飛び降りるようにしてしまうのよ。それで、遺体の近くにいた人たちが次々に感染していくの」

なにかと思えば小説の話だ。作家の想像力ってやつはどこまでも無責任で浅ましいなと思う。子育てが終わって時間を持て余しているのかもしれないが、妻にはホラー小説などではなくて、もっと平和で愛に満ちた書物を読んで欲しい。そう思うそばから、読みもしないで否定するのは科学者らしからぬ思考だな、と反省する。

坂口は自分のデスクを離れ、妻がいる応接テーブルのそばへ移動した。

「意思を持つとは言えないまでも、ある種のウイルスが感染者の脳を操作するのは事実だよ」

「じゃあ、本当なのね」

そう単純な話ではないと苦笑する。

「その小説の発想の元になったのは、バキュロウイルスのようなものだと思うね」

「なあに？　その難しい名前のウイルスは」

妻がテーブルに戻そうとしていた精密機器のパンフレットを、坂口は取り上げて別の場所に移動した。資源ゴミになる書類用段ボール箱の中である。

「バキュロウイルスについては東京大学の農学生命科学研究科がメカニズムの一端を明らかにしているんだけどね」

「難しいことを言われてもわからないわよ」

「梢頭病《しょうとうびょう》という昆虫の病気がある。幼虫だけでなくサナギや成虫でも発病するが、梢頭病の原因がバキュロウイルスなんだよ。このウイルスの一群には多角体と呼ばれるタンパク質の結晶で守られているものがあって……」

疑問の本筋はそこではないと、妻は難しい顔で首を振る。坂口は咳払《せきばら》いをした。どうしても、専門知識を持つ学生に説明する感じになってしまうのだ。

「このウイルスに感染した昆虫は枝先などへ移動する。さっきの話に戻すなら、感染した個体をウイルスが外敵の目に届きやすい場所へ誘導すると言えるかな」

「なんのために？」

「ウイルスは生物の細胞内でしか増殖できない。だから病気の虫を鳥などに捕食させ、昆虫よりも大きい動物の体内で増殖するんだ。増えたウイルスはフンに混じって地面に落ちて地面を汚染し、また昆虫に感染する。

　病気の個体を枝先に誘導する理由はもう一つあって、高い場所からぶら下がった状態で殺すためだ。梢頭病で死んだ個体は崩れやすくて、わずかの衝撃……例えば雨などで簡単に溶解してしまう。そうなると、多角体で守られたウイルス粒子が広範囲に撒《ま》き散らされるだろ？　ウイルスは宿主から離れると急激に不活性化していくものだけど、粒子の状態であれば自然環境下でも病原力が比較的安定するから、そうやって汚染された餌を昆虫が食べると、消化管内で多角体が溶けてウイルスが遊離、細胞内に侵入してまた感染……こういう拡散サイクルを作り出すんだよ」

　妻は目を丸くした。

「全部を理解できたかわからないけれど、ウイルスが感染相手を操る可能性は、本当にあるのね……私、架空の話だとばかり思っていたわ」

「今のは人間でなくて昆虫の話だけどね、でも」

いたずらに恐怖心を煽《あお》るつもりはないが、坂口は妻の目を見て答えた。

「科学は驚きに満ちている。事実は小説よりも奇なりと言うけど、調べれば調べるほど驚くことばかりで、小説なんかよりずっと凄《すご》いよ。だからぼくは小説を読まない。研究のほうがずっとスリリングで面白いからね」

「でも、じゃ、あながち荒唐無稽《こうとうむけい》な話でもないってことでしょ？　ウイルスに感染した人が高いところへ上りたくなるのは」

「バキュロウイルスは人に感染しないよ」

妻にはそう言いながら、坂口は、（そういえばウイルスが人間を操る例もあるな）と、思った。

「ただ、そうだね。例えばだけど、狂犬病は、恐水病と呼ばれるくらい患者に水を恐れさせるね……これも広義では感染者を操っていると言えるのかもな」

散らかり放題の応接テーブルを、妻は魔法のように片付けた。パーティション奥のデスクまわりはそのままだけれど、そちらは雑然としたなりに坂口が置き場を記憶しているので触れようとしない。きれいになったテーブルに弁当の包みを載せて、それを開けながら彼女は訊《き》いた。

「不思議ね。どうして水を恐れるのかしら」

日本国内の狂犬病発生については一九五七年を最後に報告がない。狂犬病は国内で忘れられつつある病気のひとつだが、未《いま》だ狂犬病を撲滅できていない国は意外と多く、完全に脅威が去ったとは言い難い。

この病は狂犬病ウイルスに感染することで発症し、通常は一ヶ月から三ヶ月、長い例で八年もの潜伏期間がある。発症すると、発熱、頭痛、倦怠《けんたい》感、食欲不振や嘔吐《おうと》、咽頭《いんとう》痛などを訴えて、次第に知覚異常や筋の攣縮《れんしゅく》が生じ、興奮、運動過多、錯乱や幻覚など狂躁《きょうそう》型の症状を起こすことがあり、患者が凶暴化する例もある。発症すれば致死率は一〇〇パーセントで、末期には昏睡《こんすい》状態を経て呼吸停止、死に至る。

「患者がなぜ水を恐れるかというと、狂犬病が唾液《だえき》を介して感染する病気だからだと言われている。狂犬病ウイルスは感染力が低く、水で薄められると感染できない。だから宿主を水に近づけないようにするのかもね」

狂犬病に罹患《りかん》した生き物が水を恐れることはよく知られている。コップの水さえ恐れた事例があるほどだ。ウイルスは水で薄められると感染できないことを知っているのかもしれない。

「驚いた……ウイルスもきちんと考えているのねえ」

それが『考え』かと問われれば疑問だが、反論はしなかった。

ウイルスが宿主を操るメカニズムについてはまだ研究が始まったばかりだが、最近ではバキュロウイルスが宿主から遺伝子を獲得し、それを改変して行動操作に利用していることがわかってきた。それにしても、昼食を前に交わす話題がウイルスや感染症とは、我ながら苦笑してしまう。

この日の弁当は錦糸卵《きんしたまご》や椎茸《しいたけ》の煮しめを飾ったいなり寿司《ずし》だった。花畑のようになったテーブルでささやかな昼食を共にしながら、坂口は、如月が教授だったころ、彼の奥さんが同じように大学を訪れていたことを懐かしく思った。研究と講義と論文と学会に明け暮れて家庭を顧みることのない研究者の妻たちは、時折このようにして自分の存在意義を問わずにいられないのかもしれない。

さらに数日後のことである。

未明から雨が降り始め、裏門のケヤキ並木も築山《つきやま》も、古い研究棟もジメジメと湿った朝だった。出勤してきたばかりの坂口が濡《ぬ》れた靴を下駄箱に収めていると、准教授の黒岩が階段を駆けて来た。

「先生、坂口先生、来てください」

ひょろりとして薄い体、長方形の顔にアンバランスなほど大きなメガネをかけた黒岩は、廊下に下りるなり興奮して坂口を手招いた。

「例のウイルスに感染させたマウスですが……」

その言葉だけで十分だった。

咄嗟《とっさ》に帽子を小脇に挟み、坂口は黒岩より先に階段を上った。無機質で暗い階段に、ペタペタとサンダルの音が忙《せわ》しなく響く。

『例のウイルス』とは、保管庫で発見した如月のウイルスのことである。分離してみると、狂犬病ウイルスの特徴を持ちながら狂犬病ウイルスとは遺伝形質が異なっていた。つまり如月が発見した新種のウイルスか、もしくは何らかの作為によって発生させたウイルスの可能性があるということだ。

その正体を探るため、坂口は滅菌装置を完備した特殊研究室で、組織培養したKSウイルスを実験用マウスに感染させた。二日前のことである。

「マウスがどうしたって？」

特殊研究室の前に着くと、ようやく坂口は黒岩に訊《たず》ねた。

部屋へ入るには全身の着替えが必要だ。おそらくそこから出て来たために、黒岩はシャツにズボンという軽装になっている。廊下に下駄箱とロッカーがあり、研究員はそこに荷物や上着を置いて行く。ロッカーに鞄《かばん》をしまうとき、大切な帽子を脇で潰《つぶ》していたと気付いたが、そのまま放り込み、消毒液で手指を殺菌して前室へ入った。手袋をしてバイオクリーンワンピースを着込み、滅菌靴を履《い》いてマスクをし、ヘッドカバーとゴーグルを着けて全身白一色の出で立ちになる。

同じアイテムを装着しながら黒岩が言った。

「三ケージすべてが全滅したと、ついさっき二階堂君から連絡があって」

「出して確認してみたの？」

「いえ、まだです。とりあえず先生に見てもらってからにしようと」

「そうか。そうだね」

坂口は感応式スイッチの前で足を振り、滅菌室の扉を開いた。

古い建物にある最新鋭の研究室は、自動扉の奥にもごく小さな前室があり、床にネズミ返しの柵があるほかエア洗浄の滅菌セキュリティをかけている。管理責任者である黒岩が先に出て、研究室の扉を開く。

室内灯の白い光が漏れ出して、センターテーブルの前に立つ二階堂の背中が見えた。扉が開く音で振り返ったが、すぐテーブルへと視線を戻し、一言も喋《しゃべ》らない。予測のつかない事態を観察している最中のように、体中が緊張している。

特殊研究室の内部は棚やカウンターで仕切られている。入り口すぐの壁に棚があり、ガラスケースの中にびっしりとケージが並んでいる。それらは納品されたばかりの実験動物で、病原体がクリアな状態のものである。

感染実験中の個体はそれぞれの観察場所へ移すことになっている。

黒岩は早足に二階堂のテーブルを目指して行った。二階堂の前にはモスグリーンのケージが三つ並んでいる。二階堂が観察場所からセンターテーブルへ運んできたようだ。それぞれのケージには五匹ずつマウスを入れてある。

一つめのケージにはKSウィルスを投与したマウスを正常なマウスと一緒に入れた。

別のケージにはKSウイルスを投与したマウスと正常なマウスを仕切って入れた。

そして最後のケージには、シャーレで培養したKSウイルスを正常なマウスと仕切って入れたのだった。

キュキュ……キュキュキュキュ……タタタタタ……パタパタタ……

全滅したと聞いたのに、ケージからは奇妙な音が響いている。

黒岩は不思議そうな目で坂口を見たが、二階堂は無言で背中を向けている。

狭い通路を進みながら、坂口は二階堂に訊ねた。

「変だね？　三つのケージとも全滅したんじゃ」

「死んだように見えていただけでした」

振り向きもせずに二階堂が答える。

「え、そんなはずはないだろう。ぼくも見たよ、死んだマウスを」

黒岩は坂口より早くテーブルに駆け寄って、

「あっ」

と、小さく叫んで止まった。

坂口は黒岩の背後から、透明な蓋《ふた》を透かして内部を覗《のぞ》いた。

キュキュキュキュキュ……タタタ……パタパタタ……タタ……

ゴーグルの中で目を見開いて、黒岩はラテックス手袋をはめた手でマスクを押さえた。本当はマスクではなく、驚いて口を覆ったのだ。

ケージの蓋は三つとも赤い飛沫《ひまつ》で汚れていた。それはマウスの血しぶきで、内部では実験用マウスが獰猛《どうもう》に互いをむさぼり喰《く》っているのであった。団子のように固まって、自らが喰われながらも相手を嚙《か》みちぎっている。すでに半身を失ったマウスもいるが貪欲《どんよく》さは衰えず、狂ったように相手の腹を喰い破っている。

どの個体も半死半生なのに攻撃性は衰えない。炯々《けいけい》と目を光らせて共喰いを続ける様は、寒気を感じて気分が悪くなるほどだ。

「これはいったい……なにが起こった？」

坂口が聞くと、二階堂が答えた。

「わかりません」

「マウスはどれも死んでいたよな？　二階堂君、死んでいたよな？」

報告は嘘じゃないと弁明するように、そう言って黒岩は坂口を見た。

「硬直してたし、ぼくも死んだと思っていました。でも、念の為バイタルを確認してみたら……」

二階堂はケージから目を離そうとしない。

「坂口先生を呼びに行った時点では、みな同じ状態だったよな？　全滅だったよ」

「だから、全滅したように見えただけだったんです」

二階堂がクールに言った。

「死んでたわけじゃないってこと？」

「一匹出して、パルスオキシメータで心拍数を確認したら、動脈パルスが出ていたんです。仮死状態だっただけでした。解剖して詳しく調べようとしたら蘇生《そせい》して、嚙まれないよう慌ててケージへ戻したんです。直後、この状態になりました」

頭髪まで覆うスーツとマスクの間、ゴーグルの奥で二階堂の目が動く。

血と肉片がこびりつき、視界が悪くなったケージの中では、嚙みちぎられた尻尾《しっぽ》や四肢、半身を失ってゾンビのようになったマウスたちがまだ争っている。内臓を失って部位だけになっても動き続けるおぞましさと異様さは、坂口たちを震撼《しんかん》させた。

同じケージにそのまま入れたマウスも、仕切り板越しに入れたマウスも、シャーレを置いただけのケージでも、同じことが起きている。

「……空気感染するのか」

坂口が言うと、

「やっぱりただの狂犬病ウイルスじゃなかったんだな」

自分自身に言い聞かせるように、黒岩が低く呟《つぶや》いた。

「狂犬病は血液感染も空気感染もしませんよ。でも、シャーレからでも感染している。ちょっとこれは……異常事態だと思います。それにこの凶暴さは……インフルエンザウイルスのような感染力を持っているというのなら、これは、もう、ゾンビ・ウイルスと呼ぶべきモノじゃないですか」

いつもはクールな二階堂も、若干青ざめて呟いてくる。

ゾンビ・ウイルスは正式名称ではないが、宿主を動く死骸《しがい》のように操る寄生虫や、バキュロウイルスなどをそう呼ぶ科学者は一定数いる。

「ビデオは？」

坂口が周囲を見回す。優秀な二階堂なら抜かりなく録画をしているはずだ。

「もちろん回しています」

二階堂が身を翻したときだった。

バン！　と鋭い音がした。

ケージの中で血まみれのマウスが跳ねたのだ。ビデオカメラのほうへ移動しようと動いた二階堂を見て、襲いかかって来たようだった。その瞬間のマウスの顔が、スローモーションのように坂口の脳裏に焼き付いた。剝《む》き出した牙《きば》、裂けるほどに口を広げて、何度も蓋に飛びかかっている。何度も、何度も。

二階堂はケージのロックを確かめて、カメラでマウスをズームした。白かったマウスは、頭も体も仲間の血で汚れている。自身も内臓の一部や耳を失っているというのに、巨大な二階堂に襲いかかろうと飛び跳ねる。何度も、何度も、何度も、何度も。

「いったいこれは……」

黒岩も顔が引きつっている。

攻撃を続けるマウスに別のマウスが襲いかかって、やがてケージは静かになった。残されたのは尻尾の欠片《かけら》と五つの頭部。頭部は両目を見開いたまま、蓋を開ければまだ襲いかかって来そうに見えた。

「如月先生……あなたは……何の目的で……何をしでかしてくれたんだ……」

坂口も声の緊張を隠せない。二階堂は冷静であろうとして、現象をまとめた。

「心拍数が非常に低く、瞳孔《どうこう》拡大。体温低下。だが、死んだわけではない。覚醒《かくせい》すると凶暴になり、動くものなら何にでも襲いかかって喰い尽くす……ぼくが見たとき、変異した個体が最初に捕食したのは自分の前足だったんですよ」

如月は自分の技術に絶対的な自信を持っていた。そして高度な遺伝子工学の技術を使えばウィルスのハイブリッドを創り出せるという持論があった。

どの研究室でも同じだが、万が一ウィルスのハイブリッドが創り出せたとしても、その技術が人類に寄与するものでない限り予算はつかない。それでも如月の探究心は仮説を実証せずにいられなかったのだろうか。

　発症すれば致死率一〇〇パーセントの狂犬病ウィルスと、驚異の感染力を持つインフルエンザウィルス。ふたつは根本的に異なる遺伝形質を持っているが、もしもこれを合体させることができたとして、そんな怪物ウィルスを欲しがるのはテロリストぐらいのものではないか。そしてこんなウィルスに関わったなら、テロリストだって生き延びられない。坂口はDVD－Rの走り書きを思い出していた。

「……神よ……つまりそういうことか？」

　目の前にあるのは実験マウスが死に絶えた三つのケージだ。ケージの内部は血で汚れ、喰い散らかされた死体の欠片が飛び散っている。

　なんとおぞましく、なんと残虐なウィルスだろう。

　宿主を鳥に喰わせるバキュロウィルスさえ、宿主を無駄に傷つけたりしない。それがこのウィルスは、与えうる限りの痛みと苦しみを宿主に与えて殺害したのだ。

　坂口は黒岩にセキュリティコードを発動させて、一時的に特殊研究室を封鎖した。

　数日かけて検査をすると、如月が遺伝情報を強引に貸し借りさせて創り上げたウィルスはすでに変異を始めているとわかってきた。自然界において、ウイルスは突然変異を繰り返すことで宿主との攻防を切り抜ける。人工的に創られた如月ウイルスもまた、組み込まれた遺伝子を自分のものにして変異を始めていたのであった。

マウスが見せた凄《すさ》まじい攻撃性については、分化エネルギーを摂取するためにウイルスが宿主の脳を操って他者を襲わせたものだと推測できた。感染後に一時的な仮死状態となるのもそのためで、ウイルスが宿主の身体機能を停止させ、その間に体をゾンビ化させるのではないかと。

「如月先生はなぜ、こんなものを保管庫に残していったのかな？」

モニターを見つめて二階堂が唸《うな》る。坂口も同じことを考えていた。

モノクロ写真のように映し出されたウイルスは醜怪で、メデューサの首を思わせた。メデューサもしくはメドゥーサはギリシャ神話に登場するゴルゴン三姉妹の三女である。頭髪は毒蛇で猪の牙に青銅の手、金の翼を持っていて、顔を見た者を石に変える怪物だ。ペルセウスに首を刎《は》ねられたが、その血は生き物を殺す力も、生き返らせる力も持っていたという。

感染マウスの惨劇を見てからというもの、坂口は恐怖が止まらなかった。

突き詰めればそれは如月が奇跡の技を完成させていたということにもなるが、恐怖は恩師の技術を尊敬する気持ちなど塗りつぶし、とんでもないものを目覚めさせてしまったという後悔に変えた。坂口は変異する『怪物』の凄まじい威力が怖かった。そんなものをなぜ、如月は創造せねばならなかったのか。

「自己顕示欲ですかねえ。異系統のウィルス同士を結びつけた如月先生の技術は、間違いなく他の追随を許さないものだろうから……にしても、どうしてこんな危険な組み合わせを……あまりにもエグくないですか？」

寝不足のため妙なテンションになった黒岩が言う。

自己顕示欲だろうと坂口も思う。でも、だからといってこんなものを大学の保管庫に、勝手に保管されては困る。もしも自分があの映像を見ていなかったら。

何も知らない誰かがこれを解凍し、マウスではなく人が感染していたら……考えるだけで恐ろしかった。

「いやまてよ？」

逡巡《しゅんじゅん》してから黒岩が続ける。

「それか、如月先生はご自分がデザインしたウィルスが、いつか何かの役に立つと考えたのかもしれないですね」

機器を操作してデータを取っていた二階堂は、あからさまに嫌な顔をした。

「デザイン？　はっ。これがデザインですか？」

誰に向かってか、吐き捨てるように声を荒らげた。

「致死率一〇〇パーセントの狂犬病にインフルエンザの感染力を足したんですよ？　デザインなんて生やさしいものじゃない。これは兵器だ！」

デスクに並んだモニターには、感染マウスの頭部映像が映されている。汚染されたマウスの脳は、酸素の供給がストップしても数秒間もの長きにわたって目や口や鼻を動かし続けた。どれほどに喰《く》い散らかされても、体が残っていればゾンビのように運動を続けるということだ。執拗《しつよう》に仲間を襲い続ける小さなマウスは、巨大な二階堂に襲いかかろうとしてケージの蓋《ふた》に激突し続けた。仲間の腹に頭を突っ込み、喰われながらも喰うことをやめないおぞましさ。坂口はモニターを見ながら、

「処分しよう」

とキッパリ言った。

「如月先生がどういうつもりだったのか、今となってはわからない。でも、これは自然界に存在してはならないものだ。サンプル含め、即刻すべてを焼却しよう」

「賛成です。そうしましょう」

二階堂は間髪を容《い》れずに応じたが、

「でも、坂口先生。サンプルは残しておかないとマズいんじゃないですか」

黒岩は手の甲で大きすぎるメガネを押して異議を唱えた。

「これの他にもサンプルがあったらどうします？　その場合は必ずワクチンが必要に

なります。そう思いませんか」

「その可能性はないよ。退職してからの如月先生は、どこの研究室でも研究していないんだから。だからこそ大学にサンプルを残したんだよ」

他にサンプルなど、一〇〇パーセントありえない。そうでなければ如月が映像を残すはずがない。奥さんがアルバムの存在に気付いて、それを大学関係者に届けることを、彼は予測していたのだろう。それに、研究者は好奇心旺盛《おうせい》だから、自分もデータを確認せずにはいられなかった。そう思ったとき坂口は、たった一枚だけタイトルが違っていた理由がわかった気がした。

如月先生は気付いて欲しかったのだ。自分の技術と、技術を持ったが故に起こした過ちに。いや……今となってはすべてが憶測に過ぎないし、考えても、考えても、答えは出ない。ただ一つだけの揺るぎない確信は、こんなウィルスが伝播《でんぱ》したなら、世界的パンデミックが起きるということだ。

「処分しよう。マウスの死骸もサンプルも、ケージもすべて、一つ残らず焼却しよう」

ウィルスは熱に弱いから、それですべてが終わるはず。

今や特任教授の坂口の言葉を、黒岩は真摯《しんし》に受け止めてくれた。

眉根《まゆね》を寄せて考えてから、

「異系統のウィルス間で遺伝子操作を行えたというのは素晴らしい技術です……です

が、如月先生はもういない……」

噛《か》みしめるように呟《つぶや》いた。その言葉にかぶせるように坂口も言う。

「我々は科学者だが、その前に人間だ。もしも、黒岩先生、もしもこのウィルスが漏れ出して、例えば先生の新しい家族に感染したら、どうします」

「そうですよ。そんなことになったら責任の一端はぼくらにあると言えませんか？」

二階堂がダメ押しすると、大きすぎるメガネの奥で黒岩は一瞬だけ目を閉じた。

「わかりました。処分しましょう。今すぐに」

「それがいいです」

二階堂はうなずいて、ようやく白い歯を見せた。

「データだけ残せば十分ですよ。もっと技術が進歩すればともかく、今のところ、こんなことをしでかせたのは如月先生だけなんだし、少なくともぼくらは奇跡の技を見たわけだから。こう言っちゃなんだけど、極めて高度な技術を持っていらしたという点で、ぼくは如月先生を尊敬します」

さっきまで苦虫をかみつぶしたような顔をしていたくせに、焼却処分が決まったとたん、二階堂は如月を持ち上げ始めた。清々とした顔でモニターに流れていた映像を切る。

二階堂が素早く電話を取って、処分の準備を始めたとき、研究室の内線電話が鳴った。

「坂口先生ならここに」

と、坂口を見た。

「お嬢さんから電話だそうです」

差し出された受話器を取りながら、坂口は、ようやくあの恐ろしいマウスの顔から解放されると考えていた。処分は当然であり、正解だ。白昼夢を見終わったような気分であった。

「万里子《まりこ》か？　どうした」

娘が大学へ電話をよこすなんて珍しい。

――お父さん……あのね、お母さんが……――

「ん？　落ち着いてゆっくり話しなさい。お母さんがどうしたって？」

娘はすすり上げるように呼吸してから、

――私、仕事のことで相談があって、家に行ったの。そうしたらお母さんが玄関で倒れてて……それで今、救急車で病院へ――

と一気に言った。玄関で倒れていた？　転んだか。

「わかった。とにかく落ち着きなさい。それで、お母さんの容態はどうなんだ」

訊《き》くと娘は小さな声で、

――……ダメかも……――

と答えた。坂口は、小さかった娘が今は看護師であることを思い出した。短いながらもはっきりとした看護師の声だ。その看護師がダメかもと言った。

電話のやりとりに切羽詰まったものを感じてか、黒岩と二階堂が聞き耳を立てている。娘はついに泣き出した。

——見つけたときはもう意識がなくて……心臓マッサージしながら救急車を呼んだんだけど……お父さん、すぐに来て……——

バクン！　坂口は自分の心臓が鳴るのを聞いた。受話器を持つ手が凍える気がした。

「お兄ちゃんたちには電話したのか」

——とにかく最初にお父さんに掛けなくちゃって……——

大丈夫だから、すぐに行くからと坂口は答え、向かうべき病院の名前を聞いた。

「悪いな、妻が倒れて病院へ運ばれた」

黒岩と二階堂にそう告げた。

「すぐ行ってください。あとは二階堂君とぼくが責任を持ってやりますから」

「そうですよ。そうしてください坂口先生」

カクンと折るように頭を下げて、坂口は身を翻す。

うわんうわんと頭の中が鳴っていて、一方では、やけに冷静であろうとしている自分がいて、肉体以外が夢の中にいるようだった。研究室を出ると、使い捨て白衣を廊下で脱いだ。バクン、バクン、心臓はまだ鳴っている。帽子とマスクを剝《は》ぎ取って手袋と一緒にポリバケツへ放り込み、駆け出そうとして滅菌靴を履き替えていないことに気付いて戻り、『微生物研究棟D』と書かれたサンダルを履く。

――見つけたときはもう意識がなくて――

泣きながら話す娘の声が、心臓の裏側あたりで響いている。

――心臓マッサージしながら救急車を――

今朝、家を出るときはいつもと同じで元気だった。妻は元来丈夫な質《たち》で、持病もないし、風邪で寝込んだりすることもほとんどなかった。

健診を欠かさなかったばかりか五十五歳になるまでは、毎年献血に協力していた。

ゆうべだって……そこまで考えて、このところ忙しくて残業が続き、一緒に食事をしていなかったと気がついた。ウイルスのせいだ。

――ダメかも――

心臓の痛みに被《かぶ》さるように、妻の笑顔が思い出された。

――ウイルスもきちんと考えているのねえ――

あれはほんのわずか前のこと。薄黄色のテーブルクロス。錦糸卵《きんしたまご》と椎茸《しいたけ》を載せたいなり寿司《ずし》。長閑《のどか》で呑気《のんき》な妻の反応に、いつも、どれほど癒《い》やされてきたことか。

――今晩も遅くなりそうですか？　現役を引退したのに遅くまで大学にいると、他の先生方に迷惑なんじゃないですか？　そろそろ自分の体のことも考えないと、子供たちが心配するから――

行ってらっしゃいと言いながら鞄《かばん》を渡してくれたのは今朝だ。いつもとまったく変わらない様子で、靴と鞄とハンカチと、定期と財布を揃えてくれた。

「満佐子……」

口の中だけで妻の名を呼んだ。

取るものも取りあえず大学を出て、タクシーで病院へ駆けつけた。

インフォメーションで病室を聞くまでもなくロビーに長男夫婦が待っていて、駆け寄って来るなり頭《かぶり》を振った。長男は両目を赤く充血させて、

「……遅かったよ。父さん、遅かった」

と、悔しそうに言う。

「心筋梗塞《しんきんこうそく》じゃないかって。ぼくもそう思う」

ドス、と鞄が床に落ちて、力が抜けたことを知る。

長男の嫁が鞄を拾ってくれて、長男は坂口の肩に手を置いた。

不思議だった。全身の力が抜けたのに、妻にもらった中折れ帽だけはまだ大切に抱きしめている。坂口は、妻の死を知らされる前とまったく違う世界に立っていた。同じ病院、同じロビー、同じ長男、同じ自分のはずなのに、何もかもが色を失って、

寒々として空虚であった。

妻は処置室に移されて、清拭《せいしき》を施されている最中だという。

信じられない。今朝の元気な姿しか、坂口は思い出せなかった。

――そりゃ先生、旅行に連れて行けだとか、首飾りを買ってくれだとか、言われそうな年月ですな――

なぜか守衛の声が頭に響いた。あまりに豪華な宝飾展のチラシも、昨日のことのように思い出された。旅行も首飾りも、これからだった。宿主を操るウイルスのことも、とっかかりを話しただけだった。読んでいたホラー小説の題名すら聞いていない。

「父さん、大丈夫？」

坂口は言葉を失っていた。息子夫婦に付き添われ、狭い処置室へ連れて行かれる。

廊下に次男が立っていて、開いた扉の奥に娘がいた。娘は坂口を見ると、いきなり胸に飛び込んで来た。妻の帽子を体でつぶし、声を上げて泣き始めた娘の背中を、坂口は帽子ごと抱きしめた。そうしておいて室内を見ると、半分閉めたカーテンの向こうで、看護師らが清拭をしていた。窓の光が室内に満ち、妻のベッドの周りだけ、この世ではないようにかすんで見えた。

満佐子は本当にダメなのか。娘を離して歩いて行くと看護師らが顔を上げ、ご愁傷様ですと頭を下げた。白いベッドのその上に両目を閉じた妻がいる。眠っているような顔なのに、鼻に脱脂綿が詰め込まれている。これじゃあ息が苦しいだろう。

一瞬視界がぐらりと揺れて、坂口は腰が抜けそうになった。なぜ。なぜ。頭の中で繰り返しながら妻の頰を手のひらで包むと、そこにはもう温かさはなくて、娘に発見されたとき、すでに死んでいたのではないかと思った。

「満佐子」

名前を呼んでも目を開けない。

「満佐子……おい」

坂口は妻の額に自分の額を擦《こす》り付けた。それでも妻は反応しない。匂いもない。ぬくもりも、笑みもない。みぞおちのあたりから慟哭《どうこく》が衝《つ》き上げる。

「満佐子、おい。満佐子、おい。満佐子……」

何度も名前を呼びながら、坂口は妻の頰に涙を落とした。

後ろですすり泣く子供らの声。そのまた後ろで看護師が、

「お別れが済んだら下へ移しますから、お引き取りの車を手配してください。業者さんが決まっていない場合は受付に連絡先がございますので」

事務的に言うのが聞こえた。

そうなのか。病院というのは生きている人間のための施設であって、死んだ人間は速やかに出て行けと言われてしまうのか。妻の頰にこぼした涙を親指の腹で拭《ふ》き取り

ながら、坂口は、そんなことを考えた。

家を片付けてリビングの一角に布団を敷いて、そこに妻を横たえて祭壇を作り、やれ線香だの喪服だの、座布団だ、供花だ、と大騒ぎをしているときに、坂口は黒岩から電話を受けた。間に合わなかったことを告げると、突然伴侶《はんりょ》を喪《うしな》ったことへのお悔やみを陳《の》べた後で黒岩は、

「ウイルスは処分しましたからね。業者に消毒も依頼しました」

と、唐突に言った。ああ、そうだった、と、ぼんやり思いながらも、妻の死の直前に向き合っていた大事に改めて意識が向いて、

「ありがとう。悪かったね」

と礼を言う。重荷をおろしたはずなのに、心の奥がざわついた。

なぜ。どうして。まだ妻の死を受け入れられない坂口の周囲では、通夜や告別式の日取りだとか、斎場は？　受付は？　返礼品は？　と、決めなければならないことが山積みになっていて、人々が慌ただしく出入りして、ひっきりなしに電話が鳴って、娘や嫁はキッチンに立ち、線香の香りだけが静かに立ちこめ、悼む暇もなく弔いの儀式が進行していく。あれと、これと、それと、むこうと。せわしなく、騒がしく、慌

ただしく、余裕もなく、長年連れ添った妻との最後が手順通りに進んで行く。

——ウイルスもきちんと考えているのねえ——

あの言葉は案外核心をついていたのだな。

黒岩の電話で坂口は、研究者として素人だった妻を見直してやればよかったと思う。ウイルスに考えなどないと断じれば、探究はそこでストップだ。けれど、あらゆる可能性を否定せずにおくのなら、仮説は無限に広がってゆく。研究とはそういうものだ。

葬式のとき、弔問客のお悔やみを受けながら、坂口はなぜかあの日の妻の言葉ばかりを、繰り返し思い浮かべてしまうのだった。

Chapter 3　寡夫《やもめ》の食卓

恐るべき速度で初七日が過ぎ、頻繁に様子を見に来てくれていた娘や息子や嫁たちもパタリと顔を出さなくなった。

日々は緩やかに日常を取り戻していくが、坂口自身に限って言えば、それは新しい戦いが始まったようなものだった。

入る墓のことすら相談する間もなく妻が旅立ったあと、坂口は妻の根城であった我が家にたった独りで残された。喪って気がついたのは、彼女が坂口の研究に無関心であったのと同様、坂口もまた家のことに何の興味も持たなかったという現実だ。帰宅時には必ず明かりが灯《とも》っていた家や、準備されていた食事、清潔に畳まれた洗濯物や、毎朝玄関に置かれていた鞄。そうした一つ一つがすべて妻の手で整えられていたのだということを、今さらのように思い知らされた。

いつものように明日着ていく洋服を準備していたときのこと。クローゼットに清潔なシャツが一枚も残っていないことに気がついた。妻がアイロンを掛けて畳んでおいたシャツはみな、洗濯機に放り込んだままになっている。

「そうか。洗濯しないと着るものがないのか」

当たり前のことに気付いてみれば下着も靴下も同様で、クローゼットの中は閑散としている。坂口は初めて自分で洗濯機を回そうとしたが、具体的にどうすればいいのかわからなかった。

洗濯場には数種類もの洗剤が置いてあり、手に取って製品名を読むとさらに混乱するばかり。合成洗剤と洗濯用石鹸《せっけん》はどう違うのか。デリケートなおしゃれ着と、そうでないものはどう分けるのか。柔軟剤とはなにものか。

妻はいつも容易《たやす》く洗濯をしていたが、実際はこれほど多くの製品を駆使していたのだ。洗剤の使用説明書には、『洗濯の前に衣類の取り扱い表示を確かめてください』と書かれているが、衣類の取り扱い表示を確認すると知らない記号に行き当たり、まったく要領を得なかった。

「……うーむ」

横一列に並べた洗剤を睨《にら》んで腕を組み、坂口は首をひねった。

こうなれば消去法でいくしかない。

先《ま》ず、洗濯用石鹸は洗濯機の流水に溶けそうにないので候補から外す。

漂白剤は白くするわけだから、白い衣類だけに使うことにして、これも外す。普通の衣類とデリケートなおしゃれ着の差は不明だが、デリケートなものに使える洗剤はそれ以外のものに使っても悪影響を与えにくいはずである。

ということで、デリケートなおしゃれ着用洗剤を投入して洗濯機を回してみた。洗濯には様々なコースがあったが、やはり消去法で標準コースを選ぶ。スタートボタンを押すとドラムが回り、ライトが点《つ》いて、水が流れた。

「お？　動いた、動いたぞ！」

誰もいない洗濯場で、坂口は躍り上がった。

あとは洗濯機が止まるのを待てばいい。なーんだ、案外簡単じゃないか。

勝ち誇った気持ちでリビングに戻り、ビールを飲みながらその時を待つ。手応《てごた》えを感じた試験結果を待つような高揚感を覚えた。

洗濯終了のブザーが鳴ったので意気揚々と蓋《ふた》を開けたら、洗濯物すべてがボロボロした白い不明物で覆われていた。

「ん？　なんだ……？」

咄嗟《とっさ》に頭に浮かんだのは、洗剤や手順のチョイスを間違えて菌類が異常繁殖したということだった。だがそんなはずはない。わずかな時間にこれほど菌が繁殖するなんて……恐る恐るシャツを引き出すと、それは綿毛のような繊維であった。

匂いを嗅《か》ぐと微《かす》かに洗剤の香りがする。指先で弄《もてあそ》べば容易くまとまる。

坂口は洗濯槽をかき回し、そして物質の正体を知った。ポケットに入れていたティッシュが溶けて、大惨事が起きたのだ。

「そうだったか。ポケットの中身を入れっぱなしにしていたせいだ」

事象の原因には納得したが、洗濯槽も床も衣類もティッシュにまみれた様はほろ酔い気分を一蹴《いっしゅう》し、絶望で言葉を失うほどだった。

こんな作業を毎日こなしていたなんて、あれは魔法使いだったのだ。

本当に魔法使いだったのならば、今すぐ生き返ってきて欲しい。

洗濯物を振り払い、床のゴミを片付けて、洗濯槽の中を雑巾《ぞうきん》で拭《ぬぐ》った。それでもティッシュの繊維が取り切れなかったウール地の服は、仕方がないのでそのまま干した。

格闘しているうちに夜は更け、あっという間に朝が来た。

生乾きのシャツだって着ているうちに乾くさと、そんな気持ちになっていたのに、寝ぼけ眼で物干し場を見れば、夜風で乾いたシャツは皺《しわ》くちゃで、とても着ることができそうにない。ならば、とアイロンを当ててはみたが、思うように皺が伸びない。坂口はアイロンのスチーム機能を知らなかった。

仕方がないので皺だらけのシャツに季節外れのセーターを重ねて誤魔化した。

大学からの帰り道、アイロンの腕が上がるまでのつなぎに新しいシャツを買い、ついでに靴下と下着も買って家に戻った。

リビングで包装を解いて、クローゼットに向かう。ふと思いついてタンスを開けたら、そこに真新しい下着や靴下が丁寧に仕分けてしまわれていた。

「なんだ……もう」

坂口は、カクンと腰から床に砕けた。自分の間抜けさ加減に呆《あき》れ、同時に淋《さび》しさとやるせなさが切々と胸に迫って来た。

そうだった。泊まりで学会へ出かけるときは、旅先で恥をかかないように、あれはいつだって真新しい下着と靴下を鞄《かばん》に入れてくれていた。急な出張に備えるために、彼女はいつもこうやって、新しい下着や靴下をストックしてくれていたのだ。自分は妻や家族を養ってきたと自負していたが、それを支えてくれていたのは妻だ。

開け放った引き出しを前に跪《ひざまず》き、坂口は泣いた。人目を憚《はばか》らず、声まで上げて、妻の葬式のときの何倍も男泣きに泣き尽くした。老いを迎えるころになっても妻に報いることのできなかった自分を恥じた。そうしているとなぜなのか、妻の手がそっと背中にかかる気がした。

思うさま泣いてしまうと少しだけ元気が出たので、書斎から真新しい大学ノートとペンを持って戻った。シャツの両腕をめくり上げ、次々にタンスの引き出しを開けて中身を確認、入っているものをメモに残した。妻の洋服などは思い出が溢《あふ》れてくるので見ないようにして、家のどこに何が置かれているのか徹底的にサーチした。

こうして逐一調べていくと、ないと思って買い込んできた生活用品がわらわら出てきて苦笑する。まったく女は魔法使いだ。こんな狭い家の中に、よくもこれほどの備蓄をしたものだ。そうやって忙しくしていると淋しさも紛れる気がした。

坂口がジタバタしている間に緑はさらに濃くなって、狭い庭にも雑草が茂った。

六十五歳の定年を素直に受け入れて満佐子と旅行に行けばよかった。昼に二人でこの家で、草取りや洗濯をすればよかった。今さらどうしようもないのだが。

次の休みは草取りだな、と考えながら、独りで生きる先の長さにウンザリした。

「せんせーい、坂口先生ーっ」

七月中旬の日曜日のことだった。ランニングシャツに鉢巻き姿で庭の雑草をむしっていると、門の外から男の呼ぶ声がした。

「はーい」

返事をして立ち上がり、腰の痛みに顔をしかめる。

長年デスクワークが主流だった体に草取り作業は随分応えた。泥だらけになった軍手を外してむしった草の上に置き、鉢巻きで汗を拭《ふ》きながら庭を回って玄関へ向かう。庭木の陰から窺《うかが》うと、そこに背の高い男が立っていた。

「あれ、二階堂君じゃないか」

玄関前の二階堂は、脇から声を掛けられて、ビックリしたように振り向いた。

「あ、先生！」

申し訳程度に頭を下げる。ラフな服装をしているせいか、大学で見るよりずっと若々しい印象だった。

「どうした？　珍しいね」

妻の何かの日だったろうかと思ったが、四十九日まで法要もない。梅雨が明けて気温も上がり、庭木の影がひときわ黒く、二階堂の肩に木漏れ日が揺れていた。

「よかった……何度かお電話したんですが、お出にならないので直接来ちゃいました。やることがあって大学にいたんですが」

「そうか、それは悪かったね。庭で草むしりをしてたものだから気がつかなくて……それで？　なにか急用かね？」

二階堂は息を吸い込んだ。

「黒岩先生が大変なことに」

ふむ、と坂口は小首を傾げる。

「亡くなったんですよ」

「ええっ？」

坂口は慌てて家の玄関を開けた。掃除も行き届かないので埃《ほこり》はあるが、外よりは幾分か涼しいはずだ。

「ちょっと入って。もう一度言って。なんだって？」

先に玄関を入って二階堂を手招く。

「失礼します」

誰かを家に上げるのは通夜のとき以来だが、あのときは娘や嫁たちが万事取り仕切ってくれていた。妻が生きていたときはどうだったのか思い出しながら、坂口は二階堂をリビングに招いた。テーブルに散らかっていた新聞紙やリモコンを隅に寄せ、ソファに脱ぎっぱなしのシャツをどけて座る場所を確保する。

二階堂はソファに掛けたが、そのときになってスリッパを出していなかったことに気がついた。一事が万事で、家のことはなかなか上手にこなせない。室内も、妻がいたときとは比べものにならないほど殺伐としている。

「悪いね。どうにも勝手がわからないんだよ」

玄関へ戻ってスリッパを持ち、足元に置くと二階堂は笑った。

「いえ。ぼくこそ突然お邪魔して」

さて。ここからどうすればいいかなと考えながら、坂口はどけたばかりのシャツを羽織った。草むしりならランニングシャツでもよかったが、接客に下着姿はいかにもまずい。男やもめにウジが湧くとは、こういうことを言うのだろう。

「黒岩先生が亡くなったって？　それは比喩《ひゆ》かなにかかね」

次はお茶を出すべきだが、先《ま》ずはそこをハッキリさせねばならない。

妻が急死した直後に黒岩准教授の結婚式があった。招待状ももらっていたし、祝辞も頼まれていたのだが、突然の不幸でそれどころではなくなってしまい、ご祝儀だけ渡して参列は辞退した。黒岩がハネムーンに行っている間は忌引きを終えた坂口が講義に出て穴を埋め、その後は何事もなく日が過ぎて、坂口自身が日常を取り戻そうと奮戦するだけの毎日だった。もちろん黒岩は元気であった。

「比喩じゃないです。奥さんから研究室に電話があって、主人が亡くなったと」

黒岩准教授とは金曜にも大学で会っている。変わった様子も見られなかった。

「信じられない……どういうことかね……交通事故？」

「ぼくもわけがわからないです。河川敷で死んでいるのが見つかったそうで」

「ボールが胸に当たったとかかね？　心室細動？」

「准教授は日課の散歩中だったそうです。帰りが遅いので迎えに行って、騒ぎに遭遇したと」

「じゃ、本当に亡くなったのかね？　突然？　倒れて？」

玄関で倒れて死んだ妻のことを思い出さずにいられなかった。

草むしりをしていた手で顔を撫《な》で、坂口は二階堂のはす向かいにゆっくり座った。

視覚が捉《とら》えているものではなくて、金曜日の黒岩の、いつも通りの姿を見ていた。人はこんなにも突然に、これほどあっけなく死ぬものか。

「亡くなったのはいつ？」

「昨日だそうです。すぐに告別式をやるというので、お知らせしなければと思って」

緊急でよこした知らせが告別式の日程だとは、随分しっかりした奥さんだなと思う。

結婚式に出ていないので、どんな女性か知らないが。

「黒岩先生は、若いのにしっかりした奥さんをもらったんだな……ぼくなんか、家内が亡くなったときは完全に頭が空回りしていたけども」

「や。坂口先生はしっかりしておられましたよ。大丈夫です」

何が大丈夫なのか知らないが、二階堂は誠実な顔で頷《うなず》いている。この青年は彫りが深くて端整な顔立ちなので、学生ファンが多いのだ。それでも助教の給料では生活がままならないと、結婚する気はないらしい。彼は収入の低さを結婚できない理由にするが、結婚は双方の努力で構築していくものである。少ない収入は補い合えばいいのだし、分け合うことで生活は成り立つ。妻はずっと家庭にいたが、そのおかげで自分は収入を得られた。環境を整えてから妻を娶《めと》ろうなんて、それは傲慢《ごうまん》な考えだ。

黒岩君はどうだったろう。

彼もまた、准教授になれたから結婚に踏み切ることができたのだろうか。

「……そうか……いや……そうなのか……」

坂口は肩を落とした。

どうであれ、黒岩君はようやく新しい人生へと踏み出したばかりじゃないか。

「まだ若いのに……やっぱり信じられないよ」

「ぼくもです」

そのまましばし沈黙が続いた。

黒岩や二階堂とはウイルスの遺伝子コードに突然変異が生じる理由を調べてきた。それは如月から引き継いだ研究テーマでもあった。そうしたあれこれが坂口の脳裏を過《よ》ぎる。妻の死が坂口に喪失感を与えたのに対し、黒岩の死は片腕をもがれたような鋭い痛みとなって坂口を襲った。

「結婚したばかりだったのになあ」

「そうですね」

悲しげに俯《うつむ》いた二階堂の前には何もない。

坂口はお茶も出していないことにようやく気付いた。それどころか庭仕事をした手を洗ってすらいない。大学では常にラテックス手袋を使うので、軍手を脱いだだけで安心してしまうのだ。立ち上がって、

「二階堂君。よければ昼飯を食べていかないかね？」

と訊《き》いてみた。

「いえ。お知らせに来ただけですから、おかまいなく」

「そうじゃないんだ。ちょっと気になっていることがあって、だね。きみのアドバイスを仰ぎたいんだよ。悪いけど、店屋物を取ろうとか、食事に行こうと誘っているわけじゃないんだ」

二階堂は苦笑する。

「急に独りになってしまって、家のことを一から勉強しているんだけど。まあ、洗濯と、物の置き場はなんとかなった。あとは食事なんだが、これがなかなか手強《てごわ》くて」

「料理ですか？　料理はぼくもダメですが」

「そうだろうね。大学にいれば学食があるし、自炊する必要もないわけだから」

「先生が料理されるんですか？　ご自分で？」

「料理というほどのことではないが、卵焼きと目玉焼きと野菜炒《いた》めは作れるようになった。パスタはダメだね。粉っぽくてどうにもならないから諦《あきら》めた」

それは水からパスタを茹《ゆ》でたせいだということを、坂口は知らなかった。

「おかずは惣菜《そうざい》を買ってもいいけど、米だけはね。まだ米櫃《こめびつ》にたくさん残っているし、ごはんくらいは炊けるようにならないといかんと思ってさ」

「炊飯器を使わないんですか？」

怪訝《けげん》な表情で二階堂が問うと、

「使っているよ」

と、坂口は苦笑した。

「今も正午に炊けるようにタイマーをセットしてあるんだよ。ところが、何かが違うんだ」

話すそばからキッチンで米が炊けていく音がしてきた。二階堂を食事に誘うタイミングとしてはちょうどいいし、二階堂も興味をそそられたようだった。機械が自動で炊く飯にどんな難しさがあるというのか、科学者の好奇心が疼《うず》くのだろう。

「何度やってもうまくいかない。だから、ちょっと食べてみて欲しいんだ」

「わかりました。それにしても妙ですね。ああいうものは、お任せでバッチリいくように設計されてるはずですけどね」

手を洗って台所に立つと二階堂も興味深げにやって来て、

「お手伝いしますよ」

と坂口に言った。

さて、では何をおかずにしようかと、坂口は頭をひねる。妻が丹精していた糠床《ぬかどこ》は、お父さんには管理できないからと娘が持って行ってしまったので、残されているのは去年の梅干しだけである。手伝いますとはいうものの、二階堂自身もまったく料理ができないらしい。手持ち無沙汰《ぶさた》に立ったまま、炊飯器の湯気を嗅《か》ぎ、

「本当だ……たしかに変な匂いがしますね」

と、首を傾げた。

「そうだろ？　何度試してもクサいんだ」

冷蔵庫から魚肉ソーセージを出して輪切りにし、皿に盛りつけてマヨネーズと醤油《しょうゆ》をかける。それから鯖《さば》の缶詰を開け、これも器に盛りつけた。妻の形見の梅干しには手をつけず、コンビニで買った浅漬けを器に移す。

「ああこれ、魚肉ソーセージって旨《うま》いですよね。これがあると白飯が何杯でもいけますよ」

料理とは名ばかりのメニューだったが、意外にも二階堂の反応はいい。あとはヤカンでお湯を沸かして、インスタント味噌汁《みそしる》を二人分用意した。

「料理とも言えないメニューで悪いがね、独りで食べる食事の侘《わび》しさが身に染みていたところだったので、今日はちょっと嬉《うれ》しいよ」

「いえいえ、こちらこそ。学食が使えない日はカップ麺《めん》がデフォなんで、魚肉ソーセージで炊きたてごはんが食べられるなんて最高ですよ」

ビールも飲みたいくらいだったが、黒岩のことがあるので自粛した。今頃、彼の新婚の奥さんは、悲しむ暇もないほど雑務に追われているだろう。

有り合わせのおかずをテーブルに運び、二階堂と向かい合って食卓を囲んだ。切ったり盛ったりしただけの料理に申し分はなかったが、さて肝心の白飯は、茶碗《ちゃわん》を持ち上げただけで違和感があった。

「ん？」

と、二階堂が眉《まゆ》をひそめる。

「薬品臭いですね」

「そうだろ？」

二階堂は箸《はし》先にごはんを少し取り、恐る恐る口に運んだ。

判定を仰ぐ気持ちで、坂口がそれを見守る。

「わ、ダメだ。妙な味がします」

「やっぱりか……」

坂口も飯を食べてみた。洗剤臭がするのであった。

「米が悪くなってるのかな？　それとも消毒がきついのか」

二階堂は茶碗を置くと、味噌汁で口の中を洗った。

「悪くなった味じゃないですよ。農薬かもしれませんねえ」

「そうだろうか。でも、妻が炊いていたときは、こんな味はしなかったよ」

「じゃ、やり方が悪いのかもしれません。ときに先生、どうやって炊いているんです？」

「どうやってって……」

坂口は説明した。

「きれいに米を洗ってさ、目盛りの位置まで水を入れ、あとはタイマーをセットするだけだが」

「ふーん……たぶんそれでいいんですよね。自動炊飯器なんだから」

「そうだよな。もっと洗ったほうがいいのかな」

「かもしれません。シンプルなだけに、洗う手間が重要なのかも」

坂口は米の一粒一粒を恨めしく見下ろした。

「米は小さいからねえ。一粒ずつ洗うわけにもいかず、洗剤を入れたボールにザルを重ねて、そこで洗ってしまうんだが」

「……そうですね……あっ！　でも、もしかしたら、米用の特別な洗剤があるのではないですか？」

「そうか。それは考えてもみなかった」

坂口は顔をほころばせた。

「いや、そうかもしれない。最近ようやく知ったことだが、洗濯も洗剤を使い分けるんだよ。しかも洗剤を洗濯機に投入する順番が決まっているんだ」

結局のところ炊きたての白飯は臭くて食べることができず、食パンを焼いて代わりに食べた。

明日は学生たちに黒岩の訃報《ふほう》を告げねばならず、また、彼の告別式にも行かねばならない。そのあたりの相談を終えてから、二階堂は帰って行った。


再び独りになってしまうと草取りの続きをやる気力は萎《な》えて、坂口は書斎に籠《こ》もった。デスクには如月が残したデータがある。一度は大学の研究室へ持ち込んだものの、例のウイルスに戦慄《せんりつ》して、また自宅へ持ち帰ったのだ。

妻のことで記憶の隅に追いやられていたそれを、坂口はまた引っ張り出した。

如月がいたずらに兵器のようなウイルスを創ったとはどうしても思えず、同じ研究者として本当の理由を知りたかった。休日に一緒の時間を過ごそうと気遣う相手はもういない。腰の痛みに老いの足音を聞きながら、科学者の性《さが》には勝てないと自分を嗤《わら》う。恩師如月がそうだったように、科学者という生き物は生涯何かを調べ続けずにははいられないのだ。

忘れずに買ってこなければならないのは米用洗剤で、これは明日にでも大学の購買会で銘柄を教えてもらうことにしよう。

『米の洗剤』と手の甲に書き込んで、坂口は如月のディスクをホルダーに入れた。

翌月曜の夕方。坂口は帰宅ラッシュに揉《も》まれつつ神楽坂《かぐらざか》の駅に降り立った。黒岩准教授の葬儀に向かうためである。

出口の正面に小高い森を持つ神社があって、葬儀会場の寺はその奥という。遺族の意向で葬儀は大きな斎場でなく寺の本堂で行われるのであった。

神社の森を抜けた先にはマンションやビルが建ち並んでいる。こんなところに寺があるのかと思って行くと、道路脇にしめやかな明かりを灯《とも》すお寺の門が見えてきた。

喪主である奥さんが『葬儀は身内のみで簡素に行うのでお気遣いなく』と大学に伝えてきたために、協議の結果、元上司にあたる坂口が代表でお悔やみに向かうことになったのだ。小さな門に告知板が立てられて、故という文字を冠した黒岩の名前が書かれていた。その足元を百合《ゆり》の花が飾って、見知らぬ若い女性がひとり、脇で来訪者を迎えている。礼服姿の坂口を見ると近寄ってきて頭を下げた。坂口も頭を下げる。

「このたびは誠にご愁傷様でした。わたくしは故人様とは……」

定石通りの挨拶《あいさつ》を交わしたあとは大学の関係者だと告げて、境内へ通された。受付で記帳し、香典を渡すと、

「誠に恐縮ながら、お身内のみで故人様をお送りしたいというご遺族様のご意向で、お焼香は本堂おもての香台にてお願い申し上げております」

と、静かに言われた。本堂は受付の先にあり、扉を開け放った内部に喪服姿の親族たちが並んでいた。法要はすでに始まっていて、読経《どきょう》の声が響いている。

黒岩も坂口も研究の虫だったから、学外での付き合いはなかったが、彼の早すぎる死はショックだったし痛ましくもあった。数珠《じゅず》を手にして焼香の場所へ向かうと、最後列にいた人たちが振り返って会釈してきた。故人とよく似た顔かたちからして、黒岩の親族だろうと思われた。

祭壇に祀《まつ》られた黒岩の写真は、読経する僧侶《そうりょ》の高すぎる帽子《もうす》に遮られて見えなかったが、その前に座る奥さんらしき女性の背中は少しだけ見えた。

若い奥さんをもらったと聞いてはいたが、後ろ姿は総じて黒岩に不釣り合いな印象があった。栗色に染めた髪を高く結い上げ、気怠《けだる》げに最前列に陣取る様は、夫との急な別れを悲しむ喪主というより、やる気のないホステスのようだ。地味だった黒岩と正反対の派手な印象。あまりに短い新婚生活は、果たして幸せなものだったのだろう

か。いやいや、外見だけで人を判断するのはよくないぞ。

坂口は自分を戒めて姿勢を正した。

香をつまんで香炉に移し、(黒岩くん、残念だよ)と、心で言葉をかける。数珠を手にして合掌すると、真面目だった黒岩の大きすぎるメガネと、その奥の瞳《ひとみ》が思い出されて泣けてきた。研究室ではマスクをするので、どうしても目ばかりが印象に残るのだ。

焼香を済ませると会葬御礼を頂戴《ちょうだい》して寺を出た。喪主や遺族と言葉を交わすこともなかったから、惜別やお悔やみに来たというよりも、本当に葬式が行われていて、黒岩が死んだと納得するために来た感じになった。

昨日まで元気だった誰かが、ある日、ふっといなくなる。二度もこんな思いをすると、死は日常と背中合わせに存在し、容易に反転するものと思い知らされる。坂口自身も先に突然の死が待っていてもおかしくないということだ。

マンションやビルの明かりが逆光となって神社の森はひときわ暗く、黄泉《よみ》を通って駅へ出る不吉な幻想に囚《とら》われた。

「ちょっとすみません」

暗い森に入った途端、か細《かす》い女の声がした。

気のせいかと思うほど微《かす》かで儚《はかな》げな声である。坂口は足を止めだが、老眼のせいで

夜目が利かず、前方に建つマンションの明かりが眩《まぶ》しい。訝《いぶか》しげに目を細めていると、突然、手水舎《ちょうずや》のあたりに人影が湧いて、

「ひゃっ」

と、恥ずかしい声が出た。

「脅かしてすみません。ちょっとお話を……よろしいでしょうか」

意外にも若い声だ。真っ黒な影が動いて、相手が背の高い女らしいこともわかった。

「誰に？　ぼくに言ってる？」

影に問いかけると、

「帝国防衛医大の坂口教授ですよね？」

と、女は訊《き》いた。

ツカツカと歩み寄って来て薄暗い外灯の下に出る。歳のころは二十代後半。黒いスーツの上下に白い開襟シャツを着て、髪を後ろでひとつに束ねていた。

「もう現役教授じゃないけどね……ええと……貴女《あなた》さまはどちらさま？　大学か学会かどこかで会ってますかね」

卒業生かもしれないが、その印象は記憶になかった。ならば製薬会社の営業だろうか。そうだとしても葬儀のあとに、こんな暗がりで声を掛けてくるのは悪趣味だ。

考えていると、女は上着の奥に手を突っ込んで、紐《ひも》でグルグル巻きにしたものを出

して坂口に向けた。紐の隙間に外灯の明かりが反射したので、エンブレム付きの身分証だと勝手に思った。

「警視庁刑事部捜査支援分析センター、ＳＳＢＣの海谷《かいや》です。黒岩一栄《かずしげ》准教授について少しお話を聞かせて頂けませんか」

「警察の人？」

「そうです」

女は頷《うなず》く。

眉間《みけん》の縦皺《たてじわ》が結構濃い、と坂口は思った。まるで重苦しく悩んでいるような表情だ。

他の会葬者が脇を通り過ぎて行く。海谷は無言でやり過ごし、人影が去ると、

「黒岩先生がどうかしたかね」

「坂口先生はコーヒーがお好きでは？」

いきなり聞いた。

たしかに坂口はコーヒーが好きだ。

けれど、家でそれを淹《い》れてくれた人はもういない。

海谷が坂口を連れて来たのは駅前の小洒落《こじゃれ》たカフェだった。会社帰りの人でほぼ満

席だったが、海谷は案内を待たずに店内へ入ると、ツカツカと進んで一番奥のボックス席に陣取った。その様子から察するに席を予約していたようである。店員が注文を取りに来ると、坂口の好みも聞かずにブレンドコーヒーを二つ注文した。

「コーヒー代は結構ですよ。こちらの経費で計上しますから」

だから文句はないでしょと言いたいような口ぶりだ。またも上着に手を突っ込むと、内ポケットから手帳を出す。家以外では常に夫に主導権を持たせてくれた妻と正反対の彼女の態度が、坂口にはむしろ新鮮だった。会葬御礼の品を隣の席に載せ、上着を脱いで上から掛ける。夜とはいえ礼服姿は蒸し暑い。テーブルに置かれた水を飲み、

「質問とは何でしょう」

と再び訊《たず》ねた。眉尻《まゆじり》を若干下げて口元に笑みを浮かべる。初対面の相手と話すとき、坂口が無意識にする表情だった。

「なにか黒岩先生のことを調べているんでしょうか。それより貴女は本当に……」

海谷は射るような一瞥《いちべつ》で坂口を黙らせ、手帳から名刺を抜いてテーブルに載せた。名刺は横書きで、コアラが宇宙人になったようなピーポくんのイラストとSSBCのロゴがあり、『警視庁刑事部捜査支援分析センター・捜査支援分析総合対策室・海谷優輝《ゆうき》』と書かれていた。坂口が名刺を受け取ると、

「これで信じて頂けました？」

とニッコリ笑う。眉間の縦皺はそのままに、女優がカメラテストをしているような微笑みだった。

「刑事さんですか？」

「そう思って頂いてかまいません。ところで」

海谷は坂口と黒岩の関係を訊ねてきたが、関係もなにも二人は大学の同僚でしかない。坂口はそう話し、ついでに互いの立場を説明した。

「ぼくが若かったころと違って、最近は博士号を持つ人が随分増えてね、なのに学生の数は激減しているでしょ？　一生懸命勉強して博士号を取って学者になっても、安定した働き口は多くない。教員もあとがつかえているから、歳を喰《く》ったらさっさと追い払われてしまうわけでね。ぼくも今年度から特任教授の立場です。ぼくが現役を退いたのでポストがひとつ繰り上がり、黒岩先生もこの春から准教授になったというわけで、彼との関係を端的に言えば、同じ研究室の同僚ですよ」

「黒岩さんは准教授になる前、どんなポストにいたんです？」

「講師だね」

「講師と准教授で待遇は違うんですか？」

「それはもう」

坂口はその差をかいつまんで説明した。待遇には格段の差があるし、もっと言えば准教授と教授の間にも大きな差があるが、そこまでは説明しなかった。

「そうなるとポスト争いもあるんでしょうね」

コーヒーが運ばれて来ると、店員が去るのを待って海谷は聞いた。

彼女の髪はストレートで、動くたび艶々《つやつや》と光が動く。化粧気はほとんどないが、大きな瞳《ひとみ》がエキゾチックだ。

「ん……ちょっと待ってくださいよ。黒岩先生の死因に不審な点でもあるんですか？」

「質問はこちらがします」

海谷はまたもニコリと笑う。

嫌な女だと思った。娘の万里子より若そうな刑事が還暦過ぎの学者を手玉に取ろうとしている。珍しくムッとしたのでブラックのままコーヒーを飲んだが、小洒落た店構えの割に味はイマイチだった。憮然《ぶぜん》とした年寄りに怯《ひる》むことなく、海谷もコーヒーカップを引き寄せる。ソーサーごと持ち上げてハンドルをつまむと、優雅にひと口味わってから、顔をしかめて、

「不味《まず》い」

と言った。そういう顔ばかりするから眉間の皺が深くなるのだ。

「香りもコクも深みもなしね。無理して飲むことないですよ？　席代として注文しただけだから」

あまりに容赦のない物言いに、坂口は思わず吹き出した。神社の暗がりで待ち伏せされて、警察官だと名乗られて、こっちも身構えていたものだから、若い彼女の素っ気ない態度が高圧的に感じられたのかもしれない。やましいこともないのに年寄りが緊張してどうするのだろう。坂口はコーヒーカップをソーサーに戻して、

「どういう意味でポスト争いと仰《おっしゃ》っているかわかりませんが、事実、競争率は高いですよ。わずかなポストを狙っている人が多いんだしね。でも、じゃあ足の引っ張り合いがあるかといえば、学者というのはみんな案外お人好《ひとよ》しでね、立場に関係なく互いを『先生』と呼び合う人たちだから、一般企業のように生き馬の目を抜く状況にはなりません。前々から準備を進めておいて、しかるべきチャンスを待つという感じかな。殺伐とした雰囲気はほとんどないね」

それから、

「確かに、ここのコーヒーはあまり美味《おい》しくないね」

と、付け足した。

海谷はテーブルの下でメモを取っていたが、また目を上げて坂口を見た。問いかけるときは必ず視線を合わせてくるので、心の内を見透かされている気分になる。

「黒岩准教授は前々から体調が悪かったんですか？」

「そんなことはない。金曜も普通に大学へ来ていたし」

「持病があるとか、長く残業が続いていたとかは？」

頭を過《よ》ぎったのは、あのウィルスのことだった。

たしかにあれを処分するまでは数日間大学に籠《こ》もりっぱなしになった。しかし、それもすでに前の話で、現在は通常業務だったのだ。坂口は首を傾げた。

「さっきも申し上げた通り、今年度からぼくは特任教授でね、週に五日、午後五時までの勤務なのですよ。特別なことがなければ遅くまで大学に残らないから、五時以降のことはわかりかねます」

「なるほど」

嫌みでもなく海谷は頷く。

「ところで貴女《あなた》は、黒岩先生の死に不審な点があるからぼくを待っていたんだよね？」

どうせ答えはしないと思いつつもまた訊ね、

「そうじゃないの？」

と念を押す。すると海谷は、

「そうですよ」

呼吸するような気軽さで答えた。

「え」

「だから、そ、う、で、す」

今度は一音一音を切って、坂口の目を覗《のぞ》き込む。こうもあっさり肯定されると、その後の質問が続かない。やはり手玉に取られていると思った。

「黒岩准教授が亡くなったことについて、坂口先生はどう聞いておられるんです？」

海谷は不味いコーヒーをテーブルの隅へ追いやった。

「どうって……」

二階堂から聞いた以上のことは知らない。

「散歩に出たまま帰らないから奥さんが探しに行って、騒ぎに遭遇したと」

「それだけ？」

「そうだけど」

「失礼ながら黒岩准教授の奥様と面識は？」

「いやまったく。結婚式も……招待状をもらってはいたんだが、同じ頃に不幸があって、式には参列しなかった。お焼香の時に初めて後ろ姿を見たが、ご遺族と会話もしなかったしね」

「なーる……ほど」

海谷はイスにふんぞり返って後頭部をガリガリ掻《か》いた。中年男のような仕草であった。一瞬だけ周囲を見回し、いきなりテーブルに身を乗り出した。

香水だろうか、爽《さわ》やかな花の香りがした。

「真夜中に散歩に出ますか？　普通」

一瞬、何を言われたかわからなかったが、すぐ黒岩のことだと気がついた。

「まさか真夜中だったのかね？　黒岩先生が散歩に出たのは」

「奥さんは、お風呂《ふろ》に入っていたので正確な時間まではわからないと仰ってますけど、発見されたのは午前三時四十五分で、救急車が到着したのはその三十分後です。死亡確認は病院で。通報を受けて救急車を手配したのが最寄り交番の警察官で、犬の散歩をしていた人が河川敷のススキの間に倒れている黒岩准教授を発見して交番へ連絡したんです。発見場所は彼が住むマンションのすぐ下で、住人ならばサイレンの音で騒ぎに気付く。奥さんもそれで気がついたのだと思います。でも、普通は入りませんよね？　ススキの藪《やぶ》になんか。下手に触れれば皮膚が切れるし、事実、准教授の顔や手は血だらけだったそうですよ。指を噛《か》みちぎろうとしたみたいに」

バクン！　心臓が躍って景色が震え、坂口は頭から水をかぶせられたようにぞっとした。散歩の途中で倒れて死んだと聞いたとき、想像したのは道に倒れた姿であった。ススキの藪で、自分の指を、噛みちぎろうとした？

「それとも日頃から草むらに入る癖があったとか？　黒岩准教授は」

嫌みのように海谷は続ける。表情ひとつ変えようとしない。

「いやそれは……でも河川敷にいたのなら……例えば釣りをしていたとかじゃ……」

心臓の鼓動が速まった。釣りと傷とは関係がない。自分で自分の指を……坂口は、黒岩の遺体がどんな状態だったのか、目で見て確認したいと思った。心の中で不吉な考えが首をもたげていたからだ。

「釣りの趣味があったんでしょうか」

「いや……聞いたことないけど」

海谷は呆《あき》れて首をすくめた。

「調べたんです。夜の川で釣れるのはウナギやナマズらしいですけど、黒岩准教授はそれ用の装備をしていませんでした。釣り竿《ざお》も玉網もなし。履いていたのもサンダルでした。長靴じゃなく」

「でも病死なんだよね？」

すると彼女は唇をゆがめて苦笑した。

「心筋梗塞《しんきんこうそく》は死亡診断書に多い死亡理由です。死んで心臓が止まって壊死《えし》した状態のことで、死んだら心筋梗塞か心不全になります」

「不審死だったと言いたいのかね？　ニュースにはなっていないようだが」

「なんでもニュースになるわけじゃないです。でも、まあ、ご遺体は手際よく荼毘《だび》に付されてしまったし、病院の死亡診断書も出ているわけで、書面上の問題はありません。なにも」

海谷はコーヒーではなく水を飲み、また微笑んだ。

坂口は、追及せずにはいられなかった。

「黒岩先生は本当に自分の指を噛んでいたのかね？」

「残念ながら、そのあたりのことも今となっては不明です。死亡診断書によると、指にも口にも、もっと言うと手足にも傷が認められたということですが、ススキで切ったのかもしれないし、直接の死亡理由じゃありません。ご遺体を見た人の印象ですね。まあ……これは事件じゃないのだし、事件になる可能性も低いから、素人さんに詮索《せんさく》して頂く必要はないです」

さっさと手帳をバッグに押し込むと、イスを鳴らして席を立つ。

「ならば何が気になるんだね？」

海谷はそれには答えずに、

「どうもありがとうございました。私はこれで」

と、伝票を引き寄せた。

「もういいのかね」

「結構です。お時間を取らせてすみませんでした。コーヒー、ゆっくり召し上がれ」

弓形に目を細めると、振り向きもせずに店を出ていく。混雑するカフェの喧騒《けんそう》と、ほとんど手つかずのコーヒーだけが、坂口の前に残された。

その晩、坂口は夢を見た。

キッチンで米を洗っていると、玄関の呼び鈴が鳴った。こんな時間に誰だろうと思って出て行くと、磨《す》りガラスに男の影が映っている。姿はハッキリ見えないものの、死んだ黒岩だとすぐにわかった。白衣を着ている。

なぜだ？　黒岩君は死んだのに。

疑問を感じた坂口は、答えに思い当たってゾッとする。黒岩の死体は自分の指を喰《く》いちぎろうとしたようだったと海谷が言った。玄関の引き戸は内鍵《うちかぎ》がついており、つまみをねじれば施錠できるのに、なぜだか鍵がかかっていない。

ピンポーン……とまたベルが鳴る。見れば白衣の影は痙攣《けいれん》を始めた。

まずいぞ。彼を中へ入れてはまずい。坂口は玄関に鍵をかけようとしたが、恐怖と焦りでうまくできない。そうするうちにも引き戸はガタガタと揺れ始め……ピンポーン……じれたかのようにベルが鳴る。

何か、そうだ、つっかえ棒をすればいい。閃《ひらめ》きはしたものの、それを取りに行っている間にヤツは引き戸を開けて入ってくるに違いない。

ピンポーン……そして、

——坂口先生——

磨りガラスの向こうで黒岩の呼ぶ声がした。

ピンポーン——先生——ピンポーン——坂口先生——ピンポーン……

返事をするべきだろうか。いやいや、あれはもう黒岩君じゃない。ウイルスに脳を占拠されてモンスターになったのだ。入れてはいけない。感染する。

戸を押さえ込んだその瞬間、ビ、ビビビビ、と嫌な音がして、磨りガラスに血しぶきが散った。ビチャッ！　と、血の塊が飛び、鮮血の隙間に黒岩の顔が……

「うわあぁっ！」

坂口は布団をはね飛ばして起き上がった。

部屋のカーテンがうっすらと明るく、寝室には夜明け前の澄んだ空気が満ちていた。ドキドキ……ドキドキ……助かった。もう大丈夫だ。ありがたい。今のは夢だと言い聞かせても、心臓は恐怖に震えていた。

黒岩准教授は感染していた。

何に？

宿主を操るゾンビ・ウイルスに、だ。

倒れ込んで頭を枕に載せた。仰向《あおむ》けになって見えた天井に無数の目玉が並んでいる。それは古い壁紙の汚れであって、円形のものが二つ並ぶと目と認識してしまう脳が見せる幻だ。わかっているのに坂口は寝返りを打って目を逸《そ》らす。すでに別の恐怖に襲われていたからだ。あの日。ゾンビ・ウイルスの処分を決めた日。娘の万里子から電話があって、自分は研究室を飛び出した。

ウィルスは責任を持って処分すると、黒岩君はそう言った。

妻の通夜の最中に、処分して業者に消毒を頼むと報告もきた。

「……本当に？」

坂口は両手で自分の口を覆った。

黒岩は密《ひそ》かにサンプルを残し、ウイルスへの恐怖から坂口に無断でワクチンの開発を進め、図らずもウイルスに感染したのではないか。河川敷でススキの中にいた黒岩は、覚醒前のマウス同様に仮死状態だったと言えないだろうか。もしもそうなら……

――先生……坂口先生……――

夢の中から黒岩が呼ぶ。

遺体は茶毘に付されたか。ならばウイルスも死んだはず。狂犬病は発症者の唾液《だえき》で感染するのであって、潜伏期間には感染しない。けれどインフルエンザウイルスは発症の一日前でも感染力を持っている。あのウイルスはどうだろう。ましてやヒトに感染したなら……今さら検証したくても、坂口はあれを保管していない。

「……しまったな……」

坂口は額を叩《たた》いて目頭を揉《も》んだ。

今さらなぜ後悔するんだ？　パンデミックの恐怖から一刻も早く逃れたくて処分を決めたのは自分じゃないか。

黒岩は土曜の夜に河川敷で死んだ。死亡診断書が書かれて火葬されたのは二十四時間が経ってから。でも、もしも……もしも彼が、そのとき仮死状態だったなら……

「そんなはずはない」

坂口は自分に言った。

仮死状態のマウスを調べたとき、二階堂君はパルスオキシメータで信号を確認したと言ったじゃないか。仮死状態と死亡は違う。まして黒岩君は救急車で運ばれて病院で死亡を確認されたわけだから、医師が間違えるはずなどない。

でも、もしも、もしも人間とマウスで発症の形態が違っていたら……前例のない症例が起こっていたらどうなるのだろう。

悪いほうへ、悪いほうへと考えは流れる。自分はウイルスの焼却処分に立ち会わなかった。黒岩と二階堂に任せてしまった。だからこそ余計に不安が募る。でも、そんなはずない。そんなはずはないのだ。

海谷という女刑事は何を知りたくて自分のところへ来たのだろうか。彼女は何を調べているのか。何に対して疑問を抱き、何を知っているのだろうか。

坂口は再び天井を見た。

カーテンレールの隙間に朝の光が差し込んで、不気味な目玉はもう見えなかった。

随分早い時間であったが、坂口は起きて布団を畳んだ。

そして一刻も早く大学へ行って、二階堂から『ウイルスは確かに処分した』という確証を得たいと考えていた。

Chapter 4　消えたウイルス

「黒岩先生が？」

件《くだん》のウイルスが保管してある可能性について二階堂に訊《たず》ねると、思った通り、彼は不本意だという顔をした。

「ぼくらに内緒でウイルス株を残していたって言うんですか」

「ハッキリそうとは言っていないよ。もしやその可能性はないのかと、ちょっと不安になったものでね」

坂口の研究室である。テーブルクロスを替えてくれる人がいなくなったため、未《いま》だに薄黄色の花柄クロスが掛けてある。替えなければと思うのに、家へ帰ると忘れてしまい、大学へ来るとまた思い出すというのを繰り返している。

二階堂はテーブルの脇で腕組みをして、首を傾げた。

「そんなはずないですよ。マウスも備品も高圧滅菌器にかけたあと、通常の手順で焼却処分しましたし、黒岩先生だって念のためにと業者に確認したほどです」

「そうか。そうだよな」

「今さらどうしたって言うんです？」

二階堂は真顔で訊《き》いた。

「坂口先生が仰《おっしゃ》るように、万一あれが伝播《でんぱ》したとして……そうなったら黒岩先生の死亡どころじゃ済まないですよ？　ネズミやイタチ、犬や猫、人間だって……四方八方に仮死状態の哺乳類《ほにゅうるい》が溢《あふ》れ返っているはずですからね」

「うむ。その通りだなあ」

二階堂は眉尻《まゆじり》を下げ、

「しっかりしてくださいよ」

と、苦笑した。

「朝からそんな顔をして……黒岩先生のお葬式で何かあったんですか？」

坂口は家族葬の帰りに警視庁の女刑事から声を掛けられたことを二階堂に話した。

海谷から聞いた黒岩の様子を説明すると、

「ススキの中で見つかった？」

二階堂も驚いていた。

「そんな状態だったんですか。散歩の途中で亡くなったと聞いたから、てっきり道端にいたのかと」

「そうなんだ。しかも亡くなったのは真夜中だそうだ」

「真夜中に散歩はおかしいですね。夫婦喧嘩《ふうふげんか》でもしたのかな」

「新婚ほやほやで夫婦喧嘩なんかしないだろう」

「だから余計に妙です。新婚なら夜は散歩より他にするべきことがあるでしょう」

しごく真面目に言うものだから、坂口は反応に困った。

「それで、何を調べていたんですか？　女刑事は」

「わからないんだよ。そこまで話してくれなかった」

本当は二階堂に伝えておくべきではないか。黒岩の死体には指を喰《く》いちぎろうとした跡があったと。けれど、いたずらに不安を煽《あお》るのも気が引ける。

「やっぱり、訊くことだけ訊こうって魂胆なんだ、ずるいなぁ警察は」

二階堂はそこで言葉を切ると、やや深刻そうな顔つきで坂口を見下ろした。

「実は……誰にも言わずにおいたんですけど」

「何かね」

「黒岩先生、けっこうお金に困っていたんじゃないかと思うんです」

坂口は自らイスを引いて応接テーブルに着くと、二階堂にも座るように勧めた。今や応接テーブルは物置きと化していたが、幸いにもイスには物が置かれていない。二階堂はイスに掛けたが、テーブルに身を乗り出せないので背筋を伸ばした。

「ぼくは黒岩先生に、三万円貸したままなんですよ」

「いつ？」

「結婚が決まる前だと思うなあ。今さらどうしようもないですけどね」

坂口が知る限り、黒岩が金にルーズだったことはない。金の貸し借りをするほど個人的な付き合いがあったわけでもないが、それは二階堂も同じだろう。准教授は正式採用の教員であるのに対し、講師や助教は補助的な立場でもあり、金銭的に余裕がないのは黒岩よりむしろ二階堂のほうだ。そんな相手から金を借りっぱなしだなんて、よほど逼迫《ひっぱく》していたのだろうか。

「三万か……急に物入りだったんだろうかねえ」

「そんな感じもなかったですよ。最初は一万五千円、そのあと五千円だけ返ってきて、次の時には二万円という感じでトータル三万円でしたけど。さすがにまた無心されたときは断ったので」

「その後も無心されたかね？」

二階堂は頷《うなず》いた。

「不思議に思ってはいたんです。黒岩先生はギャンブルをやるような人ではないし、私服だって派手じゃない。むしろ真面目すぎるほどの人だったから……だから彼女に貢いでいるんだろうなと思ったけども、結婚が決まったと聞いたので、投資した甲斐《かい》があったんだなと」

坂口は葬儀で見かけた奥さんの後ろ姿を思い出した。招待状を持って報告に来たときの、黒岩の嬉《うれ》しそうな表情も。

「それはなんとも残念だったね。今さら奥さんに返して欲しいとも言えないものな」

「黒岩先生はメロメロでしたよ。式の時もね」

「若くて綺麗《きれい》そうな奥さんだった。どこで見つけてきたんだろうか」

地味で真面目な黒岩に似つかわしくない派手さではあった。

「披露宴で司会者が二人のなれそめを紹介していましたが、出会いは映画館だったそうですよ。黒岩先生は古い映画が好きだったじゃないですか。ルキノ・ヴィスコンティを観に行ったとき、偶然隣に座ったのが彼女だったと」

ルキノ・ヴィスコンティは一九四二年に『郵便配達は二度ベルを鳴らす』で監督デビューしたイタリアの巨匠だ。その後も数々の名作映画を世に送り出し、世界中にコアなファンを持つ。坂口世代は知る人物だが、二十代の女性がヴィスコンティを観に来ていたなら黒岩の心が動くのも当然だろう。運命の相手と感じたかもしれない。

「お金を貸していたのはぼくだけじゃなくて……奥さんを射止めるために大分無理していたみたいです。死んでしまった人のことをあれこれ言うつもりはなかったんですが、刑事が来たと聞いたので話しておいたほうがいいのかなと」

二階堂はため息をつき、

「警察もきちんと話さないからモヤモヤするんだよな」

と、言った。

「とにかく、ウイルスは問題ないはずです。通常の手順でしっかり処分しましたから……それじゃ」

始業時間が近づいたので二階堂は部屋を出て行った。彼が言うように、もしも黒岩が感染していたならば、今頃は大騒ぎになっているはずだ。

坂口も席を立ち、自分の講義の準備を始めた。

だからKSウイルスはすでに存在しない。黒岩の急死が衝撃的すぎて、そこへ刑事が来たものだから、無駄に怯《おび》えているだけだ。くだらない妄想だ。

そう自分に言い聞かせてはみたものの、講義の資料を持って部屋を出るとき坂口は、ゆっくり閉じるドアの隙間に血まみれの手がいきなり出そうで恐ろしかった。

その日の午後のことだった。裏門の番人ケルベロスが坂口の内線へ連絡をよこした。

――こちら守衛室ですが。坂口先生にお目に掛かりたいという方がいらしてましてね――

ギョロ目の守衛の声だった。

――来訪者の予定表に記載はないですが、どうなってますかね？――

守衛たちは元自衛官の経歴に誇りを持ち、今もなお精悍《せいかん》な体つきを維持し続けている。やや高圧的な物言いはそんな彼らの個性でもある。

坂口はカレンダーを確認したが、誰とも面会の予定はない。もちろん守衛室に来訪者予定を提出してもいなかった。

「いらしてるのはどなたです？」

訊《たず》ねると、淀《よど》むことなく守衛は答えた。

――川上《かわかみ》さんと村岡《むらおか》さんという男性二名です。歳の頃は五十前後の……――

ギョロ目はそこで声を潜めて、（目つきの悪い連中ですよ）と、囁《ささや》いた。

守衛室の内線電話はカウンターと、やや奥まった壁の二ヶ所に設置されている。怪しい人物が来たため眉毛《まゆげ》が来訪者の相手をし、ギョロ目が壁の電話を使って連絡をくれたのだ。「はて」と、坂口は首を傾げる。川上、村岡、どちらの名前も聞き覚えがなかった。

「いや。面会の予定はないよ」

そう答えると、

――じゃあ、どうされますか？――

と、ギョロ目は訊いた。視線で互いを牽制《けんせい》し合う眉毛と来訪者の様子が想像できた。老兵ケルベロスは怪しい人物を決して学内に入れたりしない。

「とりあえず用件を聞いてもらえませんか」

言うと来客に問いかける声がして、やがて、

――坂口先生から話を聞きたいそうですが――

含みのある声で言う。予定表に名前がない人物に、彼らはとことん冷たいのだ。それは職員に対しても同じで、裏門を通したいなら書類を上げろという考えだ。

「わかったよ。じゃ、ぼくがそっちまで会いに行くから」

来訪者を内部へ通すのではなく坂口が行くと伝えると、手強《てごわ》い守衛はようやく電話を切った。

「まったく、あの爺《じい》さんたちは……」

思わず言ってしまってから、自分もたいがいジイサンだけど、と苦笑する。

六十五歳から七十四歳までの前期高齢者と、それより上の後期高齢者を比べてみれば、後期高齢者のほうが生命力に溢《あふ》れている気がするのはなぜだろう。そんなことを考えながら研究棟を出て、ああそうか、裏門のケルベロスを見ているせいだと気付く。あの三人はたとえ百歳になっても変わらない、ような気がする。今さらのように、三人を地獄の犬に譬《たと》えた学生のセンスに感心した。

ケヤキ並木を急いでも裏門までは数分かかる。季節は夏で、並木の影がひときわ黒く、アスファルトの木漏れ日が光を撒《ま》いたかのようだ。坂口は屋外用サンダルに履き替えると道を急いで裏門近くまで来たが、ロータリーにいる髭《ひげ》の守衛が坂口の近づく様子をずっと見守っているようだった。守衛室の前に立っている男二人は、気温がかなり高いのに、どちらもビシッとした細身のスーツに身を包んでいた。

「ははあ」

誰にともなく坂口は頷いた。二人の客が発する威圧的な雰囲気がケルベロスを刺激したのだ。それが証拠にギョロ目と眉毛は、カウンターの前に直立不動で不審な来訪者と向き合っている。ぎこちない笑顔を作りながらも目つきは真剣だ。坂口は髭の守衛に目配せすると、わざとサンダルを鳴らして守衛室へ近づいた。

「どうも、お待たせしました。坂口ですが」

できる限りフレンドリーな声で言う。

四名の男は同時に振り向き、来訪者のほうが会釈した。腰を折るわけでなく、視線に坂口を捉《とら》えたまま顎《あご》だけ下げるやり方だ。一瞬で海谷のそれを思い起こした。

「坂口先生、この方たちです」

ギョロ目は唇をへの字に曲げて、

「お名前以外は存じませんが」

嫌みを込めて付け足した。

おそらく二人は受付名簿に書き込みすらしなかったのだ。

坂口がさらに近寄ると、手前の男が上着に腕を突っ込んだ。この仕草もまた海谷を連想させるものだった。果たして彼が引き出したのも警察手帳で、提示するや瞬く間に懐へしまった。

「川上と」

男は言って、

「村岡です」

次の男も続けて言った。

わずかの間に三人もの警察関係者に会おうとは、思いもしないことだった。爺さんたちが二人を構内に入れたくなさそうなので、坂口はその場で話をすることにした。守衛室から離れてロータリーへ出ると裏門のコンクリート塀の前に立ち、改めてスーツの二人を眺めた。共に目つきが鋭くて、そばに立たれるだけで威圧感がある。彼らの黒い革靴に対し、『微生物研究棟D』と油性ペンで書かれたサンダルを履いている時点で負けた気がした。

「刑事さんなんですか?」

聞くと川上という男のほうが、

「そんなようなものです」

と、答えた。川上はのっぺりした顔で眉毛も目も唇も細く、大昔の雛《ひな》人形を思わせた。色白で短髪。痩《や》せ型で長身だ。背が高いせいもあるが、見下ろしてくる目つきが寒々しい。

「こちらに勤務されていた黒岩准教授について伺いたいのですが」

また黒岩先生か。

思ったことが顔に出たのか、村岡という男が間を詰めてきた。

こちらは背が低くがっちりとした体つき。白髪交じりの髪をオールバックにして銀縁メガネをかけている。顔は丸くてジャガイモのようだが、表情に乏しく、見られるだけで敵意を感じる。坂口は尋問されているような気分になった。

「黒岩先生は亡くなりましたよ。昨日が葬式でした」

「知っています」

と、川上が頷《うなず》く。知っているなら先に言え。

「個人的なことなら存じませんよ？　大学以外で付き合いはなかったですから」

何も質問されていないのに、海谷のことを思い出してつい構えた言い方になる。

長身の川上は小首を傾げて、細い目を弓形にして、唇の片側だけをちらりと上げた。

口が引き攣《つ》ったわけではなくて、笑ったつもりのようだった。

「個人的なことではなく、どんな研究をしていたのか聞きたいのです」

「どんな研究？　黒岩先生が、ですか？」

「坂口教授。あなたたちのチームが、ですよ」

ニッと村岡も歯を見せる。

この二人に比べたら、海谷の笑顔は数千倍も魅力的だった。

「どんな研究と言われても、ぼくらのチームが調べているのはウイルスですよ？　ウイルスの……」

遺伝子コードに突然変異が起きる理由が研究テーマだと話しても、彼らは理解できるだろうか。坂口は二人が気に入らなかったので、敢《あ》えて専門用語を交えて説明を始めた。学会で鍛えてあるので、こういう話し方は得意だ。前のめりになってまくし立てるように専門知識を披露した。

「……というわけで、遺伝子の再集合や組み換えプロセスが遺伝子コードのやりとりにどう影響しているかを調べています。これは病原体の研究にも」

川上は手のひらを向けて発言を止めた。

こちらの悪意に気付いたのか、「講義は結構」という顔だ。

「その研究が新しいウイルスを生む可能性はありますか？」

「は」

一瞬、何を問われたかわからなかった。わからなかったが、KSウィルスのことが脳裏を過《よ》ぎった。もはや存在しないウィルスだ。

「新しいウィルス？」

オウム返しに答えてから、そんな自分が挙動不審でなかったようにと願う。

(冷静に既存データについて話せばいいのだ)

自分自身に言い聞かせるも、二人はこちらをじっと見ている。坂口は答えた。

「どういう意味かわかりませんが、人類が知るウィルスなんか、ほんの一部に過ぎないんですよ？ 世界に未知のウィルスがどれほどあるかわかっていないし、それにウィルスの多くは宿主がすでに持っているウィルスとRNAの一部を取り替えて変異することがあるのです。HAやNAのアミノ酸が別のアミノ酸に置き換わった結果変異が起きることもある。時折インフルエンザの大流行が起きるのも抗原の不連続変異によるものです」

「故意に生み出さなくとも新しいウィルスは常に生まれているってことですか？」

故意に生み出さなくとも、と言った川上の、細い目がひっかかる。

坂口はなおも平静を装った。

「それを新しいというなら、そうでしょう」

すると今度は村岡が言う。

「坂口教授の研究室では様々なウイルスのサンプルを持っておられるのでしょうね」

「ウイルスの研究をしている施設なら、どこだってサンプルは持ってます。なければワクチンの開発ができませんし……研究だってできないんだから」

二人はわずかに視線を交わし、また坂口を見下ろした。

「それはどういう保管状況なのでしょうかね」

「どうって？」

「管理はどうなっているのでしょう」

気温が一度下がった気がした。

保管庫の責任者は黒岩だったが、彼はもうこの世にいない。

「昨年度まではぼくが保管庫の管理責任者で」

「今は？」

「現役を引退したので、黒岩先生が」

「保管庫の中身は毎日確認するんでしょうか」

「毎日はしません。保管庫は保管庫なので頻繁にサンプルを出し入れすることはない。製薬会社や他の研究機関から問い合わせがきたり、研究に必要になったりした場合はサンプルを取り出しますが、その場合も書類を出して責任者が立ち会うルールです」

ポーカーフェイスを決め込むつもりが悲愴《ひそう》な顔をしたのだろう。二人は薄く頷き合って、川上のほうが言う。

「でも、人間のすることですから完璧《かんぺき》というわけにはいきませんよね」

この世に完璧なんてありえないんですよ」

声に棘《とげ》が混じってしまった。どうしてこうも回りくどい聞き方をするのだろう。こうこうこういう事実があって、こうこうこういうことを疑い、調べたいので協力してくれないかと頼んでくれれば話が早いし、こちらも協力を惜しまないのに。

そこまで考えて坂口は、彼らがストレートな物言いをしないのは、実は自分を疑っているからではないかと閃《ひらめ》いた。黒岩のことを聞きたいと言いながら、調べているのが自分のことだとしたらどうだろう。背筋が凍る。

「もしもお願いした場合、保管庫を見せて頂くことはできますか？」

「そりゃ……」

ケルベロスが許さんだろうと守衛室を振り返ったら、爺《じい》さんたちは坂口を守るみたいに三人並んで守衛室の外に立ち、直立不動でこっちを見ていた。

坂口は三人力を得て川上に答えた。

「その場合はぼくでなく大学を通して頂きたい。立ち会うのにやぶさかではないけれど、現役を退いた特任教授の一存では決めかねることですから」

ロータリー前の道路を車が通って、風が吹く。薄いビニールのゴミが飛んできて、川上の靴に引っかかって止まった。川上はゆっくり空を見て、村岡がまったく関係ないことを聞く。

「ときに坂口特任教授の研究室は、海外の企業と付き合いがありますか？」

「海外ですか？」

「香港とかフィリピンとか」

坂口は首を傾げた。

「ないですね」

「黒岩准教授が新婚旅行で香港に行かれたことはご存じで？」

「いえ。自分はちょうどその頃に妻を亡くしましてね、だから彼の結婚式には出ていないんです。新婚旅行のお土産は、もらった気もするけど……どうだろう」

「なるほどね」

村岡は頷いて、「失礼ながら」と、坂口の名刺を欲しがった。自分の名刺は渡さぬくせに、図々《ずうずう》しい。

「特任教授の名刺はまだ作ってないのです。引き継ぎやら何やらバタバタしているうちに妻を亡くして……だから古いものしかありません。今年度の学会までには用意しなきゃと思っていますが」

古くてもかまいませんよと彼は言い、早く名刺をよこせと手を伸ばす。仕方なく古い名刺を彼に渡して、お人好しにも程があると己を嗤《わら》った。

「どうも。ありがとうございました」

まったく感謝を感じられない言い方をして、二人の男は踵《きびす》を返した。

振り向きもせずにロータリーを去って行く。

わざとではなく、ため息が出た。わずか数分程度と思うが、半日も尋問されたような気がした。解放されて振り向くと、仁王のようにこちらを見ていたケルベロスたちが持ち場へ帰って行くところであった。礼を言いたい気分だったが、彼らはそれを求めない。坂口はまた長いケヤキ並木を戻った。

築山《つきやま》の裏を通るとき、研究棟のほうから二階堂が走って来るのが見えた。

何があったか、尋常ならざる様子である。坂口に気がつくとその場に立ち止まって呼吸を整え始めたので、それを見た坂口がサンダルを鳴らして駆け寄った。

「どうした。何かあったかね？」

二階堂は鼻の頭を拳《こぶし》で拭《ぬぐ》った。

「たい……へ……大変で……か……確認」

ゼイゼイとあえぎながらも、懸命に呼吸を整える。

「坂口先生が、し……するから……念のた……廃棄物の確認を、したら……」

3・6ミリのクライオチューブが一本紛失していると二階堂は言った。

「なんだって？」

全身の毛穴が一斉に開いて、嫌な汗がにじみ出た。二階堂の慌てぶりを見ればなおさらだ。

「廃棄書類と照らしてみたら、クライオチューブが一本足りない。ぼくが記憶している本数よりも一本少ない。パソコンの記録が書き換えられて、記憶と違う……あのウイルス、ＫＳウイルスの」

木漏れ日がチカチカと目に差し込んで、坂口は目眩《めまい》を感じた。

「じゃ……チューブはどこに……」

「わかりません」

川上と村岡の姿が脳裏を過ぎる。彼らは本当に去ったのか、どこかに潜んでこちらの様子を窺《うかが》っているのではなかろうか。

「……黒岩先生だと思うのか？」

「少なくともぼくじゃない。あの日はぼくがケージと機器を、黒岩先生がマウスの死骸とサンプルを処分したんです」

「黒岩先生が紛失させたと思うのか」

――ときに坂口特任教授の研究室は、海外の企業と付き合いがありますか？――

ジャガイモのような村岡の顔が瞼《まぶた》に浮かぶ。

――黒岩准教授が新婚旅行で香港に行かれたことはご存じで？――

それがどうした。どういう意味で言ったのか。あいつら……無表情で雛《ひな》人形のような……ヤクザなジャガイモみたいな顔をして……思い出したのは海谷のことだ。彼女はちゃんと名刺をくれた。今の二人はそうではなかった。受付名簿にも書き込まなかった。

「もしも黒岩先生がチューブを持ち出していたら、とんでもないことですよ」

二階堂はあえいでいる。

坂口もまた自分の心臓がとんでもない速さで打つのを感じた。黒岩がゾンビ・ウイルスに感染したのは正夢か。夢で自分を呼んでいたわけは……

「これを伝えたかったのか？」

思わず悪夢に問うたのだったが、

「え？」

二階堂が聞き返しただけで、黒岩はもういない。

「……大変だ……」

吐き捨てて、坂口は脱兎《だっと》のごとく駆け出した。

二階堂と研究棟へ戻るなり一緒に記録の改ざんを確認し、保管庫の中をくまなく調べた。黒岩はワクチンの開発をするべきだと言った。坂口は危険すぎると判断し、ウイルスを処分しようと決めた。もしも黒岩がワクチン開発のためにサンプルを盗んだならば、チューブは保管庫にあってしかるべきだ。けれど保管庫にウイルスはない。

「どうして……どこへ行ったんだ！」

誰にともなく坂口は叫ぶ。

あらゆる生物を介してヒトに感染する可能性があるウイルスだ。シャーレからマウスに感染した経緯を見ても感染力は凄《すさ》まじい。もしもあれが伝播《でんぱ》したなら、わずか半日程度で都内の一区画に広がるはずだ。東京都内の交通網に鑑《かんが》みて、そうなれば即座に日本は阿鼻叫喚《あびきょうかん》の渦となり、国が、世界が壊滅するのに大した時間はかからない。

黒岩の真意は不明だが、元はといえば、

「如月先生、あなたはなぜ……どうして……なんてことを……」

坂口は両の拳を握りしめ、生まれて初めて人を呪った。

「どうします、どうするんですか」

問い続ける二階堂を連れて研究室へ戻り、財布をひっくり返して海谷の名刺を探す。

北向きの窓には葉が茂り、呑気《のんき》に梢《こずえ》を行き来する小鳥の影がガラスに映る。ＫＳウイルスは鳥類にも感染するだろうか。そうなら世界が終わってしまう。坂口は、ゾンビと化して自分を襲う二階堂の姿すら想像できた。コンビニのレシート、スーパーのレシート、購買会のレシート、クリーニングの引換券、次々にそれらを引き出してテーブルに並べ、そしてようやく、ピーポくんが印刷された海谷の名刺を見つけた。

「黒岩先生の葬式の後で会ったのがこの刑事さんだ。彼女に電話して事情を話そう。黒岩先生は殺されて、ウイルスを奪われたのかもしれないと」

電話に手を伸ばした坂口を制し、二階堂が名刺を取り上げた。

「ちょっと待ってください。こんなことが大学に知れたら」

彼は真顔で、最も痛い部分を衝《つ》いてきた。

「どう説明するんです？　ぼくらの研究室が危険なウイルスを流出させたと話すんですか？　そもそもぼくらはあれを滅却しようとしたのに……」

二階堂の顔を見て考えた。目まぐるしく、様々なことを。

黒岩がウイルスを持ち出していたとして、理由は何だ。如月はどうして映像を残した？　さっき大学を訪ねてきた二人の男は、本当に警察官だったのだろうか。

二階堂はなおも言う。

「チューブを取り戻すのが先じゃないですか？　黒岩先生の家へ行って確かめましょう。あんなものを持ち歩くはずないし、自宅に保管してあるかもしれない。奥さんに頼んで家を捜させてもらったら」

「黒岩先生の家を知っているのか」

知っています。と、二階堂は請け合った。

「借金を返してもらおうと思ってマンションまでは行ったことがあります。結局は、ビールを奢《おご》られて、うやむやにされちゃったけど」

二人は終業時刻を待って、黒岩の家を訪ねることにした。


黒岩が倒れていたのは河川敷のススキの中だと海谷は言った。

二階堂に連れられて黒岩のマンションへ来てみれば、なるほどそれはススキが茂る河川敷の脇に建てられていた。

「随分立派なマンションだねえ」

見上げて言うと、

「これを買ってお金が無くなったのか、それか奥さんが浪費家だったか、ですね」

二階堂が呟《つぶや》いた。両方だろうと坂口は思う。

三万円は諦《あきら》めた。それより今は消えたウイルスが大事だと彼は言う。マンションの周囲には生け垣が巡らされているため入り口がよくわからない。エントランスを探す間も焦燥感で早足になる。マンション前の道は細くて車一台が通るにも精一杯だ。道路の向かいもマンションで、高い建物に囲まれているため夕日が差し込んできてくれない。内部に大勢が住んでいるとしても、薄暗くて人影のない道は不気味だ。

「あそこから中に入れます」

二階堂が指す場所で生け垣は切れ、ステンレス製のアーチが見えた。

逸《はや》る気持ちでそちらへ向かうと、中から女が現れた。黒いスーツに長い髪、白い開襟シャツを見て、坂口は思わず足を止め、二階堂も振り向いた。

「坂口先生？」

「刑事さんだ」

薄闇の中、マンションから出てきた海谷が坂口に気付く。互いを確認し合うこと数秒、海谷はいきなり駆けてきて、坂口の腕を摑《つか》んだ。そのまま戻る方向へ引いて行く。置き去りにされた二階堂は、

「え、え？」

と、呟きながらも追いかけて来た。

「刑事さん」

「シッ」

海谷は前方を向いたまま大股《おおまた》でズンズン歩いて行く。坂口は二階堂を振り返りつつ、彼女の歩調に引きずられて行く。三人は無言のままに道を戻って角を曲がり、土手に通じる階段の下で、ついに坂口が海谷の手を振り払った。

海谷は動じることもなく、両手を腰に置いて坂口を睨《にら》んだ。

「坂口先生。あんなところで何をやっていたんです？」

「なにって……刑事さんこそ」

海谷はまた女優風に微笑んだ。眉間《みけん》の縦皺《たてじわ》も健在だ。坂口は二階堂を振り返り、

「例の刑事さんだよ。黒岩先生の葬儀で会った」

説明してから海谷に視線を戻す。

「……こんなに綺麗《きれい》な人だったんですね……」

海谷も坂口も、二階堂のため息など完全無視だ。

「黒岩先生の家に行こうと思ってね」

「黒岩准教授は亡くなったのに？」

「奥さんに用があったんですよ」

二階堂が脇から言うと、海谷は背の高い彼を見上げて聞いた。

「こちらの方は？」

「坂口先生の研究室で助教をしている二階堂です」

「警視庁の海谷です」

そしてスッと頭を下げた。今日は髪を束ねていないので、長い黒髪がサラサラと風に揺れ、二階堂は少し照れた顔をした。

「せっかくですけど、行っても奥さんはいませんよ」

会釈を終えると海谷は言った。

それから土手のほうへと顎《あご》をしゃくって、ついて来いと階段を上がった。坂口と二階堂は顔を見合わせ、黙って海谷の後に続いた。またも手玉に取られている。

階段の上は車道で、突っ切ってまた土手を下りると、サイクリングやジョギングができる歩道があった。歩道の先は河川敷を利用した水田で、水田として利用されている以外の場所には丈高くススキが茂っている。

夕日を赤く反射しながら、キラキラと荒川《あらかわ》が流れてゆく。川の向こうは川口市で、対岸に広大な公園がある。水田を見下ろす場所で海谷が足を止めたので、坂口と二階堂もその脇に立つ。海谷は言った。

「奥さんはお葬式の後で出奔したみたい。行っても部屋はもぬけの殻よ」

「え？」

意味がわからず聞き返す。すると海谷は厳しい顔で振り向いた。

「もう一度言いますか？　マンションは、もぬけの殻です。誰もいません」

「葬式の後って……まだ終わったばかりじゃないか」

「夜逃げしたって意味ですか？」

二階堂が訊《たず》ねると、海谷はコクリと頷《うなず》いた。

「ご位牌《いはい》と遺骨を置いて行ったの。あなた、二階堂さん。黒岩准教授と奥さんは、どんないきさつで結婚なさったかご存じですか？」

突然話を振られた二階堂は眉根《まゆね》を寄せて後頭部を掻《か》いた。

「黒岩先生が、趣味だった昔の映画を観に行って……」

「そこまでは知っています。その後は？」

「いや……」

「急に金遣いが荒くなったというようなことは？」

二階堂が坂口を見たので、海谷は、「ははあ」と髪を振りさばき、

「少なくとも奥さんのほうは愛情があったと思えません。遺骨を捨てて行ったんだから……」

怒り心頭に発するという体で吐き捨てた。

たしかに酷《ひど》い話だが、坂口はいま別の不安に戦《おのの》いて、せき立てられているのだった。

「刑事さん……つまり黒岩先生は、奥さんに殺されたと思っているわけですか？」

はっきり訊《き》くと、海谷は上目遣いに坂口を見た。

そうだ、とも、そうでないともとれる表情だった。

「亡くなる前日に黒岩准教授の口座から残金のほぼすべてが引き出されていたんです」

「奥さんが引き出したんですか？」

「引き出したのは黒岩准教授本人で、銀行には、もう一戸マンションを買うので頭金が必要なんだと言っていたそうです。ただし、黒岩准教授が本当にマンションを買うつもりだったのか、事実関係の裏はまだ取れていません。あと、そのほかにもカナダ行きのチケットを」

「直後に本人が亡くなった？」

「そう言っていいと思います」

「マンションをどこに買うつもりだったんだろうか」

坂口の素直すぎる反応に、海谷は激昂《げっこう》して言った。

「そんなの嘘に決まってるでしょ。だってあの――」

マンションのほうへ顎をしゃくって、

「――マンションだって、買ったばかりで残債があるのよ」

話を聞けば聞くほどに、坂口は焦りにジリジリと身を焼かれた。黒岩がどこへ行くつもりだったとしても、そんなことはどうでもいい。ウイルスの在処《ありか》が重大なのだ。

奥さんは素人で、ウイルスのことなど何も知らない。万が一ウイルスがまだあそこにあって、部屋の掃除を委託された業者が入り、チューブが破損して中身が出たら……そう思うと生きた心地がしないのだ。

「部屋は見られないんですか？　黒岩先生のマンションの中は？」

海谷は坂口に向けて小首を傾げた。

「だから誰もいないんですって」

「でも、残されたものがあるんですよね？　位牌と遺骨と、あとは家具とか、冷蔵庫とか……」

二階堂も重ねて訊ね、海谷は訝《いぶか》しげな顔をする。潮時だと坂口は思った。

水田の周囲に街灯はなく、あたりは次第に暗くなる。川風が土手を吹き上がり、海谷の髪を掻き乱す。坂口はすべてを話す覚悟を決めて、

「海谷さん」

と、正面から彼女に向き合った。

「失礼ながら、もう一度警察手帳を見せてもらえないかね？」

海谷は眉間の縦皺を深く刻んで、なぜそんなことを言われなければならないのかと、坂口ではなく二階堂を見上げた。もちろん二階堂に坂口の真意はわからない。

長い髪を一振りではねのけて、唇に絡んだ数本を小指の先で耳に掛けると、海谷は上着の奥から紐《ひも》でグルグル巻きにした身分証を引っ張り出した。初対面の時は薄暗い街灯に何かが光るのを見ただけだったが、巻いてある紐を解き、エンブレムと顔写真入りの身分証明書を開いて坂口の前に差し出した。

階級は警部補で、氏名は名刺と同じ海谷優輝、あとは職員番号が記されていた。

こうしてみると最初の時は何を提示されたのかと思う。川上と村岡はチラリと中を見せてくれたが、海谷はそれすら省いていたのだ。

「いや、失礼しました。ありがとう」

坂口は深く頭を下げた。

「別にいいですけど、私を疑ったんですか？」

唇を尖《とが》らせる海谷に坂口は言う。

「海谷さん。どうしてもお話ししたいことがあるのです」


このあたりには土地勘がないので、込み入った話をする手頃なカフェがわからないと考えていたら、海谷は土手を下りたすぐ先のカラオケボックスへ坂口と二階堂を連れて行った。個室なので他の客に話を聞かれる心配もないというわけだ。

窓もなく狭苦しい部屋へ入ると、海谷は坂口を奥へ、二階堂をその隣に座らせて、自身は入り口近くの席に掛け、長い脚を器用に組んだ。

「三十分ごとに延長料金がかかるから、早速本題に入って欲しいんですけど」

髪を掻き上げて坂口、次いで二階堂の顔を見る。

坂口は警察手帳を見せて欲しいと頼んだわけを海谷に話した。

「川上と村岡……さあ……？」

またも眉間《みけん》に縦皺《たてじわ》を刻む。考え事をするたび、この表情になるようだ。

「二人は身分証を提示しなかったんですか？」

「いや、提示しましたよ。貴女《あなた》のように外だけでなく」

海谷はばつの悪そうな顔をして、

「警察手帳は絶対に無くせないものだから、あんな暗がりだと扱いも慎重になるんです。それだけよ」

と言った。万が一にも落とさぬように紐でグルグル巻きにしているらしい。

「提示したと言っても、一瞬だけ開いてパッとしまった感じでね。受付名簿に書き込みもしないし、名刺も置いて行かなかった。なので本当に刑事さんだったのかなと疑惑を持ってしまったのですよ」

「それはすみませんでした」

なぜなのか、二人の代わりに海谷が謝る。

「これは民間人に関係のないことですが、警察官もいろいろで、それができない部署もあります……だから同じ警視庁の職員でも、名前を聞いてもピンと来ないんですけれど、協力を求める態度としてはNGですよね。まあ、私のような跳ねっ返りが言うのもなんだけど」

二人が本物の警察官か、正確なところはわかりかねると海谷は言った。

「海谷さんは跳ねっ返りなんですか？」

すかさず二階堂が口を挟むと、「そこ？」と笑う。

「だって、刑事は二人ひと組で行動すると聞いたんだけど、海谷さんは一人ですよね？　最初に坂口先生と会ったときも一人だったと」

「ハブられてるからね」

海谷は少しだけ首をすくめた。

「ハブ……なんだね？」

「仲間はずれって意味の若者言葉です」

二階堂の説明に、海谷はなおも苦笑しながら二人を眺めた。

「説明する必要もないので詳しくは言いませんでしたけど、私はSSBCの捜査官で、直接的に事件を捜査する刑事ではなく、捜査陣を後方支援するため刑事部に置かれた捜査支援分析総合対策室の所属なんです。電子鑑識といってデータを追いかける仕事というか」

説明を聞いても要領を得ないので、

「後方支援部署が捜査に首を突っ込んで、組織の跳ねっ返りになったというわけかい？」

と、坂口は訊《たず》ねた。

「だって上司が話を聞いてくれないんだもの」

海谷はまたカメラテストのような笑顔を作った。

「どの部署にいようと警察官の使命は同じです。民間人に危険が及ぶと判断したら、調べて生命を守る努力をする。当然のことじゃありません？」

まあそうですねと坂口は言い、どんな危険を察知したんです？　と訊ねた。

「今のはね、ぼくが質問した立場だからね」

海谷は小鼻を膨らませて視線を逸《そ》らし、それから改めて坂口の瞳《ひとみ》を見返した。

「黒岩准教授が香港で開設した銀行口座に、カジノから一億円近い振り込みがあったんです」

「いちおくえん」

と二階堂が唸《うな》る。

「偶然にも私がそれを発見し、調査を始めた矢先に本人の死亡を知った。で、気になってお葬式に行ってみたら、驚きました。准教授の立場にも拘《かか》わらず、家族葬にして参列者を絞っていたことにも、火葬の早さにも、喪主である奥さんの不自然さにも……だから受付で大学の関係者だと名乗った坂口先生に話を聞こうと思ったんです」

「葬式は、奥さんが内々で済ませたいと大学に連絡してきたんだよ。だからぼくが代表で……そういえば二人の刑事にも訊《き》かれたな、うちの研究室は香港の会社と取引があるのかと」

「……公安もマークしていたってことかしら」

独り言のように海谷は呟《つぶや》く。

「あの二人は公安だったのかね？」

「先生、だから言ったでしょ？　警察官もいろいろで、それができない部署もあるって。私の口から公安だなんて、ひとっことも言ってませんから。そこはよろしく」

やはりあの二人は公安か、と坂口は思った。

「どうして公安がぼくのところに」

彼女は組んでいた脚を下ろすと、両手を膝《ひざ》に置いて指を組んだ。

「海外で少し前、廃ビルの火災現場から大量の殺人死体が見つかったんです。ほとんどは黒焦げで死因の特定ができなかったけど、判別可能だった一人がマフィアのボスでした。その事件は反社会的組織への報復か、見せしめだった可能性が高いんですよ。ひとつのグループが皆殺しにされたことから、反社会的組織は別ルートからの犯罪を模索している可能性があって、だから黒岩准教授を調べていたのかもしれません」

「反社会的組織って……」

坂口は思い出していた。妻がまだ生きていた頃、小説家志望の友人の話として話題にしていた海外の事件だ。マフィアのボスは水で腹を裂かれて殺されたとか。

「例えばテロ組織、例えば武器商人、そういう不穏分子のことですね」

体中の血が抜けたかのように、指先がジンジン冷えてくる。言葉をなくした坂口の代わりに、二階堂が身を乗り出して海谷に聞いた。

「黒岩先生に危険思想があったとか、ですか？」

「仮定の話をしただけよ。一億円の流れが気になったから」

「一億円の流れって？　黒岩先生がカジノで一億円勝ったってことでは？」

「カジノで？　まさか」

と、海谷は鼻で嗤《わら》った。

「私はマネーロンダリングを疑いました。国内で大金を動かすと、どんな取引の結果生じた報酬かを申告しなきゃなりません。詳細は公にされるから怪しいお金は動かせない。そういう仕組みになってるんです」

喰《く》い合うマウスのビジョンが頭に広がる。

あれは黒岩が結婚する前だった。香港へ新婚旅行に出かけるより前。マウスを豹変《ひょうへん》させたウイルスを二階堂は兵器と呼んだ。

坂口は生唾《なまつば》を呑《の》み込んだ。

どうして自分は、どうしてあの時、処分に立ち会わなかったのか。

わかっている。妻の臨終だったから。そして黒岩を信じたからだ。

「くそっ」

いきなり小さく吐き捨てたので、海谷は驚いたようだった。

「坂口先生、大丈夫ですか？」

訊ねられたが、坂口は答えなかった。姿勢を正して海谷は続ける。

「汚いお金を洗浄するにはいくつか方法がありますが、カジノで勝たせるのもそのひとつです。当局がマークしている店は各所にあって、黒岩准教授が新婚旅行で訪れたカジノもそれでした。少額を掛けさせて大当たりさせ、勝たせることで報酬を払う」

黒岩は兵器としてウイルスを売り、代金として一億円を受け取ったのか。

坂口は目眩《めまい》がしそうで頭を押さえた。

「警察の恥を忍んで言いますが、この件に注目しているのは今のところ私だけなんです。絶対に怪しいと直感したけど上司は聞く耳を持たない。坂口先生に会って疑念を深め、証拠が欲しくて奥さんに直接アタックしようとしたら、彼女はすでに出奔していた。黒岩准教授の死は捜査対象にすらなっていないのに、なぜ逃げ出すの？　おかしいでしょう？　それにあのお葬式……奥さん側の親族として参列していたのは、全員がアクターだったのよ」

「アクターって」

「芸能事務所に登録している役者です。エキストラやチョイ役をアルバイトでしている人たち。葬儀参列親戚《しんせき》役として一万二千円で雇われた。これで、さっき私があの場所から先生たちを遠ざけたわけがわかったでしょう？　ものすごくヤバい連中が、この件に関わっているかもしれないってことです。そんな場所をウロウロして、危険な目に遭うところだったかもしれないのよ」

坂口はギュッと目を閉じた。間違いない。KSウイルスのチューブは悪意の第三者に渡っている。それを知ってしまえばこそ、海谷にいきさつを話すには覚悟がいった。元はといえば坂口が如月のデータを開かなかったら、ウイルスは大学の保管庫で安全に眠り続けていたはずだ。偶然にもそれを見つけて覚醒《かくせい》させてしまったからこそ、黒岩の人生を狂わせた。今や人類の未来すら狂わせようとしている。

「聞いてください、海谷さん。とんでもないことが起きているのかもしれないのです」

坂口は姿勢を正し、今までのいきさつを海谷に話した。

「……仮死状態から共喰い？」

海谷の不安げな表情を、坂口は初めて見たと思った。二階堂がさらに不安を煽《あお》る。

「感染マウスの症状については大学へ戻ればビデオがあります。処分はしたけどビデオとデータは残してあるから。感染すると肉体そのものに変化が生じ、部位が体から切り離されても、しばらく運動をやめないんです」

「どういうこと？」

「首だけになっても相手を襲い続けていたってことですよ。何秒間かは」

「……うそでしょ」

　先を坂口が引き継いだ。

「残念ながら本当なんだ。恐ろしさのあまり詳しく調べずに処分してしまったが、如月先生のウィルスが宿主の細胞そのものを変異させた可能性があるんだよ」

「なんでそんなものを創ったの！」

　海谷は目の前にいる坂口を責めた。二階堂が割って入る。

「遺伝子を組み換えたのは坂口先生じゃありませんよ。それに、先生は即座にあれを処分すべきだと言ったんです」

「じゃあ、すればよかったじゃない。どうして」

「処分したはずだったんです」

　二階堂も声を尖《とが》らせた。

「坂口先生を責めるのは、ちょっと違うと思います。誰だって緊急事態に遭遇することはあるでしょう？　ぼくらは黒岩先生を信じていたし、それにあの時は、坂口先生の奥さんが倒れたと娘さんから連絡があって」

海谷はただ眉《まゆ》をひそめた。

「妻が死んでしまってね。ぼくは病院へ飛んで行ったが、間に合わなかった。なんと言われようと、今回のことはぼくの責任だ。ぼくが責任を持ってウイルスを処分していたら、こんなことにはならなかったわけだから」

海谷はしばし沈黙し、代わりに二階堂がこう言った。

「……でも、そういえばあのとき黒岩先生は、処分に反対しましたよね？　それじゃ、あのときすでにウイルスを盗み出そうと考えていたってことなんでしょうか」

「や。黒岩先生はただ反対したのではなく、ワクチンを作るべきだと言ったんだ。それは科学者として当然の考えだし、あの場ですぐに結論を出さずに、もっと話し合う必要があったのかもしれない。でも、ぼくは一刻も早く処分したかった。あれを見て感染のリスクを恐れたからだ」

「ぼくもです。ぼくらは間違っていなかったと思う」

でもウイルスは持ち出されたのよね、と、海谷は責めた。

「そんなものが拡散したら、どんなに高額でもワクチンは売れるわ。パンデミックはお金になるのよ」

そんなに簡単なものではないと、坂口は胸の奥で吐き捨てた。

研究室では過去のパンデミックを検証してきた。第一次世界大戦の終わりに猛威を振るったスペイン風邪では、五千万人もの人たちが発症から四十八時間以内に死亡した。その後ワクチンが開発されたが、精製に相応の時間がかかるし、KSウイルスに限って言えば、ワクチンが開発される前に哺乳類《ほにゅうるい》が全滅することだってありうるのだ。

「あれは自然界に存在してはならないものだ。絶対に伝播《でんぱ》させてはいけない。取り返して消失させないと」

海谷は深いため息をつき、長い黒髪を掻《か》き上げた。大きな目で天井を睨《にら》んで、

「科学者の傲慢《ごうまん》って……ムカつく」

と、眉根《まゆね》を寄せた。

「どうして自然界にないものを創ろうとするの？　しかも狂犬病とインフルエンザを合体？　サイアクだわ。バカみたい」

坂口も二階堂もムッとした。

「失礼ながら海谷さん。対岸の火事を決め込まれるのは心外だよ。当然な顔をして科学の恩恵に与《あずか》りながら、その進歩を担う科学者の努力は蔑《さげす》むのかね？　そりゃぁぼくだって、如月先生はなぜあんなものを創り出してしまったのかと憤ったよ。だがしかし、純粋な探究心と努力が思わぬ方向へ舵《かじ》を切ってしまうことはある。断じて悪意からではなく、人類への貢献を考えるからだ。世の中はうまくできていて、貢献を伴わぬ発見には研究費が集まらないようになっているしね」

それに対しては答えずに、海谷は立ち上がって二人を見下ろし、

「映像を提出して頂くわ」

と、キッパリ言った。

「場合によっては本庁で話を聞かせてもらいます。早いとこ黒岩准教授の奥さんを捜して、事情を聞かないと」

「ウイルスチューブは偶然にも奥さんが持っている、なんてことはあるかね？」

「ないわ。一億円もの大金が動いたということは、チューブはすでに誰かの手に渡ったってことよ。すでにあなたたちの出る幕はないけど、警察組織を動かすために、それがどんなに危険なものか話してもらう必要がある」

「もちろんだ」

坂口も立ち上がる。

いつのまにか、海谷は敬語を使わなくなっていた。

「まず映像よ。そのウイルスの、実際の映像を見せてもらわないと」

坂口と二階堂は海谷と一緒に店を出た。

Chapter 5　感染ゲーム

独自捜査なので官用車ではなくマイカーで来ているのだと、海谷は河川敷のグラウンドへ向かい、道路へ出たところで足を止め、唐突に二階堂を振り向いた。

「二人はここへどうやって来たの？　車？」

「電車です」

二階堂が答えると、海谷は人差し指を駅のほうへと向けた。

「なら、二階堂さんは電車で戻って。私の車はツーシーターなの。悪いけど」

すっかり送ってもらう気になっていた二階堂は残念そうな顔をした。

「二階堂君、ぼくが彼女にビデオを渡すよ。それに、きみはもうこの件から手を引きたまえ。ぼくは嘱託だし、妻も亡くして独り身だ。対してきみには将来がある」

「でも先生」

「いいから。年寄りの言うことは聞くものだ。そもそもきみは、ぼくと黒岩先生を手伝っただけだろ？　早く行きなさい、何かあれば明日話すから」

二階堂は半歩退き、考える目で坂口を見下ろした。ややあってから無言で海谷に頭を下げると、踵《きびす》を返して駅のほうへと戻って行った。坂口は海谷に、

「行こうか」

と、言った。

河川敷のグラウンドまで来てみると、街灯の下に真っ赤なフェアレディZが止まっていた。一九六九年に初代が出た国産のスポーツカーで、未《いま》だに多くのファンを持つ。仕事以外に趣味を持たない坂口でさえ、この流麗な車のことは知っていた。

「フェアレディじゃないか。今どきの警察は捜査にZを使うのかね？」

「まさか」

車のドアにキーを挿し込みながら海谷が笑う。

「言ったでしょ？　独自捜査だからマイカーで来たって。官用車がツーシーターとか、ありえないから」

それにしてもこの車。真っ赤なボディはピカピカに磨き上げられて、若干レトロさを感じさせる流線形のラインが美しい。

「どうぞ」

海谷は助手席のドアを開け、運転席に乗り込んだ。

「早く乗ってください」

見とれていると急《せ》かされた。

「これは二代目だったかね？　当時はスーパーカー・ブームだったよな。懐かしい」

座席に深く腰を掛け、シートベルトをすると海谷が言った。

「一九八〇年製のHS130Z、国産車初のTバールーフ車です。父が大切に乗っていたのを私が形見に引き継いだの。行きますよ」

エンジン音はそれなりに尖った音だった。坂口が普段乗っている車よりも車高が低く、子供の頃に憧《あこが》れたスポーツカーの趣にワクワクしてくる。そんな場合ではないというのに、坂口は好奇心に囚《とら》われる。内装も、音も、走りも珍しくて堪《たま》らない。

「これは天井が開くのかね？」

「開きますよ。手動ですけど……ていうか、先生」

海谷は坂口をチラリと見てから、

「ご愁傷様でした。奥様のこと」

と、ハンドルを切った。

「ご不幸があったって、奥様のことだったんですね。ちっとも存じ上げなくて……」

「それは仕方ないでしょう。ぼくらは知り合ったばかりなんだし」

「確かにそうね」

ルームミラーに海谷が映る。

女優のような笑みではなくて、申し訳なげに苦笑している。

「悪意が呼んだ必然か、まさにウィルスを処分しようというときに、妻が倒れたと連絡があってね……つい、他人に任せてしまった」

「奥様は長くご病気だったんですか？」

「そうじゃない。本物の、心筋梗塞《しんきんこうそく》だったんだ。玄関に倒れているのを娘が見つけて、その時はもう……」

「すみません。辛《つら》いことを思い出させましたね」

海谷は殊勝に頭を下げたが、坂口はもう他のことを考えていた。

「さっき言った通り。すべてはぼくの責任なんだ」

海谷は何も答えない。

「ウィルスの処分に立ち会わなかったぼくの責任だ」

自分に言い聞かせるようにもう一度言った。

「処分は黒岩准教授が？」

「二階堂君と二人でね。あれの特性から言っても信頼の置ける人物が少人数で処理するのが正しいと思った。それがこんなことになるなんて……そもそもぼくが保管庫を探さなかったら……」

一瞬だけ海谷は坂口に顔を向け、

「その場合、もっと大きな事故が起きていたかもしれないじゃないですか。事情を知らない人物が不用意にウイルスを解凍していたら」

と言った。慰めようとしてくれているようだった。

「あとは相応の情報を提供して頂ければ、こちらで対処しますから」

赤信号で車が止まると、交差点の正面にそびえる商業ビルの壁面に、巨大モニターが光っていた。昨今はこうしたビルをよく見るが、家庭のテレビでも見られるコマーシャルやバラエティ番組がビルの壁面に映し出されると、坂口はわけもなくソワソワしてしまう。ただでさえ忙《せわ》しない毎日の、この一瞬を、搾取される気がするからだ。

海谷はカーナビを操作するため小さなモニターを睨《にら》んでいる。カーナビは改造されているようで、モニター画面の下側に黒いバーがあり、そこに韓国語と中国語のテロップが流れていた。

「それはなんだね？」

坂口は聞いた。

「さっきもお話ししたように、私は不正なお金の動きを追いかけています。あちらの情報を常にマークしていないと……このバーの部分でデータを拾って、必要な分だけ保存できるようにしてあるんです」

「向こうのニュースか何かかね？」

「そんなところです。ていうか……ニュースみたいに統制されたものではなくて、一般人がネットに流すテキストから特定言語を拾い上げて選別しているんですけど、さほどバッテリーを喰《く》わないので、車なら二十四時間収集が可能だから」

「何が書かれているのかサッパリだ。海谷さんは中国語も韓国語もできるのかね？」

SSBCですから、と、海谷は言った。

「道が思った以上に混んでいるので別のルートを探します。古い車はカーナビが外付けになっちゃって恰好《かっこう》悪いけど仕方ない……ええっと……」

細い指がタッチパネルを操っているときだった。ビルの巨大モニターが一瞬消えて、別の映像が映り込んできた。坂口は体を乗り出して、思わず海谷の腕を摑《つか》んだ。

「海谷さん」

「え？」

巨大な画面一杯に、互いを喰い合うマウスの姿が映されている。四肢はちぎれて血液が飛び、相手の腹に頭を突っ込むおぞましい姿だ。画質は粗く、やや不鮮明で、だから余計に生々しい。海谷はあからさまに顔をしかめた。

「坂口先生……まさかあれ」

信号が変わり、発車する。忘れることのできない凶暴な姿、あの日大学で見たままの惨状が、ビルの巨大モニターに映し出されているのであった。透明なケースの蓋《ふた》に血しぶきが付着していく様を、坂口は体をよじって確認し続けた。

「うちの研究室で撮ったビデオだ。間違いない、うちのビデオだ」

「もう……いったいなんなのよ、もうっ」

海谷は舌打ちをしてスピードを落とし、フェアレディZを路肩に止めた。それからいきなりバックして、モニターが見える場所まで戻った。警察に捕まりそうな所業だが、彼女自身が警察官だ。巨大モニターの画面上部にテロップが流れた。

【コノマウスハ『ゾンビ・ウイルス』ニ感染シテイル】

「……なんなの」

吐き捨てるように海谷が呟《つぶや》く。街行く人はチラリ、チラリと巨大モニターを見上げているが、胸が悪くなるような映像に興味を示す者は少ない。

【ゾンビ・ウイルスハ　全テノ哺乳類《ほにゅうるい》ニ感染デキル】

――……神よ……つまりはそういうことなのか？――

映像のバックで坂口の声がした。間違いない。これは大学で撮られた映像だ。

「これから取りに行こうとしているビデオです。それがテレビに流れてる」

指先は凍るほどに冷たくなった。体中の血管が収縮し、体が一回りも小さくなった気がした。目を皿のようにしてモニターを見ても、思考が停止して何ひとつ考えが浮かばない。

【感染者ハ　動クモノヲ襲イ　自ラモ死ヌ　致死率ハ100パーセント　ワクチンハナイ】

「嘘よ……もう……ウソみたい……」

海谷はスマホを出してどこかへ掛けた。

「海谷です。テレビがおかしくないですか？　え？　電波ジャック？」

そして坂口を見て言った。

「すべてのチャンネルで同じ映像が流れています」

【ゲーム　ヲ　ショウ】

モニター上に巨大な文字が躍り続ける。あれを『ゾンビ・ウイルス』と称したからには、誰であれウィルスの知識を少しは持つ者の仕業だろうと、坂口はようやくそんなことを考えた。

【新富橋《しんとみばし》ヲ中心トスル　半径二キロ圏内ニ　複数ノ爆発物ヲ仕掛ケテイル　中ノヒトツガ　ゾンビ・ウイルスダ】

「……なんて……ことだ……」

坂口はようやく言葉を発したが、それ以外の思考は微塵《みじん》も浮かばなかった。もはや自分自身すら消え去る感覚。いや、むしろそうなってしまいたかった。如月の奥さんから受けた呼び出し電話や、慎ましやかな如月の家、革のアルバム、おびただしい研究記録、保管庫の映像に興味を抱いたことなどが、走馬灯のように脳裏を巡る。あれが悪夢の始まりだった。自分はなぜ罠《わな》にはまってしまったのだろう。なぜ、どうして、悪魔のウイルスを目覚めさせてしまったのだろう。ビルの壁面から過激な映像が消えて、黒い画面にカチカチカチカチと文字だけが流れた。

【解答ハ　ナンバー方式　間違エレバ　ソノナンバーヲ爆破スル】

その背後から巨大な文字が湧き出してくる。

【解答者：内閣総理大臣】

次の瞬間、プツッという感じで映像が切れて、煎餅《せんべい》のCMに変わった。

「……えっ」

電話中の海谷が緊迫した声を出し、

「はい……はい……わかりました」

通話を切ってフェアレディZを急発進させた。警察官なのに運転が荒い。コンビニの駐車場で切り返し、大学と別方向へ走り出す。

「申し訳ありません。坂口先生をご自宅へお送りして警視庁に戻ります。電波ジャックの発信元を突き止めないと」

同時に坂口の携帯電話が鳴った。スマホは宝の持ち腐れになるので、坂口は未《いま》だにガラケーを使っている。電話は二階堂からで、駅構内の大型モニターにマウスの映像が流れたと興奮して言う。坂口もそれを見たばかりだ。不可抗力とはいえ秘匿していた実験映像が晒《さら》されて、二階堂の声は震えていた。

――こんなの酷《ひど》い、裏切りだ、そうでしょう？　黒岩先生はチューブだけじゃなく、ビデオまで持ち出したんです――

「落ち着きなさい。二階堂君」

自分自身に言い聞かせるように、坂口は一言一句を噛《か》みしめる。

「ぼくはこれから海谷さんと、ええと……」

「ご自宅までお送りします」

引きつった海谷の表情が坂口を余計不安にさせる。

坂口は口の中だけで言葉を探し、やや無責任な返答を選んだ。

「何も心配しなくていいから」

「根拠のない気休めなんか、何の役にも立ちません」

海谷が冷たい声で言う。ご高説は尤《もっと》もだ。

「何かあったら連絡するから、きみは……」

坂口は考えて、そして二階堂を落ち着かせる唯一の手段を思いついた。

「きみとぼくとでKSウイルスについて、できる限りのデータをまとめる。大学で会おう」

——できる限りのデータを……そう……そうですね、わかりました——

二階堂は言って、電話を切った。未だ緊張に支配された声、考えることが多すぎて頭がスパークしてしまったという声で。

彼の危機感は正しい。大変なことになってしまった、とにかく、大変なことになったのだ。坂口の脳内を凄《すさ》まじい勢いで思考が巡った。ワクチンの開発が必要だと言った黒岩の声が、特に何度も脳裏に響いた。ウイルスがなければワクチンは作れない。そうかといってウイルスが手に入る状況になったら、それはもう取り返しがつかないことである。狂犬病は人獣共通感染症だ。そしてインフルエンザも鳥類をはじめ人獣に共通する感染症なのだ。人工的に作られた新種のウイルスに対してはどの動物も抗体を持たない。スペイン風邪の比ではなく、地球上の動物が全滅する。どうするんだ？　考えろ、ぼくは専門家だ、考えろ。

マウスの場合、感染から発症まで約二日であった。死亡するまでの時間は、わからない。昏睡《こんすい》から覚めた途端に互いを襲い、喰い合いをして死んだのだから。

もしもあれが人間に起きたら……

「海谷さん。ぼくも一緒に警視庁へ行くよ。ウイルスの恐ろしさを知っているのはぼくと二階堂君だけだ。映像だけでは本当の恐ろしさが伝わらない。実働する人たちに、ぜひ説明させてくれないか」

海谷は無言で車を飛ばす。何か考えているようだった。

「海谷さん」

車が行き過ぎる街には、なんの変化も、混乱もない。あんな映像が流れても、慌てふためく人はない。信号も、交通も、いつも通りだ。夜は明るく、ビルの谷間に月が出ている。

「どうしてみんなパニックを起こさないんだ……一大事なのに……」

坂口が呟くと、ようやく海谷が口を開いた。

「バーチャルに慣れすぎて衝撃が薄いんだと思います。人間は野性の勘が退化して、どんな危険も自分に迫っているとは考えないのよ。パニック映画のプロモーションだとでも思っているんじゃないかしら」

それから坂口を見た。

「むしろ助かるわ。即座にパニックを起こされても困るから。でも、バカはいて……」

法定速度違反じゃないのかと思うようなスピードで、海谷は街をぶっ飛ばす。坂口の家がどこなのか、すでに調査済みなのだ。

「首相官邸のホームページに複数の不審アクセスがあったらしいの。あと、ゲームの開始を宣言するメールばかりが来ているみたい……映像の発信元もだけど、手分けしてそっちも突き止めないと」

「犯人からのメールかね？」

「わからない。悪戯《いたずら》かもしれないし、中に本物が交じっているかも……そんなこと、調べればすぐわかるのに……」

言葉を切って、独り言のように吐き捨てる。

「こういうことがあると中途半端な知識を持ったバカが暗躍するの。頭にくるわ」

めくるめくビル群や、そこに息づく人々の明かりが過ぎて行く。もしもKSウイルスが伝播《でんぱ》したなら、人類の何パーセントが生き残れるだろう。抗体を作れる人間が半分程度はいるのだろうか。そこに大切な人たちは含まれているのか……息子や娘や孫たちや、死んだ妻の顔が頭に浮かんだ。ゆき過ぎる明かりの下に暮らしているのはまさしくそうした人々だ。誰かの大切な人なのだ。

そして考えは振り出しに戻る。やはりゾンビ・ウイルスを回収するのが最善策ではないか。都内に仕掛けられたという爆発物を探し出し、それにセットされているウイルスを隔離するのだ。ゾンビ・ウイルスが伝播する前に。そしてあれを回収したら、今度こそ、命に代えてもせん滅してやる。

「坂口先生」

グルグルと巡る思考を海谷の声が断ち切った。

「もしも、手を尽くしても犯人をスピード逮捕できなかったら、本当にパニックが起きるかも。これから言う番号をメモしてください」

坂口は慌てて胸に手をやって、予定を記録しているメモ帳を出した。言われた番号を記入し終えると、海谷は言った。

「それ、私の携帯電話の番号ですから。何かあればそちらへ電話を」

数分後。警視庁でなく自宅へ坂口を送り届けて、海谷は風のように走り去って行った。


夜明けと共にテレビをつけて、ロールパンをかじりながらシャツのボタンを留めていると、昨日の午後、羽田《はねだ》空港の荷物置き場で女性の遺体が見つかったというニュースが流れた。スーツケースから液体が漏れ出していたのだという。

坂口は吐きそうになった。

感染者の体液は最終兵器に匹敵するぞと、どんなニュースもウイルスと結びつけて考えてしまう。かじりかけのパンを口から離してラップにくるむ。一気に食欲を失ったのだ。彼はすぐさま家を出て駅へと向かった。

始発時刻は決まっているのに、心が逸《はや》って小走りになる。あなたたちの出る幕はないと海谷は言ったし、どうにもできないとわかっていても、どうにかしたくて仕方がないのだ。起き抜けなのに体は疲れ、反面、頭は冴《さ》えていた。一晩中走り続ける夢を見たせいだ。

駅のホームに入ったとき、胸の電話が着信を告げた。一瞬、海谷からの朗報かもと思ったが、表示は見知らぬ番号だった。

「もしもし？」

電話に出ると、

「坂口教授でしょうか」

知らない男の声がした。

「昨日お目にかかった川上という者ですが」

公安だ。大学を訪ねてきた二人のうち、雛《ひな》人形に似ているほうの名前であった。

「今日、会ってお話しできませんかね？」

人のまばらな駅構内を、坂口は見回した。どこかから川上に見られているのではないかと思ったからだ。

「今からですか？　もう出勤するところなんですが」

「いえ。時間を指定して頂ければ大学のほうへ伺いますよ。守衛室へ話を通しておいてください」

名刺も渡さず、来訪者名簿にサインもせず、一方的に話を進めて去った前回とは随

分対応が違うじゃないか。少し考えてから講義の空き時間を告げると、

「ではその時間に」

川上はあっさり電話を切った。

ちょうど坂口の乗る始発電車がホームに入ってきたところであった。


大学の守衛室は午前八時に開く。

学生たちの話によればケルベロスの朝は早くて、夜明けと共に構内を見回っているという。学生の起床時間は午前六時だが、それより早くトイレに起きた時などに姿を見かけるようである。当直部屋は学生寮の一角にあり、彼らは表門の守衛とローテーションを組んで二人ずつの当直に就く。坂口が大学に着いたのは午前六時より前であったが、裏門の呼び出し電話を使うまでもなく、すでにギョロ目が守衛室にいた。

「おはようございます」

帽子を上げてカウンターに寄り、入構証を提示した。

「坂口先生、今朝は随分お早いですな」

きっちりメモをとりながら言う。不機嫌そうな仏頂面も、慣れてしまえばどうということもない。

「やらなきゃならないことがあってね」

「二階堂さんも来てますよ。十分ほど前に入りました」

そうなのか、急がなければと坂口は思い、守衛に告げた。

「あと、午前中にお客が来ることになったんだけど。川上という男性だ」

「川上ね。どちらの川上さんですか」

「警視庁……だと思う」

するると守衛は目を上げて、

「この前の人かね？」

と訊《き》いた。

「今日は身分証を確認しますよ、いいですね？　構内に入れるんだから」

「かまわないよ」

と、坂口は答える。

「もしも身分証を出さなかったら、またぼくを電話で呼んでくれ。ここへ来るから」

「ならば結構。念の為、大学のほうへ書類を出すのもお忘れなく」

朝靄《あさもや》に包まれたケヤキ並木には、カーテンのような朝日が差し込んでいた。

二階堂は研究室の前で待っていた。

挨拶《あいさつ》もそこそこに鍵《かぎ》を開け、坂口は応接用テーブルに鞄《かばん》を載せて如月のアルバムを引き出した。テーブルクロスは薄黄色の花模様。妻が死んだ時のままである。

「遅くなって悪かったね」

「いえ。ぼくもいま来たところですから」

二階堂はそう言って、

「それは？」

と訊《たず》ねた。

「如月先生のデータだ。一周忌の頃に奥さんから電話をもらって、形見にと渡されたんだけど、最初は鍵が掛かっていてね、壊したんだ。そもそも、ここに」

中を開いて一枚を指す。

「如月先生が保管庫にサンプルを残す映像が入っていたんだよ」

二階堂はアルバムを覗《のぞ》き込み、

「なるほど。DVD-Rはこれ一枚だけだったんですね」

と言った。

「それで？　遺伝子組み換えの実験記録も残っているんでしょうか」

「実はまだすべて検証できていないんだ。たまたま映像データに気がついて……後は知っての通りだからね」

坂口は廊下の音に耳を澄ました。

こんな時間に研究棟にいるのは自分たちだけだとわかっているのに、黒岩の一件があってから、盗聴や盗撮含めすべてに懐疑的になってしまう。だが、聞こえるのは空調設備のモーター音と、古い建物が時折きしむ音だけだった。

「昨夜は結局、大学へ戻らなかった。提出予定のビデオがテレビに流れていたんだからね」

二階堂は頷《うなず》いた。

「そんなことだと思いましたよ。あれには心底ビックリしたし、もしもここへ戻っていたら、坂口先生のことだから徹夜していたはずですし」

「うん」

と坂口は頷いた。

「電波ジャックがあってすぐ、首相官邸のホームページに複数のメッセージが来たそうだ。ゲームの開始を告げる悪質なメールで、彼女も警視庁へ呼び戻されてね」

「海谷さんはSSBCでしたっけ？　インターネット犯罪の専門家ですもんね」

「そうなのか？」

「そうみたいですよ」

と、二階堂は言う。

——中途半端な知識を持ったバカが暗躍するの。頭にくるわ——

インターネット事情に疎い坂口にも、昨夜海谷が吐き捨てた言葉の意味がようやくわかった。この緊急事態におびただしい悪戯メールを逐一検証しなければならないなんて、どれほどイライラするだろう。それこそ遊んでいる場合ではないというのに。

「それで？　ぼくらはどうすれば」

坂口は如月が残したアルバムから、まだ検証し切れていない分のCDを抜き出した。

「どう考えても、ぼくは如月先生のしたことに納得がいかないんだよ。あれを創った先生だからこそ、あれの恐ろしさを知っていたはずだと思うんだ。そうだろう？」

「はあ」

「だから、あれに対処する方法も模索していたはずではないかな」

「ワクチンが用意されていたと思うんですか？」

「そう思う。科学者ならば当然のことだ」

「そりゃ……」

二階堂は下唇を突き出した。

「科学者以前に人として当然のことですよ」

憤懣《ふんまん》やるかたない口調である。坂口は、実直なこの若者を好きだと思った。

二人は手分けして如月データの確認作業に入ったが、気持ちが焦るばかりでなかなか前に進まない。おびただしいファイルを開いて表題を確認、疑わしいデータを検証するという地道な作業を繰り返していく。写真や図形以外は論文形式で書かれているので、一目瞭然《いちもくりょうぜん》に確認を終えられるわけでもない。もしもゾンビ・ウイルスに関するデータが残されていなかったならゼロから手探りで対処法を考えなければならないわけで、いずれにせよ早道はない。時折、ゾンビ化してしまった息子や娘、それに襲われる孫の幻影が脳裏を過《よ》ぎる。焦りが思考をかき乱し、論文の上を視線が滑る。そのたび集中力に活を入れ直すといった具合であった。

午前十時三十分。

目頭を揉《も》み出した坂口の背中に、二階堂が声をかけた。

「何か飲み物を持って来ましょう。コーヒーでいいですか?」

悪いね、と坂口は言って作業を続ける。恩師如月の軌跡を追いかける気分でデータを眺めていた時は面白かったが、今は違う。まるで捕食者に追われる小動物になった気分だ。

やがて二階堂がコーヒーを二つ持って戻った。一休みしましょうと言って応接スペースに腰掛ける。テーブルの上に載せられていたあれこれを床に下ろしてコーヒーを置く。テーブルには二階堂のノートパソコンがセットされているので室内はさらに散らかっていたが、そんなことを気に病む余裕すら今はない。

坂口は自分のデスクを抜け出すと、二階堂の向かいに掛けた。イスの背もたれに体を預けてコーヒーを飲みながら、二階堂はまだスマホをいじっている。

それで休憩になるのだろうか。休憩中にもスマホを操作する若者の心理が坂口にはわからない。不思議な気分で眺めていると、テーブルに積まれた資料にスマホを立てかけ、音声を流し始めた。どうやらニュースを見ていたようだ。

「目が疲れないかね？　パソコンを見て、スマホを見て」

「さらに顕微鏡も見ますからね、疲れますよ」

しれしれと言ってコーヒーを啜《すす》り、突然、

「お？」

と、身を乗り出した。置いたばかりのスマホを手に取り、二本指で映像を拡大していくと、顔を上げて坂口を見る。

「坂口先生！　このニュース」

そしてディスプレイをこちらへ向けた。横長の画面にコメンテーターが映っている。

「昨夜の電波ジャックかね？　やっとニュースになったのか」

「それをチェックしていたんですけど、そうじゃなく、羽田空港の荷物置き場で女性の遺体が……」

「それなら今朝のニュースで見たよ。スーツケースに入れられていたってね」

「今、チラリと被害者の顔写真が映ったんですけど。それって黒岩先生の奥さんじゃないですか」

「え？」

坂口は改めてスマホを見たが、画面はすでに切り替わり、アメリカの報道官が映っていた。

「わからなかったな」

と坂口が言うと、

「ニュース専用チャンネルだから、しばらく待てばまた同じ報道をするはずです」

と二階堂が言う。スマホを引き寄せ、人差し指でスワイプしていく。

「あった。これだ」

それはニュース映像ではなく、黒岩の結婚式で撮った写真のストックらしかった。懐かしい大きなメガネ、冴《さ》えない風貌《ふうぼう》の黒岩が、満面の笑みで写っている。隣にいるのが花嫁だ。黒々と長いまつげに大きな目、人形のように作られた顔は、坂口世代にしてみれば人間離れして不気味ですらある。

これが黒岩君の奥さんか。若いと聞いてはいたものの、年齢不詳の少女のようだ。葬式の夜に見たのは後ろ姿だけだが、あの正面にこの顔がくっついていたのだとすれば、坂口は彼女が悲しみに暮れる姿を想像できない。

結婚が決まって有頂天だった黒岩を思い出して複雑な気分になった。彼が金に困っていたのはなぜだろう。身の丈以上の貢ぎ物を要求されていたのだろうか。この作り物めいた女性を手に入れるために。

二階堂はさらにネットのニュース速報を検索し、被害者の情報を確認した。

「やっぱり同じ顔ですよ。黒岩先生の奥さんです。殺人の疑いで捜査を始めたって……殺されたのは彼女です。いったい何がどうなっているのやら」

マンションから消えた黒岩の奥さんは、殺されていた。

もうたくさんだと言いたくなった。

「もしかして、ウイルスを欲しがったのは黒岩先生じゃなくて奥さんなのかな？　初めからウイルスを狙って黒岩先生に近づいたとか」

「そんなはずないよ。初めて如月先生のデータをチェックしたとき、ぼくは黒岩先生の結婚式の招待状をなくさないように動かしたんだ。保管庫でチューブを見つけたのはその後で、マウスの実験はそれを分離した後だったろう？」

「ですよね」

と、二階堂は言って、

「でも、KSウイルスに限らず、なにがしかのウイルスを手に入れる目的で黒岩先生に近づいたって可能性はないですか」

「そうしたら偶然にもあれが見つかったというのかね？　そもそも誰が何の為にウイルスなんか欲しがるんだい？」

「まあ……ウイルスなんてどの研究機関でも保管していますしね。創薬やワクチンの開発は、すぐに金にはならないもんな」

まったく二階堂の言う通りだ。画期的な発見も、認知されて現金を生むまでには幾つもの難関が待ち構えている。それさえ即座に成果を生むことはなく、大半は日の目すら見ずに消えていく。黒岩や研究室に取り入って得になることなど何もない。

「さっぱりわけがわからない……いったい何が起こっているんだ……」

坂口は唸《うな》り、そして突然の呼び出し音に飛びはねた。

音は内線電話のベルで、電話は守衛室からだった。川上がやって来たのだ。

二人はようやく守衛室の受付名簿にサインしたらしく、坂口は構内への進入を許された川上と村岡を、研究棟の外まで迎えに出た。

キャンパス内は巨大な木々のせいで風が涼しく、揃いの制服で中庭をゆく学生たちも襟元まできちんとボタンを留めている。尤《もっと》も、真夏でも彼らは制服を着崩すことを許されていない。

裏口のような造りの建物正面で待っていると、今日も黒いスーツ姿で、背の高い川上と、がっちりした村岡がやって来た。前回と同じように手ぶらで、互いに会話もなく歩いて来る。二人が首から下げた入構証は既製品のネックホルダーなどではなくて、麻紐《あさひも》の先に四角く切った段ボール紙を付け、油性ペンで『微生物研究棟D』と手書きしただけの粗末なものだ。来訪者は全員これを携帯するが、洗練された既製品でないからこそ、複製を作ることができない。これは大学に代々伝わるもので、国の予算を無駄にしてはならない故に、ただの麻紐と段ボール紙にもかなり年季が入っている。

それがスーツの胸でヒラヒラするのを眺めつつ、坂口は彼らを待った。

「ああ、どうも」

数歩手前で足を止め、川上が会釈する。相方が頭を上げるのを待ってから、村岡も坂口に会釈した。視線はそのまま坂口に置き、首だけ下げるやり方は前と同じだ。様々な機密事項を扱う研究棟に彼らを招いていいものだろうかと坂口は考え、二人を連れて中庭の木陰へ歩いて行った。そこにある東屋《あずまや》は、校庭で訓練中の学生を眺められるちょっとした特等席だ。黒いスーツでベンチに掛けたら尻《しり》が汚れそうではあるが、坂口はかまわず彼らを誘った。

「こんな場所で、すみませんね」

社交辞令のように言ってみる。

「私に何かご用でしょうか」

坂口は席を勧める代わりに率先してベンチに掛けた。汚れたら白衣を替えればいいだけだ。川上と村岡は一瞬だけ目配せをし合って、年長らしき村岡がベンチに掛けた。川上はそばに立っている。

「ゾンビ・ウイルスのことで伺いました」

開口一番そう告げたので、坂口はギョッとした。

「亡くなった黒岩准教授と一緒にゾンビ・ウイルスの研究をしていたそうですね？　坂口先生」

坂口は交互に二人を見た。本当に公安なのか？

答えずに黙っていると、村岡は東屋のテーブルに警察手帳を広げて見せた。川上もそれに倣って手帳を開示する。写真、階級と職員番号、そして立派なエンブレムを見せつけてくる。

「職員番号を記録して頂いても結構ですよ」

そう言いながらも、坂口がメモを取る前に手帳をしまった。

「ゾンビ・ウイルスって？」

それは電波ジャックの犯人がKSウイルスを称した呼び名で学術名ではなく、宿主の行動を操作するウイルスや寄生虫などを指すスラングだ。

水を向けたが、彼らはまったく動じなかった。昨夜流れた映像に自分の声が入り込んでいたこともあり、とぼけても何ひとつ解決しないことはわかっている。それでも坂口には葛藤《かっとう》と戦う時間が必要だった。

にらみ合うこと数秒間。

ついに坂口はため息をついた。

「黒岩先生やぼくがあれを研究していたという認識は間違いです。あれを創り出した人物はすでに故人だ。如月先生といって、遺伝子工学の権威でした。あれは如月先生が大学の保管庫に残していったものです」

二人の視線がまた絡む。如月の名前をインプットしたなと坂口は思った。

「なんのために残したのですか」

「さあ……それはわからない。保管庫であれを見つけて、どんなウイルスか調べたのです」

坂口は敢《あ》えて二人の瞳《ひとみ》を覗《のぞ》き込んでみた。嘘偽りを言っているわけではないし、一方的に情報だけ取られるのはフェアでないとも思う。いっそできることがあれば教えて欲しい。新種の人獣共通感染症が伝播《でんぱ》したなら、彼らにも、自分にも、校庭にいる学生たちにも、平等に危機が訪れるのだから。

「昨夜の電波ジャックを見ました。あの動画はうちの研究室から出たもので、培養したウイルスをマウスに感染させた時の実験映像です。実験では、感染した個体と正常なマウスを一緒に入れたケージでも、マウス同士を接触させなかったケージでも、シャーレを置いただけのケージでも同じように感染が起きた。その時の映像です」

言葉の真意がわからないというように、村岡が小首を傾げる。

「空気感染するってことです」

はっきり言うと、なるほどね、と答え、共喰《ともぐ》いはなんのためです？　と訊《き》いてきた。

「ウイルスが脳を冒すのです。あれはインフルエンザ並の感染能力の遺伝形質を獲得した狂犬病ウィルスです。狂犬病は唾液《だえき》を介して感染し、発症すると半分近くの感染者が凶暴化して唾液を撒《ま》き散らす。そして水を恐れる。狂犬病ウィルスは感染力が低いから、宿主が水を恐れるようにコントロールするのです」

「ウイルスが人を操ると？」

「人に限らず。でも、今やそれどころじゃない」

坂口は言った。次第に興奮してきているとわかったが、止められなかった。

「ウイルスは変異のスピードが桁違《けたちが》いに速いんです。感染生物が元々持っているウィルスと遺伝子コードをやりとりするし、遺伝子の複製ミスや刺激による傷などで容易に突然変異を起こす。マウスの共喰いもそれかもしれない。分化に膨大なエネルギーを必要とするので、強力に捕食を推し進めるのではないかと考えています。感染動物の体内で、凄《すさ》まじい勢いで増え続けているってことですよ。あれは怪物ウィルスだ。

ケージで区切った感染マウスは捕食相手がいないので自分を貪《むさぼ》り喰って死にました」

少々大げさに言ったのは、叫びたかったからである。死んだ黒岩が感染していた可能性はないかと。そうであれば、遺体の第一発見者、それを調べた交番のお巡りさんに救急隊員、病院スタッフや遺族、葬祭業者などにも感染の可能性があるのだ。言え！ 叫べ！ 滾《たぎ》るような恐怖と罪悪感が鉛のように胸に満ち、坂口の声を封じる。

川上と村岡は初めて互いの顔色を確かめ合った。

「人に感染する可能性は」

「大いにあります。狂犬病は人獣共通感染症だ。人にも、コウモリにも、犬や猫にも、もちろんネズミにも感染します。都内にどれくらいネズミがいると思いますか」

ジャガイモのような村岡の顔が次第に赤黒くなっていく。

「でも、ワクチンがあるんですよね」

「ないですよ、そんなものは。それに必要量のワクチンを作るには物理的な時間がかかる。あれの感染力にかなうとは思えない」

「坂口先生」

腰を屈《かが》めて川上が言う。

「関係機関と連携し、即座にゾンビ・ウィルスの情報をまとめてください」

「もちろんだ。そのつもりでやってるよ。テレビであれを見たときからね」

「ゾンビ・ウイルスについて知識があるのは、あなただけですか?」

「一応の名称はKSウィルスだけど、ぼくだって知識なんか持ってない。ぼくらはあれを、即時滅却すべきと思った。だからサンプルを残していない。処分した……」

それから坂口は顔をしかめて、

「……完全に処分したものと信じていた」

と、唇を嚙《か》んだ。村岡が言う。

「少なくとも先生はウィルスを知っている。我々に協力して頂かないと」

そんな一方的な要求は吞《の》めないと、坂口は訴えた。

「実際は、何が起きて、どうなっているんです?　そっちの状況を知らせてもらえなければ、ぼくだって協力しようがないよ。先《ま》ずは黒岩先生のことだ。彼はただの病死だったの?　それと彼の奥さんのことも」

坂口は鉛で覆われた罪悪感に針先で開けたような穴を探した。言え、言うんだ。恐れていないで。小さなミスを恐れるあまり大きなミスに吞み込まれるな。取り返しのつかない事態に陥る前に、できることはすべてやるんだ。いい歳をして、残りわずかな人生を嗤《わら》われるために残すべきじゃない。

「黒岩先生の遺体は口元や手に傷があったと聞いている。もし、もしも彼が感染していたら……」

喉《のど》の奥が小さく震えた。

「発見者や、遺体と接触した人物が感染している可能性がある。黒岩先生がもしも……ウイルスを持っていたなら……実験映像を流出させたのが彼だったなら……」

坂口は勇気を振り絞り、川上と村岡の顔を交互に見つめた。

「ゆうべのあれは悪戯《いたずら》なの？　今朝からチェックしてるけど、大きなニュースにもなっていないし、進捗《しんちょく》状況もわからない」

冷たい汗が額ににじむ。坂口は自分の顔をペロリと撫《な》でた。

「ぼくはね、地団駄踏みたいくらい怯《おび》えてるんだよ。あなた方の言う通り、誰よりもあれの恐ろしさを知ってるんだから」

坂口の剣幕に村岡は口をつぐんだ。彼らは東屋《あずまや》のテーブルを眺めて何事か考えていたが、小さなため息をついて、また坂口を見た。瞳の奥に決意が燃えているような眼《まな》差《ざ》しだった。

「黒岩准教授の妻だった女が昨日、死体で発見されたのですよ。羽田空港で、スーツケースに入れられて」

そのことはニュースで知っていたが、黙っていた。

「紗理奈《さりな》と名乗っていたようですが、日本人ではありません。年齢も戸籍も身分証もデタラメで、黒岩准教授以外にも複数の男と結婚の約束を取り付けていました。黒岩准教授とは結婚式を挙げたようですが、婚姻届は提出されていませんでした」

「……え」

坂口は目を丸くして、

「結婚詐欺だったんですか」

と訊いた。

「詐欺師というか、機密情報を売り買いする組織の一員でした」

ニヒルに唇をゆがめて川上が言う。

そうだったのかと坂口は思った。

目の前の二人は黒岩ではなく、妻のほうをマークしていたというわけか。海谷も、黒岩が海外に開いた口座に一億円の入金があったことを把握していた。個人情報は、本人の知らないところで丸裸になっているらしい。

「あと、ご心配されている感染の可能性は低いです」

坂口は、立っている川上の顔をまともに仰ぎ見た。とりあえずの言葉だけでも雛人《ひな》形のような川上の顔が頼もしく思えてくるから不思議だ。

「なぜそう言いきれる？　黒岩先生の遺体を調べたのかね」

「いえ、そうでなく。黒岩准教授の遺体は素早く荼毘《だび》に付されましたが、自宅マンションを調べたら、准教授の毛髪からヒ素が出ました。少しずつ飲まされていたんです」

「ヒ素……でも、じゃ、手と口が血で汚れていたというのは……」

「遺体は解剖されていませんが、口と手が汚れていたのは鼻血のせいだと考えられます。慢性ヒ素中毒は鼻腔《びこう》内部に穿孔《せんこう》が起きることがある。指先にも傷が見られましたが、そっちはスキによる擦過傷、あとは鼻血の汚れでしょう」

ああ……神よ……坂口は目を閉じて深呼吸した。彼自身は無神論者だが、神に感謝したい気分であった。

「では、黒岩先生はヒ素で殺されたんですか？　その怪しい女にそそのかされて、ウイルスを持ち出した？」

村岡は頷《うなず》いた。

「我々はそう見ています。大金を手に入れたから彼が用済みになったのでしょう」

「や。それはおかしい。ぼくらがあれを見つけたのは偶然で、しかも結婚式の直前ですよ？」

「彼をそそのかして何かさせようとしていたところ、そっちのほうが金になりそうだから乗り換えたのかもしれません」

「金になんかなるはずないよ。あんなものが伝播《でんぱ》したら、誰だって等しく感染リスクを負うんだから」

「そうとも限らないじゃないですか」

と、川上が言う。

「如月という研究者が独自の研究をしていたことを、一味が知っていたとすればどうですか？　もしくは如月という研究者が取引を始めていたけれど、途中で死んだためウィルスの所在がわからなくなっていたとするならば」

坂口は眉《まゆ》をひそめた。

「だから黒岩先生に近づいて学内を探させようとした？」

ずっと疑問だったのだ。如月がなぜあんなものを創り出したのか。

「生物兵器」

川上は静かに言った。あれを発見したとき二階堂が言ったように。

「欲しがる者は実際にいます。自分たちだけがワクチンを持ち、自分たちだけが安全ならば」

「ありえない。人類だけの問題じゃないんですよ？　動物も感染するんだ。生態系を変えてしまう。狂犬病は発症すれば一週間で死ぬのです。致死率は一〇〇パーセントなんですよ」

「それを好都合だと考える輩《やから》もいます。国のひとつやふたつ、いや、世界を滅ぼすことすら好都合だと考える、狂った思想の持ち主はね。残念ですが」

「……ウィルスが、そんな奴らの手に渡ったと？」

神に感謝したのも束の間、坂口は気が遠くなるようだった。科学者の倫理とともに生前の如月を思い浮かべた。神の指を持つと言われた彼が、肥大した自己顕示欲と金につられて魂を売ったなどとは、どうしても、どうしても信じられない。

「残念ながら可能性はあるでしょう」

「電波ジャックはそいつらの仕業だと思うんですね？　本当に爆発物が仕掛けられているんですか？　都内のどこかに」

「全力を挙げて捜索中です」

「犯人からゲームの指示はあったんですか」

二人はまたも視線を交わし、

「ありました」

と、短く言った。

「解答者は内閣総理大臣だと言ってたようだが」

「悪ふざけが過ぎると、我々は考えているのです。犯人は昨夜、問題と称して妙なメールを送って来ましたが、そもそも正解のない、主義主張しか書かれていないものでした」

「正解がない？」

「そうです。答えの正否を問うなど、初めからそういう考えはないのです。どう答えても、答えなくても、最終的にはウイルスを拡散させるつもりのようです」

坂口は何も言えなくなった。ゾンビ・ウイルスと、その症状と、感染経路や、混乱や、累々と折り重なっていく死骸《しがい》の山を脳裏に見ていた。

「坂口先生。どうかご協力をお願いします」

村岡も立ち上がり、二人同時に頭を下げる。規律正しい警察官の礼だった。

そして彼らは坂口に、自分たちと一緒に緊急対策本部へ向かって欲しいと頼んできた。万が一ウィルス入りの何かが爆破された場合はどう対処すべきか、話を聞きたいというのであった。しかも、国民を不安にさせないために、これらのことは内密かつ迅速に進めなければならないという。現在は有識者を集めている最中で、必要があれば各方面への応援要請も率先して行うと。

「どう対処するべきかと言われても、具体的な策なんかないよ。ぼくの手元にはウィルスの現物すらないんだし……」

ただ、と坂口は目をしばたたいて考え込んだ。

「ウィルス自体は湿気に弱いな……湿気があると飛散しにくくなるし、それに、ウィルスは生きた細胞の中でしか増殖できないから」

「そのあたりのことを伺いたいのです。なんといっても我らは門外漢ですからね」

しばらく考えを巡らせてから、坂口は二階堂の名を挙げた。学内の協力者として彼とは情報を共有すると二人に了承させたのだ。そうしておいて坂口は二人を連れて自分の研究室へ戻った。二階堂を紹介し、午後の講義を代わってもらうよう現役教授に内線で頼んだ。これで来年度は特任教授の更新が難しくなるだろう。人類に来年度があれば、だが。

「それで二階堂君。どうだったかい？」

手はずを整えると二人を先に廊下に出して、坂口は素早く二階堂に訊《たず》ねた。

「同系列のウイルスを掛け合わせる研究のデータを見つけましたよ。膨大な実験を繰り返して変異ウイルスを創り出し、結果として異系列のウイルスからハイブリッドを創り上げようとしていたようです」

「ワクチンに関するデータは？」

「まだです。まだ見つかりません」

二階堂は頭《かぶり》を振りつつも、出て行こうとする坂口の腕を摑《つか》んで声を潜めた。

「でも、それで気付いたことがあります。如月先生はどこかに研究室を持っていたはずだと」

坂口は背の高い二階堂の瞳《ひとみ》を覗《のぞ》いた。確かに彼の言う通り。大学を去った如月がさらに研究を続けようとするならば、相応の場所と設備を持っていなければならないはずだ。検査機器や滅菌設備が整った研究室を。

「教えてください、如月先生のご自宅を。ぼくが行って、奥さんから話を聞きます。その場所にウィルスのサンプルと、もしかしてワクチンがあるかもしれない」

廊下で村岡の咳払《せきばら》いがした。早く出て来いと言いたいのだろう。

坂口は二階堂に如月の住所を教えた。

「頼むよ」

と肩に手を置いて研究室を後にする。川上と村岡について裏門へ行き、守衛室で入構証を返却すると、

「タクシーを呼んでもらえないか」

唐突に村岡が守衛に頼んだ。ギョロ目と眉毛《まゆげ》は顔を見合わせ、

「タクシーか？　タクシーねえ」

と、眉をひそめた。自分は守衛で御用聞きではない、と、表情が語っている。大学が駅に近いこともあり、ここへタクシーで乗り付けて来るような客はほとんどいない。それでも二人は一刀両断に断ることをしなかった。

「ほら、え、あれだ、あれ。どこかに何か、あったはずだな？」

ギョロ目が眉毛をけしかける。

「あー、あれか。あれな」

言いながら、眉毛はカウンターの下へ潜った。少なくとも坂口には、ケルベロスが

親切にタクシーの手配をするとは思えなかった。しかし直立して待つ村岡に、やがて守衛は古びて変色した一枚の紙を差し出した。

『鳩《はと》タクシー：〇〇－〇〇〇……』

入構証と同じ段ボール紙に油性ペンで鳩タクシーの文字と電話番号が書かれている。

「これしかないが、呼んでみるといい」

市内局番が二桁《ふたけた》だったのはいつ頃までか、坂口ですら覚えていないほど昔のはずだ。

村岡は大いに呆《あき》れ、

「結構だ。自分で探すよ」

と、門の外で待つ川上の許《もと》へ歩いて行った。スマホのアプリでタクシーを呼ぶよう指示しているので、初めからそうすればいいのにと思う。

その隙に、爺《じい》さんたちが坂口に囁《ささや》いた。

「大丈夫なのか？　坂口先生」

「ええ。今日は身分証を見たんでしょ？」

「そうじゃなく、どえらい事件に巻き込まれているみたいじゃないか」

大きな目玉で睨《にら》まれて、坂口の心臓はギュッと縮んだ。

「……どうして」

そりゃあんた、と爺さんは声をひそめる。

「ゆうべのテレビを観ていたさ。共喰《ともぐ》いのネズミのバックで先生の声がしていたよ」

だから朝一番に坂口が出勤してくるはずだと踏んで、門を開けておいてくれたのか。

そう思ったら、ふいに武者震いに襲われた。ロータリーに立つ髭《ひげ》の守衛が、じっとこちらを見つめている。眉毛の爺さんがカウンターから身を乗り出して言う。

「兵法がある。八方塞《はっぽうふさ》がりになった時には、闇雲に手足を動かしてもがくのがいい。決して逃げずに、精一杯に」

脇でギョロ目もニタリと笑った。

「そうすりゃ活路が見つかるもんだ」

黒いタクシーが裏門前に滑り込んで来ると、川上が振り返って坂口を呼んだ。

「坂口先生」

坂口は自分に気合いを入れるとツカツカと村岡たちに歩み寄り、タクシーの後部座席に乗り込んだ。

車が大学を後にするとき、ケルベロスは並んでこちらに敬礼していた。

Chapter 6 中央区を封鎖せよ

坂口を乗せたタクシーは警視庁本部の裏に止まった。彼は村岡に誘《いざな》われて庁内へ入ったが、エントランスで川上と村岡はそばを離れて、代わりに制服姿の警察官がやって来た。挨拶《あいさつ》もないままに、二人はスーッとどこかへ消えた。

「坂口教授ですね？　警視庁警備部警備第一課の脇坂《わきさか》です。こちらへ」

その警察官はごく簡単に自己紹介をすると、こちらの挨拶も待たずに建物の奥へと進んで行く。坂口は黙って彼に従った。脇坂という男はエレベーターを呼び、坂口を先に庫内へ乗せた。自分も乗り込んで操作盤の前に立ち、行く先を押す。

そのまま振り向きもしないのは、部外者に操作盤を見せないためだろう。こちらから話しかけていい雰囲気もなく、無言のままでエレベーターは進む。庫内には階数表示のバーがなく、脇坂だけが操作盤を注視している。

いったい何階に着いたのか、扉が開くと、無機質な壁が目の前にあった。

「そちらです」

窓もない。装飾もない。灰色の狭い廊下を長々と歩き、やがて脇坂は両開きのドアの前に立った。

「坂口教授をお連れしました」

中空のカメラを仰いで言うと、ガチャン！　と音がして扉が開いた。

「どうぞ、坂口教授」

自分はその場に立ったまま、中へ行くよう坂口を促す。

扉の内部は暗くて広い会議室だった。正面の壁に大きなモニターがひとつ。コの字に並んだテーブルに制服姿の警察官らがずらりと掛けているのがシルエットでわかる。幕が開いたらいきなり舞台で、聴衆の面前に独りで立たされたという感じ。坂口は助けを求めるように脇坂を見たが、無情にも扉が閉まって姿は消えた。

「坂口先生」

誰かに名前を呼ばれたが、全員がこちらを向いているので、誰が喋《しゃべ》っているのかわからない。

「はい」

答えると声はまた言った。

「緊急事態につき挨拶は控えさせて頂きます。即時本題に入って恐縮ですが」

白く発光していたモニターに、あの映像が映し出される。二度と観たくないと思っていた実験マウスの映像だ。

「この映像を知っていますか？」

坂口は唾《つば》を呑《の》み、背筋を伸ばして胸を張る。

──決して逃げずに──

頭の中でケルベロスの声がした。

「私の研究室で撮影したものです」

室内は一瞬だけざわめいた。影がうごめき、空気も動く。

「些末《さまつ》な説明は結構ですので単刀直入に答えてください。この映像はゾンビ・ウイルスに感染したネズミのものですか？」

誰に答えればいいのかもわからず、坂口は室内を見渡した。そうしたからといって、見えるのは警察官らのシルエットだけだ。それぞれの胸につけられた記章が、時折モニターの明かりを反射する。

「はい。感染マウスの映像です。病原体は遺伝子工学の技術で人工的に創られたもので、狂犬病ウイルスにインフルエンザウイルス並の感染力を持たせたハイブリッドです」

狂犬病……と、誰かが呟《つぶや》く。相応の年齢の人物が中にいて、狂犬病が恐ろしいという話を聞いているのかもしれない。

「狂犬病はすでに撲滅された病気ではないかね」

老いた声が坂口に問う。

「狂犬病予防法が施行されてのち、一九七〇年に海外で感染してきた日本人、二〇〇六年にマニラで犬に咬《か》まれた貿易商の例などを最後に、国内で感染の報告はありません。ですが世界的に見れば撲滅されたとはまだ言えません」

「ウイルスのハイブリッドなどと、実際にそんなことができるのかね？」

見えなくとも坂口は声のするほうを見る。

「狂犬病はモノネガウイルス目、ラブドウイルス科、リッサウイルス属に分類され、インフルエンザと同じマイナス一本鎖のRNA遺伝子を持っています。しかも比較的大きな弾丸状だ。高度な技術を要するとしても、論理的にはハイブリッドを創り出すことが可能です」

会議室は再びざわめいた。何の為にそんなことを、と、誰もが思う疑問が聞こえた。個々の疑問はさておいて、最初の声がまた問いかける。

「それに感染すると、どうなるのかね」

モニター上ではマウスの喰い合いが続いていたが、脅迫テロップが流れる直前で映像がストップした。坂口は深く息を吸い、顔のないお歴々に訴えた。

「正直なところ、皆さんのご覧になった映像が私の知るすべてに近いです。具体的に申し上げますと、マウスの場合、潜伏期間は約二日。発症すると体温と心拍数が低下して仮死状態になります。その後は突然覚醒《かくせい》し、直後から自分の手足さえ貪《むさぼ》るように喰い始めます」

「自分の手足？　はっ……そんなことは不可能だろう」

坂口は嘲笑《ちょうしょう》の声がしたほうを向いて答えた。

「いえ、事実です。感染するとウイルスに操られてしまうのです。詳しい解説は省きますが、自然界ではある種のウイルスに感染した動物が、わざと捕食者に捕らえられやすい行動をとる例が知られています。このウイルスも同じで宿主を激しく飢えさせ、増殖のためのエネルギーを得る。狂犬病は唾液《だえき》を介して感染しますが、感染者の喉《のど》を腫《は》らして唾液を飲み込めなくし、外へ漏れるようにしているとも考えられます。ウイルスが増殖のために宿主の行動を操るのは不思議でも何でもないのです。このウイルスに限って言えば、空気中に拡散して目や鼻や口の粘膜に付着するだけでも感染し、直接襲われれば、もっと早く感染していくかもしれない」

「もしも人間に感染したら、どうなるのかね」

「同じことが起きるかもしれません」

「人間が共喰いを？」

「共喰いに限らず、動くものなら何にでも襲いかかることでしょう」

「そしてどうなる」

「狂犬病の場合、発症すれば一週間で一〇〇パーセント死に至ります。でもあの実験マウスは喰い合いで数分間のうちに死に絶えたので、発症から致死までの時間のデータはありません」

あたりを唐突に沈黙が覆った。

誰もが坂口のほうを向いたまま、ピクリとも動かない。坂口はまた息を吸い、

「撒《ま》かれたら最後です」

と、付け加えた。

「そんなものを、どうして外へ出したんだ」

その声は心臓を摑《つか》んで引き抜くように、坂口の罪悪感に切り込んだ。あれを創ったのも、外へ出したのも自分ではない。けれど今ここでそれを論じて何になる。

坂口は口をつぐんで答えなかった。

「盗まれたウイルスは、量からしてどの程度の感染力があるのですか？　一次感染する場合ですが」

また別の声がした。坂口は誠実に答えを探す。

「大学から盗まれたのはほんのわずかです。データがないので正確なことは言えませんが、飛沫核《ひまつかく》が空気中に拡散した場合でも、生き物に感染できなければ数日で感染能

力を失う程度と思います。でも、もしも、分離培養されたものが大量に撒かれたら、その後のことは想像もつきません」

モニターの一番近くにいる人物が、坂口のほうへ体を向けた。

「ウイルスの拡散を防ぐ方法はないのか。どうすればいいか教えて欲しい」

「いま言えることは……」

坂口は懸命に思考を巡らせた。

「……そう、ウイルスはとても熱に弱い。だから爆発物に仕掛けたら、爆破時の熱で無力化される可能性がある。けれど犯人がそのことを知っていて、熱による爆破ではなく噴射の仕掛けをしていた場合……大量に放水してウイルスの伝播《でんぱ》を食い止めて、その間に街全体を滅菌するか……」

「ウイルスの封じ込めについては農林水産省がノウハウを持っている。連携を取れ」

話している最中に指令が出され、一人が部屋を飛び出して行く。

その対応が、のっぴきならない事態だということを示唆していた。

「そうですね。鳥インフルエンザなどと同じで汚染地区を一定期間封鎖して滅菌するのはいいでしょう……ただし小動物が地域外へウイルスを運び出す可能性は否めません。感染間もない動物の死骸《しがい》を食べたり、体液に触れたり、唾液が乾燥してウイルス粒子が飛散していくこともある」

「一方でワクチンの開発も進めなきゃならん」

疑問でも肯定でもなく、独り言のように声が言う。

「ワクチンは必要になるでしょう。万が一感染者を出してしまったら、仮死状態になった感染者を救助しようとした者も、隔離しようとした者も、医療関係者も、死体に触れた者も、感染のリスクを負うのです。仮死状態からの覚醒は突然起きます。目覚めた途端、感染者は怪物になる」

室内の空気がどよめいた。彼らの受けたショックと動揺が、坂口にはよくわかる。

「ウイルスの在処《ありか》がわかった場合、万一に備えて交通網をストップし、少なくとも拡散場所周辺を封鎖する必要があると思います」

「長官！　また電波ジャックです」

坂口の言葉を遮るように、背後で誰かの声がした。

静止画面だったモニターが真っ黒に変わり、下から上へと真っ赤な文字が、安っぽいビデオのようにスクロールされた。

【ミナサン　首相ハ　最初ノ解答ヲ誤リマシタ　7番キャップ　ブッブー……】

おっ、と動揺の声がする。犯人は正答のない主義主張を提示してきただけだという川上の言葉を、坂口は思い起こした。一行だけのメッセージは上部へ見切れ、画面中央に別の文字が湧いて出る。

【BOMB!】

瞬間、どこかで警報が鳴った。

「都営大江戸《おおえど》線の勝《かち》どき駅構内で小規模な爆発があったようです。別画面に切り替えます」

モニターは瞬時に変わり、中央に駅構内の防犯カメラの映像が、片側に民放各社の緊急速報が並んで映った。午後の情報番組が次々と予定を変更して速報を流し始める。

——本日午後一時四十二分。都営大江戸線勝どき駅の構内で小規模な爆発騒ぎが発生しました。詳しい情報が入り次第お知らせします——

生放送中、戸惑いの表情でMCが言う。

——昨夜の電波ジャックとも関係があるのでしょうか——

どの局も画面を切り替えて対応していたが、爆発騒ぎがあったという以上の情報は入ってこない。勝どき駅の防犯カメラには混乱する構内が映っている。避難誘導する駅員と、ハンカチを口に当てて逃げ出してゆく人々の姿だ。坂口は思わず身を乗り出した。ウイルスを浴びた人々が構内から外へ出る。そんなことがあってはならない。

「止めて！　避難者をすべて止めてください！　早く彼らを止めないと……」

思わず声に出しながら、映像の不自然さに気がついた。

構内に煙る空気が、なぜかピンク色をしているのだった。それだけではない。ハンカチを口に当てた人々は、避難誘導する駅員を含め、酷《ひど》く咳《せ》き込み、酷く涙を流している。何かが妙で、異様であった。

「情報を取れ、特殊班を向かわせろ、実際にウィルスが撒かれたか調べるんだ」

一気に周囲が慌ただしくなる。

暗がりの中で坂口は、突然誰かに袖《そで》を引かれた。

「あとはあちらでお話を伺います」

声と同時に扉が開き、ありがとうの一言もなく坂口は廊下に押し出された。

「お疲れ様でした」

廊下では脇坂が、さっきと同じ無表情さで待っていた。またエレベーターに乗せられて、今度は取調室のように小さな部屋に連れて行かれた。脇坂はそこで用紙を出すと、坂口の緊急連絡先と、名前や住所や肩書きなどの個人情報を記入させた。

「またご協力を仰ぎたいことがあるかもしれません。そのときはよろしくお願いします」

愛想のない顔で会釈だけすると、

「下までお送りします」

と、またもやエレベーターに乗せられる。

数十秒後、坂口はロビーで解放された。

さらわれるように連れて来られて、威圧感のある部屋で質問をされ、納得できる回答もなく、進捗《しんちょく》状況も知らされぬまま、慇懃《いんぎん》無礼に放り出された。

緊急事態なのは承知しているから腹が立つこともなかったが、自分はいったい何なのかと思ってしまう。当事者なのか、部外者なのか、都合よく情報を引き出せる記憶媒体とでも思われたのか。ロビーの守衛がケルベロスのように話しかけてくることもなく、坂口はトボトボと建物を出た。


「先生、坂口先生」

とりあえず駅に向かおうと歩き出したときだった。

後ろから駆けて来る者がいた。海谷であった。

「あれ、カイ……」

彼女はまたも坂口の腕をつかむと、内堀通《うちぼりどお》りのほうへ引いていく。無言のまま数メートル歩いてから、海谷はようやく坂口の腕を放した。

「公安に呼ばれたんですね？　警備の脇坂主任といるのを見たので、出てくるのを待っていたんです」

「脇坂……あのぶっきらぼうな」

「警察官はコンパニオンとは違います」

海谷はピシリと言った。

「この前の二人は、やはり公安警察なんだね」

「そうです。私のほうも大学へ電話して二階堂さんと話をしました。そうしたら、先生が二人と出かけたって言われたもので、部署のモニターでチェックしていたんです」

海谷はそこで言葉を切ると、

「黒岩准教授の奥さんが殺されたことは？」

と坂口に聞いた。

「公安の二人から聞いた」

海谷は深く頷《うなず》いた。

「死因は感染ではなくて、外傷性ショック死でした。全身にアザがあることから、リンチされたと思われます」

「リンチ？」

「シッ」

通行人が通り過ぎる間だけ口をつぐんで、海谷はまた喋《しゃべ》り出す。

「うちと捜査一課は持ちつ持たれつの仲なので、司法解剖の結果を教えてもらったんですよ。そうしたら、殺害されたのはお葬式のすぐ後だって。高飛びする前に捕まったみたいです」

「黒岩先生の奥さんはスパイのようなことをしていたらしいね」

「ハニートラップで情報を抜き出す役目をしていたようです。香港マフィアとつながりがあって、大本がクライアントとビジネスを」

「電波ジャックの犯人と？」

「わかりませんけど、クライアントの欲しがりそうな情報を餌にネット上で取引を仕掛け、商談が成立すると彼女のような人間を安く使ってターゲットに接触させるんです。ターゲットをハニートラップに掛けて情報を盗み、それが手に入ると女は消える。黒岩准教授も同様でしょう。取り調べでは逮捕者の多くが女から情報の持ち出しを示唆されたと訴えています。でも、そこから先は茫洋《ぼうよう》として、なかなか尻尾《しっぽ》をつかめなかった。この件はSSBC含め、複数の課が独自に追いかけていたものでした」

「黒岩先生の奥さんを追いかけていたってことかね」

「彼女を含め、いろいろです」

IT企業から顧客データや個人情報が漏洩《ろうえい》したというようなニュースはよく耳にする。坂口自身はネットでつながる世界において人的ミスによる漏洩リスクは想定内と考えているが、それが悪意の第三者による犯罪で起きたという認識はなかった。名前も顔も年齢も、住処も知らない相手と簡単につながるバーチャル世界にも、悪は蔓延《はびこ》っているらしい。だが今や本物の危機が刻一刻と現実世界に迫っている。今回持ち出されたのは情報ではなく、殺戮《さつりく》ウイルスそのものだ。

「ウィルスを持ち去ったのは香港のマフィアかね？　それともマフィアのクライアント？」

「それもまだわからないんです。それに、ついさっき首相官邸に、犯人から二通目のメールが来ました」

相手が何者か知らないが、3・6ミリのクライオチューブがなくなったのは事実だ。そしてウイルスを脅迫に使う者が現れた。科学者たちが懸命に取り組んできた研究とその成果が、人類への貢献のためではなく恐怖のために利用されているのだ。温厚な性格の坂口でさえ、抑えがたい怒りを感じる。

「犯人はウイルス性病原体を容易に撒《ま》き散らすような連中なのかね」

眉間《みけん》の縦皺《たてじわ》をさらに深めて海谷は唸《うな》った。

「上層部の見解は、愉快犯の形態をとったテロ組織の犯行だろうというものです。行政を統轄する内閣総理大臣にゲームを仕掛け、正答を得られぬままウイルスを伝播《でんぱ》させ、自らの力を誇示するつもりではないかと考えています。そのために……」

海谷は周囲を見回してから、

「ちょっとお話しできますか？」

と、訊《き》いた。階段を下りて地下道を通ってまた上がり、皇居の二重橋《にじゆうばし》を眺められる場所まで移動する。

逆さまの橋を水面《みなも》に映すお濠《ほり》の脇に皇居の石垣がそびえている。不規則に積み上げられた灰色の石は、みっちり並んだ日本脳炎ウィルスのようだ。観光客のように歩きながら海谷は言った。

「電波ジャックでは解答を間違うと起爆すると言っていたけど、犯人に爆破を止めるつもりはないと思われます。挑戦的な映像やテロップは電波ジャックまでして流したというのに、肝心のゲームのやり方についてはこっそりと首相官邸にメールしてきたのが証拠です。内幕は公にせず隠しておいて、政府が答えを間違ったから爆発物が起動したと思わせたいんです」

体制批判のプロパガンダとしてはあまりに稚拙で卑怯《ひきょう》なやり方だ。それでも犠牲者が出れば行政の統轄責任者が批判される。

「しかも到底ゲームと呼べるものじゃなく、送られて来たのはただの論説なんですよ。さっき届いたのもそうでした」

「論説？　なんの」

「調べたら、最初のものは朝賣《あさうり》新聞社が原発事故について記した社説の流用でした。それを問題と称して送りつけ、1から16の解答の中から正解を選べというんです。解答も番号だけ。そもそも問いも答えもないわけで、正解しようがありません」

「なんなんだ、いったい」

坂口は頭を抱えた。

「それなら犯人が送って来たトンチンカンな問題も国民に晒《さら》せばいい。一方的にやられていないで」

「坂口先生も見かけによらず血の気が多いですね」

海谷は坂口を振り返ってニヤリと笑った。

「もちろん、それも含めて協議中です」

「協議している暇なんかあるのかね？」

「先生のお怒りを、私はご尤《もっと》もと思うけど、組織というのは権威の長が責任を負うようにはできていないから。だって、そう思いません？　一応協議をしておけば、責任が分散するわけだから……だからダメなのよ」

そういうことを論じたいわけじゃないと坂口が言うより前に、さらに海谷はまくし立てる。

「私も先生と同じ気持ちだからこそ、こうしてお話ししているわけです。つまりですね、愉快犯や思想犯というものは、たとえそれが荒唐無稽《こうとうむけい》な理屈に見えても、行動原理に一本筋が通っているものです。ルールすらない支離滅裂なゲームを仕掛けてくるなんて初めてだし、絶対なにかおかしいわ」

海谷は不意に足を止め、

「すみません」

坂口に断ってスマホを出した。背中を向けて話し、電話を切って振り向いた。

「勝どき駅の構内で撒かれたのは色つきの唐辛子スプレーで、生命に関わるほどのケガ人は出ていないようです。鑑識が噴霧装置を調べたら……」

「唐辛子スプレー？　誰かの悪戯《いたずら》だったってことかね」

「二度目の電波ジャックのタイミングからして、第三者の悪戯とは考えにくいです。なので、危機管理防災課が都内全域に緊急警報放送を流すと決めたようです」

海谷はスマホをしまい、

「たかが唐辛子スプレーなんかのショボい手で……舐《な》めてるのかしら」

と、忌々《いまいま》しげに吐き捨てた。けれど坂口の考えは違った。

「いや、海谷さん。ショボい手なんかじゃないかもしれない。犯人は、その様子を近くで見ていたんじゃないのかな」

「なんのために？」

「駅の防犯映像を観たら空気がピンクに染まっていた。色を混ぜたということは、衣類などに付着するウイルスの伝播状態を測れるということだ。それに、火薬ではなくスプレーを使ったというところにゾッとする」

海谷は眉間に縦皺を刻んで首を傾げた。坂口は続ける。

「ウイルスは熱に弱いんだ。爆発で拡散させると熱で死滅する可能性が高いが、スプレーなら感染力を失わない。それに、ウイルスってヤツは生きた細胞の中でしか増殖できないからね、万が一爆発の熱に生き残っても、周りが死人だらけになったら病原体を残せない。犯人にはウイルスの知識があるのかもしれない」

そして坂口は、

「唐辛子スプレーは構内のどこに仕掛けられていたのかね？」

と聞いた。

「コインロッカーです。バネとスプレーを使った単純な仕掛けで、ロッカーが開くとピンが外れてスプレーが噴射されるようになっていました。ロッカーのキーはリモコン操作で……」

海谷は眉《まゆ》をひそめた。

「……そうね。リモコンで操作したわけだから、犯人は近くにいたんだわ。すぐに防犯カメラをチェックさせます」

海谷は再びスマホを出した。カラースプレーが使われた理由を説明している。

爽《さわ》やかに晴れ渡った皇居の空を見上げながらも、坂口は、どこかで噴射の時を待っているKSウイルスのことを考えていた。

通話を終えて海谷が振り向く。

「きみの言う通り。犯人は最初からゲームをするつもりなどなかったんだね」

「そうですよ。でも、それなら犯人の目的はなに？　新たな感染症を流行《はや》らせる？　それって何か得になる？　犯人は何を考えているの？　バカの考えることってホントわかんない」

海谷は髪を掻《か》き上げて、思案するように地面を睨《にら》んだ。

「各方面本部があらゆる切り口から犯人の正体を探っています。でも、一番は、何を目的としているのかがつかめないと……動機を絞り込めないのが辛《つら》い。こうしている間に次の犠牲者が出るかもしれないっていうのに、まったく……まったく……」

じれたように唇を嚙《か》んでいる。

「質問に答えがないのなら、犯人は予定通りに爆破事件を起こすつもりだということになる。解答は1から16まである。つまり仕掛けも十六個ある？」

「だと思います」

「そのうちひとつがウイルスか……犯人は新富橋を中心に半径二キロ圏内に仕掛けたと言っているんだよね？」

「最初の電波ジャックではそうでした。単純に二キロ圏内と言われても、建物の隙間から床下まで気が遠くなるほど隠し場所があります。すでに放映を見た住人たちから、もの凄《すご》い数の入電があって、すべてを確認しきれないほどです。通報のほとんどが、ただの廃棄ゴミとかコンビニの袋とかです。本当に事件が起きたので、さらに収拾がつかなくなると思います」

拡散装置を見つけることはもちろん大事だ。しかし事態はそれよりも逼迫《ひっぱく》している。

「でも海谷さん、犯人は勝どき駅でスプレーを使っている。スプレーならばポケットに入れて持ち運ぶことができるし、培養したウイルスをスプレーに詰めることだってできる。ワクチンを打った犯人が、それを満員電車で噴霧したらどうなるね？　無味無臭のウイルスは知らないうちに鼻腔《びこう》や口や目の粘膜から侵入して大勢の感染者を出す。そうなれば伝播《でんぱ》は都内にとどまらない。潜伏期間中に人が移動して瞬く間に広がってしまう」

破壊思想の持ち主が地下鉄で毒ガスを発生させて多くの死傷者を出したテロ事件は実際に起きている。海外ではトーキョー・アタックと呼ばれた地下鉄サリン事件だ。ウイルスには毒ガスのような即効性はないけれど、新たな病原体に人類が抗体を持つまでに何万人の犠牲者を出すかわからない。たとえワクチンが行き渡っても、病原体は野生動物などに潜行して蘇《よみがえ》り、何度でも人を襲うだろう。

「この犯人はクソね」

海谷が拳《こぶし》を握りしめたとき、またスマホが鳴った。長い髪を振りさばき、彼女はスマホを耳に当てる。しばらくは背中を向けて話していたが、

「えっ！」

小さく叫んで振り向いた。

「また電波ジャックです。解答の制限時間を超えたからと、入船橋《いりふねばし》北のごみステーション、それと京橋《きょうばし》の公衆トイレで爆発があって、清掃員の男性が病院へ運ばれたそうです。今回はスプレーではなく爆発物です。ウィルスの有無はこれから調査を」

坂口はすぐにも現場へ飛んで行きたい衝動に駆られた。元はといえば自分である。如月のウィルスを活性化させたりしなければ、こんなことにはならなかったのだ。

「緊急警報放送が流されます。非常事態宣言も」

海谷は毅然《きぜん》とした口調で続けた。

「当局は一斉捜索の準備を始めました。中央区《ちゅうおう》から人を退去させ、一帯を封鎖して徹底的に爆発物を探します。私も本部に戻らないと」

腰を折って一礼すると、海谷は警視庁へ駆け戻って行った。

桜田門《さくらだもん》駅から地下鉄に乗ったとき、構内の電光掲示板には緊急警報が流れていた。一時的に中央区一帯を封鎖するため、JR総武《そうぶ》線、JR京葉《けいよう》線、東京メトロ各線や都営地下鉄各線の運行の一時停止が決まったというものである。最終列車の運行時刻も前倒しされ、中央区へ向かう交通網が遮断される。路線は他の区域にもつながっているから、中央区の閉鎖はつまり東京の都市機能を一時的に停止することに等しい。

電波ジャックなどパニック映画のプロモーションだろうと高を括《くく》っていた人々も、緊急警報と共に発令された非常事態宣言にざわめき出した。各所のモニターからは渋面の官僚が棒読みする声と映像が折り重なって鳴り響いている。非常事態宣言が帰宅ラッシュと重なることもあり、人は溢《あふ》れ出している。運良く早い時間の電車に乗れた人はともかく、迂闊《うかつ》に情報を聞き逃した者らが徒歩で中央区を出る羽目になるのは目に見えていた。

人混みを縫って進みつつ、坂口は、予期せぬ大雪で都内の交通が完全に麻痺《まひ》したときのことを思い出していた。路肩で動けなくなった車の列や、雪で真っ白になった車道で虚《むな》しく色を変え続けていた信号機。人っ子ひとり通らない、車一台も動いていない、深閑と雪に覆われた街の姿は、人が大勢行き来して当然の都会のもろさを教えてくれた。便利さも、喧騒《けんそう》も、すべては人が作ったものだ。それなのに、作った街を封鎖しようとしただけで人々は取り乱す。そしてまた思う。雪を降らせただけで首都機能を麻痺させる自然の力と底知れなさを。如月が生み出したウィルスが進化を始めたら、それはもはや自然の力に等しい。我々はあれに対抗できるのか。

街のモニターは各局が予定を変更して特番を流し始めた。坂口の携帯にも大学から連絡があり、生放送でウイルスについて話して欲しいとテレビ局から依頼が来たと伝えられた。

「ぼくより教授に出て頂くのが順当だと思います」

体良く断って先を急いだ。

どこへ向かい、何をすべきか、わからないまま気持ちが逸《はや》る。

【パンデミックが目的か！　都内に謎のウイルス兵器】

【報道特番：殺人ウイルスの脅威を徹底解明！】

【中央区一帯が封鎖されるわけ　恐怖の人獣共通感染症とは】

【感染者はゾンビと化す？　首だけになっても襲い続けるマウスの映像を公開！】

人混みに目を泳がせれば、人々が手にしたスマホに扇情的な文字が躍っている。歩きながらスマホを操る人々が、不安とデマと無責任な主張をSNSに投稿していく。

駅構内ではドラッグストアに長蛇の列ができていた。ビタミン剤や強壮剤を買い込んでも、ウイルスには直接効かない。マスクや抗菌スプレーならば多少の効果はあるだろうが、感染者と接触すれば瞬く間に罹患《りかん》する。

電車から電車へ乗り継いでいると、また着信があった。

――先生、ぼくです。二階堂です――

電話を耳に当てたまま、誰かにぶつかってよろめいた。どの人も深刻な顔で急いでいるし、坂口も人の波に揉《も》まれながらも流れのほうへと歩き続ける。

「坂口だ。何かあったかね？」

――いま如月先生のご自宅にいます。奥さんに事情を話して研究室を見せてもらいました。やはり如月先生はご自宅の二階に研究室を持っていたんです。退職金をつぎ込んで相応の機器を揃えたようです。それで……――

子供のなかった如月が最後まで質素な暮らしを続けた本当の理由はこれだったのだ。

二階堂は続ける。

――如月先生の奥さんは、一周忌が済んだらデータが入ったアルバムを坂口先生に渡して欲しいと遺言されていたそうで――

「えっ？」

寝耳に水だ。革のアルバムを受け取ったとき、奥さんはそのようなことは何も告げてくれなかったではないか。

――如月先生は、KSウイルスが持つ『細胞を変異させる力』を再生医療に応用できないかと考えていたんです――

如月が自宅の二階に作った研究室にパソコンが残されていて、CDに移した研究データのオリジナルが未整理のまま保存されていたと、二階堂は言った。

――いたずらに危険なウイルスを作ったわけじゃなかったんです――

「じゃあ、どうしてそう言ってくれなかった？　初めから話してくれていたら」

――坂口君？――

電話は突然奥さんに代わった。

坂口は群衆の流れに乗りつつ端に逸《そ》れ、流れの少ない壁際に体を寄せた。人々を誘導する駅員のメガホンに片耳を塞《ふさ》いで、もう片方の耳で音を聞く。

ごめんなさいねと、奥さんは言った。

――寿命が迫って、あの人は最後まで悩んでいたの。それで坂口君に託そうと――

「託すって、研究を、ですか？　それならそうと」

――そうじゃなく――

わずかひと呼吸置いてから、申し訳なさそうに奥さんは続ける。

――続けることも、やめることも含め、あなたの判断に委《ゆだ》ねたいと考えたんだと思います。アルバムを渡せば坂口君はデータを検証するでしょう？　そしてウイルスの在処《ありか》に気がつく。気がついて、それを見て……処分を決めるか、それとも研究を続けるか、全部をあなたの判断に――

「そ……んな……」

そんな無責任な、そんな賭《か》け事のような理由で、自分は窮地に立たされたのか。

坂口は震えた。この罪悪感をどうしてくれる？　そのせいで自分は、人類どころか生物全体に大打撃を与えかねない状況に追い込まれたというのに。

人はさらに増え、体が押された。

こんなふうに人が一ヶ所に集まってしまうのは危険だ。この中に犯人がいたならば、スプレーの一押しで膨大な感染者を出すことになる。

「二階堂君に代わってください」

如月の奥さんには答えもせずに、冷たい声で坂口は言った。わかっている。彼女は夫の遺志を尊重しただけだ。わかっている。如月は自分の技術に陶酔し、異系統のウイルスからハイブリッドを創って神になる夢を見たのだ。そのウイルスが再生医療に貢献できるなど、そんなのは後付けの理屈でしかない。わかっている。わかって……だからこそ坂口は噴き出す怒りを止められない。自分も同じ科学者だから。研究一筋何十年、その如月を恩師と仰ぎ、その姿勢と生き様を、ずっと尊敬してきたからだ。彼の愚直さに憧《あこが》れて、深く信じてきたからだ。

指が震える。目眩《めまい》がする。怒りでどうにかなりそうだ。

――代わりました。二階堂です――

「ワクチンに関するデータは見つかったかい？　それとも他にサンプルが」

――まだですが、家禽《かきん》研究所の伝票があったので、ワクチンの生成に必要な発育鶏卵を仕入れていたのは間違いないと思います――

「ならサンプルを探してくれ。急いで頼むよ。こっちはもう大騒ぎなんだ」

――速報を見ました。中央区を封鎖するそうですね。東京がフリーズする――

「やりすぎだとは思わない。絶対に伝播《でんぱ》を食い止めなければならないからね」

坂口が答えたときだった。人々は一斉に波打って、各自の頭が電光掲示板に向けられた。

また赤く光る文字が流れていく。

【速報：中央区の弾正橋《だんじょうばし》記念碑付近で小規模な爆発があり、破片に当たるなどして複数のケガ人が出たもよう。ケガの程度は軽傷。現在警察が周辺を……】

ホームに列車が入って来て、人の波がなだれ込んで行く。

一刻も早く自宅に戻って頭の中を整理しなければ、そう坂口は思っていた。

Chapter 7 老兵は消えず

・

花模様に金糸銀糸を織り込んだ薄紅色の桐箱カバーは、亡き妻のイメージに近いと選んだものだ。納骨までのわずかな間、急ごしらえの祭壇に妻が好きだった菓子や仏飯や水を供えて、坂口は朝晩手を合わせている。仏は物を食べない代わりに匂いを嗜《し》好《こう》すると聞いたのに、ずっと洗剤臭い飯ばかり供えていたものだから、妻はさぞかし呆《あき》れかえって、自分を心配したはずだ。

這々《ほうほう》の体で家に辿《たど》り着いた翌朝も、坂口は米を研ぎ、妻のために飯を炊く。

「大変なことになってしまってね」

線香の煙に話しかけても、当然ながら返答はない。

「きみは高いところにいるのだから、ぼくに教えてくれないか。連中はウイルスをどこに隠したんだろう」

福々しく穏やかだった妻の笑顔が思い出される。もしも生きてここにいたなら、彼女は息子や娘や孫たちのことを真っ先に心配しただろう。そして坂口の背中を叩《たた》いて、『大丈夫。あなたならできますよ』と、微笑んでくれたことだろう。

坂口は思い立って電話に向かった。息子たちや娘に電話して、安全が確認できるまで人混みを避けろと伝えなければ。受話器に手を伸ばして、ふと思う。

犯人の目的は何なのだろう。本当にウイルスを撒《ま》き散らしたいのであれば、稚拙な警告などせずに人混みでそれをやればいい。新しいウイルスの威力を試したいなら、駅の構内やトイレではなく、映画館やコンサート会場のような閉鎖空間に撒き散らすほうが効果的だ。なぜ新富橋が中心で、なぜ半径二キロ圏内なのか。

考えていたら突然電話が鳴ってギョッとした。表示画面の文字は『万里子』で、坂口は慌てて受話器を取った。以心伝心というのだろうか。

――ああ、よかった、お父さん。大丈夫？――

「万里子か、どうした」

今度は何が起きたかと、ベルが鳴るたび心臓が縮む。

――こっちは平気だけど、大丈夫なの？　ゆうべ電話したけどつながらなくて――

タイミングが悪かったのか、二階堂とずっと話していたからか、携帯電話も家の電話も鳴っていたという覚えがなかった。そもそも昔から坂口は、何かに集中すると周囲の音が聞こえなくなるのだ。

「そうか、悪かった。仕事でね。それより何か話かね？」

万里子は、うん、と、答えてから、

――私、職場が変わったよ――

と言った。

――お母さんが倒れたときもね、そのことを相談しようと思って帰ったんだけど、それどころじゃなくなっちゃって、そのままだったの。でね、私、救急救命室のトリアージナースに志願して……――

どうしてそんな責任の重い大変な仕事を。

坂口はそう思ったが、すぐ言葉には出さなかった。

――お父さん？――

「聞いてるよ」

――うん。あのね、病院の事情はお父さんもよくわかっているから、心配するだろうなと思ったんだけど、お母さんがああなったことで余計に決心がついたというか……命って大切だなって。可能な限り守らなきゃって……それで、実は、研修も終わって、明日から正式に異動になるの。救急ヘリにも乗るし、災害があればたぶん、最前線へ行くことになると思うのね――

「そうか」

命って大切だなって。可能な限り守らなきゃって。

娘の言葉が坂口の胸に強く響いた。子供たちはもう立派な大人で、親としての責務はとうに終わったのだと思った。彼らは自分で人生を選ぶ。坂口は無言で頷《うなず》いた。

幼かったころの万里子は純真で、家のアイドルみたいな存在だった。長男は物静かな頑固者で、次男はやんちゃなお調子者。三人の子供らが妻と自分を家族に変えた。国際活動で海外へ派遣されたこともあったが、どこへ行こうと家族のためなら何でもできた。守るべき大切な者のためならば、人は何にだってなれるのだ。

万里子が結婚式を挙げたあと、妻と二人で礼服を脱ぎながら、寂しくもあるけど安《あん》堵《ど》もしたねと話をした。あとはぼくらが子供に心配をかけないように生きて行こうと。自分は父親の役目を終えて、図らずも夫の役目も終えたのだ。

「万里子が決めたことならば、お父さんは応援するよ」

と、伝えると、彼女はまた「うん」と言い、話題の矛先をこちらへ向けた。

――じゃ、報告はここまでだから。それよりも、ニュース見たけどお父さんの大学は臨時休校にならないの？　お兄ちゃんたちも心配していて……――

万里子は少し口ごもり、責任の所在を追及するような言葉を避けた。

――お父さんはウイルスの専門家だから、機関に要請されて遅くまで大学にいたのよね？　引退したっていい歳なのに、いろいろ頑張りすぎているんじゃないの？　大丈夫？――

「そんなことはない。普通だよ」

――お母さんが死んで独りなんだし、私、時々応援に行こうか？――

「なんの応援だ。いらないよ。こっちはちゃんとやっているから」

――ほんとうに？　だってお父さん、家のこと何もできないじゃない――

「本当だよ。ごはんだって炊けるようになったし、洗濯もうまくなった。それより、万里子……」

この騒動が収まるまでは、不要不急の外出をするなと伝えた。

「すでにわかっているようだから話しておくが、あのウイルスはお父さんの研究室から盗み出されたものだ。インフルエンザウイルスのような感染力を持ち、鼻や目などの粘膜からも感染する。ベースは狂犬病ウイルスだ。ただし、新しいタイプで実際にはわかっていないことばかりなんだ。ただひとつ言えるのは、発症すれば助からないということだ」

――ワクチンは？――

「ワクチンはない。狂犬病のワクチンが効くかもしれないが、わからない」

――すぐ病院に話して準備する――

「ネットワークがあるだろう？　それを使って他の機関に拡散してくれないか」

――わかった、任せて。発症したら患者はネズミみたいに凶暴になるの？――

「可能性はある。咬傷《こうしょう》を負えば間違いなく感染するはずだ。しかも病態の変化が急激なんだよ。万が一ウィルスが撒かれたら、道端で倒れている人を見つけても、助けようとして迂《う》闊《かつ》に近寄ってはダメだ。また、仮死状態で病院へ運ばれた患者も注意が必要だ。突然覚醒《かくせい》し、そのときにはすでに狂躁《きょうそう》状態に陥っている。おそらくは幻覚で周囲の状況も把握できない状態で、豹変《ひょうへん》して襲ってくるだろう。これらのことを医療従事者に伝えるべきだし、あと、お兄ちゃんたちにも伝えて欲しい」

――うん、わかった――

と万里子は言って、

――お父さんは大丈夫なの――

と、また聞いた。

その声は坂口の中に眠っていた何かを揺り動かした。

大丈夫だとも。坂口は心の中で娘に告げた。あれのことを一番よく知っているのはお父さんだ。だからお父さんがやらなきゃいけない。手足を動かしてもがくんだ。そして活路を見つけ出す。

坂口は娘を安心させる言葉を探して伝え、子供たちの安全を願って電話を切った。

再び遺骨になった妻に言う。

「満佐子。行ってくるよ」

はい、あなた。行ってらっしゃい、しっかりね。大丈夫よ、大丈夫だから。

胸の奥で懐かしい声がした。

坂口は立ち上がり、妻からもらった帽子を取った。目深にかぶってズボンのベルトを穴ひとつ詰め、それからきちんと靴を履き、独りの家を後にした。


木々や建物の壁に張り付いて、暑苦しく蟬が鳴いている。空は晴れ、入道雲の巨大な頭が学舎の上までせり出している。画《え》に描いたような夏空だ。

始発電車に揺られながら、隣の客が読んでいるスマホニュースを盗み見た。弾正橋記念碑付近の爆破を最後に電波ジャックがパタリと止んだことからも、国とテロ組織のあいだで密約や金銭の受け渡しがあったのではないかと邪推する声が出ている。

車内はいつもよりずっと空《す》いていて、立っている人はほとんどいなかった。電話で万里子が言っていたように、中央区封鎖という一大事に鑑《かんが》みて、都内に拠点を持つ企業や大学の幾つかは臨時休業や休校を決めたらしい。

朝のニュースで伝えられていたのは、自衛隊が動員されて、中央区へ至る交通網の随所を通行止めにしているということだった。メディア各局が特別番組に切り替えて、自衛隊と警察が協力してバリケードを築く物々しい様子を映している。何ヶ所かで使われた爆発物はどれも大がかりな仕掛けではなく、ウイルスも確認されていない。だからこそ余計に捜索が難しいのだとアナウンスが流れる。

坂口が使う路線は運行を停止しておらず、次の電車を待つ間に他人のスマホを覗《のぞ》いてみれば、ゾンビを気取ったハロウィーンの古い映像や、どこそこのベンチに鞄《かばん》があるとか、どこそこに積まれたゴミが怪しいとか、カラスがウイルス入りの容器を運んでいたとかいう無責任で扇情的な文言ばかりがアップされているようだった。

海谷は悪態を吐きながら、それらのデータを逐一追いかけているのだろう。

都心部は大騒ぎになっているのに、わずかに離れた場所では何事もなく電車が動き、人が行き交う。感情という鎖は全国民を等しく縛るわけではないようだ。まあ、だからこそ生命は生き抜いてゆけるのだ。増殖という使命を負って独自の変異を遂げるウイルスもまた同じ。人も、ウイルスも、『存続』という抗《あらが》いがたい本能に翻弄《ほんろう》され続けているというわけだ。

通勤の路線に混乱はなく、坂口は午前六時過ぎには大学へ着いた。

帝国防衛医大は全寮制なので、交通網に支障があっても通学不可能になる学生はいない。とはいえニュースはすでに学内にも届いて、全員が一堂に会する昼食時に学長が注意喚起を行う特例措置が講じられると決まっていた。

世間を騒がせている殺戮《さつりく》ウィルスはこの大学から盗み出された。それを創った如月はかつてこの大学の職員で、彼の技術に研究費を与えていたのが国ならば、現在ウィルスを懸命に追っているのも国である。あれを創り出した理由がなんであれ、如月は自分を養ってくれた国の予算で、国を滅ぼす危険物質につながる研究を続けていたことになる。国と共に歩み続けてきた坂口にとって、それは二重の苦しみで、冒瀆《ぼうとく》だった。

開門には早い時間であったが、思った通り、裏門はすでに開いていた。門扉の前には髭《ひげ》が、守衛室の外には眉毛《まゆげ》が、中にはギョロ目が待機している。爺《じい》さんたちは両足を広げ、両腕を背中に回して、門へと向かう坂口を見ていた。

坂口も前のめりになると、鞄を持つ手に力を込めて、

「おはようございます」

と、三人に言う。

守衛室のラジオは中央区から住人が避難させられる状況を伝えていた。

「おはようございます坂口先生。本日も快晴ですな」

髭が言う。坂口は入構証を提示して、ギョロ目がノートに書き込むのを辛抱強く待った。ケルベロスは溌剌《はつらつ》とした様子だが、坂口のほうは連日の疲れと興奮で社交辞令も思いつかない。

ギョロ目がノートに書き込み終えると、眉毛が物言いたげにそばへ来た。

「不埒《ふらち》な愉快犯のことだがねえ、先生」

やはり一連の騒動に興味があるのだ。だが坂口にしてみれば、面白半分でそれを聞かれるのは腹が立つ。命に関わる一大事なのだ。だから返事をしなかった。

「爆破騒ぎが起こった場所を調べてさ、気になったことがあるんだが」

「話を聞いてもらえるかい？」

爺さん二人が交互に言った。野次馬根性ではないと知り、坂口は帽子を脱いだ。

「ちょっと頼むよ」

ギョロ目が髭にそう言って、守衛室の番人を替わる。すでに段取りは決めていたらしく、髭の守衛は帽子のへりをちょいと上げ、（任せろ）と言った。人差し指をクイクイ曲げて眉毛が坂口を誘《いざな》ったのは守衛室の裏で、細長いドアをガチャリと開けて、ギョロ目も箱を抜け出して来る。その手にはクルクルと巻いたポスターのようなものが握られていた。

守衛室の裏は砂利敷きだが、塀の内側に植えられたヒマラヤスギが葉を落とし、地面を絨毯《じゅうたん》のように覆っている。爺さん二人はそこにしゃがむと、落ち葉の上にポスターのようなものを広げた。拡大した中央区の地図だった。

新富橋を中心にした二重の円と奇妙な図形が、黒と赤の油性ペンで描かれている。

大きい円はほぼ中央区に内接する大きさで、新富橋を中心とする放射線が引かれ、内部が等間隔に分けられていた。ランダムな場所に赤丸があるほか、勝どき駅や弾正橋記念碑の場所がマークされている。

「これは？」

聞くと爺さんたちはニタリと笑った。

「お国の一大事とあっては、わしらもボーッとしているわけにいかなくてなあ」

「なにより先生の一大事でもあるんだろ？」

坂口は返答に詰まってしまった。独りで汲々《きゆうきゆう》としていても、具体的に何ができるかといえばワクチンの開発以外に思いは及ばず、それすらも取り返しのつかない被害の後にようやく手を出せることでしかない。あなたたちの出る幕はないと断じた海谷の言葉に縛られるかのように、思考は堂々巡りを続けている。なんとかしなければと気持ちは逸《はや》るが、走れども、走れども、先が見えない霧の中を行くようだ。

「ワクワクというと語弊があるが、久々に血が滾《たぎ》ってね。若い頃は寄ると触ると出世と女の話ばかりだったのが、今じゃ医者と病気と薬の話が中心だ」

「情けない」

ギョロ目と眉毛は揃って前歯を剝《む》き出した。たぶん笑ったのだろうと思う。

「とっくに若くはないけどな、気持ちは萎《な》えちゃおらんのだよ」

眉毛は言うと、顎《あご》でギョロ目を促した。

「不埒な輩《やから》は放っちゃおけん。そうだろう？　お国の危機は我らの危機だ。何の役にも立てずとも、部外者ヅラしてちゃ、いかんのだ」

ケルベロスは、正門の守衛が今回の事件を推理するのを聞いたと言った。守衛室は正門と裏門に二ヶ所あり、正門の守衛は四十代から五十代とまだ若い。遺恨はないが若い者には負けちゃおれんと、密《ひそ》かにライバル心を抱いていると白状した。

「それで、だ」

ギョロ目はポケットに手を入れて、折りたたんだ段ボール紙を引っ張り出した。入構証と同じ大きくて汚い文字で、小規模爆破が起きた場所がメモされている。

「ラジオの情報をメモしたのがこれで」

「それを地図に落とし込んだのがこっちだ」

坂口を含めたジジイが三人、守衛室の裏で地面に広げた地図を覗き込んでいると、隣町のガキ大将と一戦交えるために作戦会議した子供の頃を思い出す。

「この地図はな、倉庫から引っ張り出してきたものなんだよ。古いからって捨てちゃもったいないからな……案の定、こうして役に立っておる」

爆破事件が起こった場所と、奇妙な図形。双方にどんな関係があるのか坂口にはわからない。

「犯人だが、答えのない問題を、お国に送ってきてるそうじゃぁないか」

昨夜、警視庁は犯人が首相官邸に送ったメールの内容を公開し、どのナンバーで返答しようと攻撃をやめる気がないと周知した。殺人ウィルス伝播《でんぱ》の危機を回避するには現場から人々を遠ざけるしかないと理解を得て、中央区封鎖に踏み切るためだ。少なくとも一区画を封鎖できれば、ウィルスが撒《ま》き散らされた場合でも徹底的に消毒できるかもしれない。

「爆弾という究極の飛び道具を仕掛けて己は安全圏にいる。そういう輩は捕まると、大抵被害者は誰でもよかったと抜かすがな、誰でもいいなら自衛隊基地やヤクザの事務所を襲ってみろ、てなもんだ。民間人を狙うなど、臆病《おくびょう》で卑怯《ひきょう》で鼻持ちならん野郎だ。許すまじ」

ギョロ目が吠《ほ》えると、

「卑怯者は、自分が安全なときだけ居丈高になる。ゲーテ」

と、眉毛が笑った。

「いいか先生、敵は新富橋を中心に半径二キロ圏内に爆発物を仕掛けたと言う。ゲームの答えは1から16まであって、最初に事件が起きたのがここだ」

ギョロ目は指で勝どき駅を叩《たた》いている。

「次がここ」

次に入船橋北を指す。

「三番目がここ、その次がここ」

坂口はようやく、爺さんたちの言わんとしていることに気がついた。彼らが指した場所は、概《おおむ》ね放射線の上だった。

「……この図形はなんですか？　犯人は無作為に爆弾を仕掛けているわけじゃないってことか」

「デタラメってのはな、やろうと思うと案外難しいものなんだよ。適当ながらもルールに則《のっと》ったほうがやりやすい。犯人だってむやみやたらに二キロ圏内を歩き回ったわけじゃなかろう。大まかに場所を決めてから、周辺にブツを隠したのじゃなかろうか」

そう言って二人はニンマリ笑う。

今度は前歯を剥き出さず、勝ち誇ったような顔だった。

「これ、最初にミノルちゃんが気付いてな」

ミノルちゃんは髭のことらしい。ここから姿は見えないが、守衛室の中でも直立不動でいるはずだ。

「わしらはな、当直のとき、時間つぶしにボードゲームをやるんだよ」

「ゆうべもラジオを聞きつつゲームをしてたな。ダイヤモンドゲームとかシーカとか、先生世代なら知っとるだろう？」

坂口は眉《まゆ》をひそめた。

「むかし流行《はや》ったヤツですか？　星みたいな形のゲーム盤に細かいピンを置いていく」

「それだよ、それ」

と、眉毛《まゆげ》が頷《うなず》く。

「ほかにも、すごろく、リバーシ、コピットと、五つのゲームができる豪華セットだ。

持って来たのがミノルちゃん」

ボードゲームが一世を風靡《ふうび》したのは、すでに四十年以上も昔の気がする。古い地図といい段ボールの紙といい、爺《じい》さんたちはどれだけ物持ちがいいんだろう。

「でな、コピットゲームの『布陣』がこれだ」

ギョロ目のほうが地図を指す。

坂口はボードゲームというものがあったことしか覚えていない。

「相手の帽子に自分の帽子を重ねたら、『首級《しゅきゅう》』を持ち帰れるんだよ」

「『布陣』にはSマークの場所が十二個あってな」

「そこはセーフティゾーンなのだよ。帽子を重ねることのできない『休戦地帯』だ。

それにスタートの四地点を足すと、基地が十六」

「十六……」

坂口は地図の上に身を乗り出した。

コピットゲーム（帽子取りゲーム）

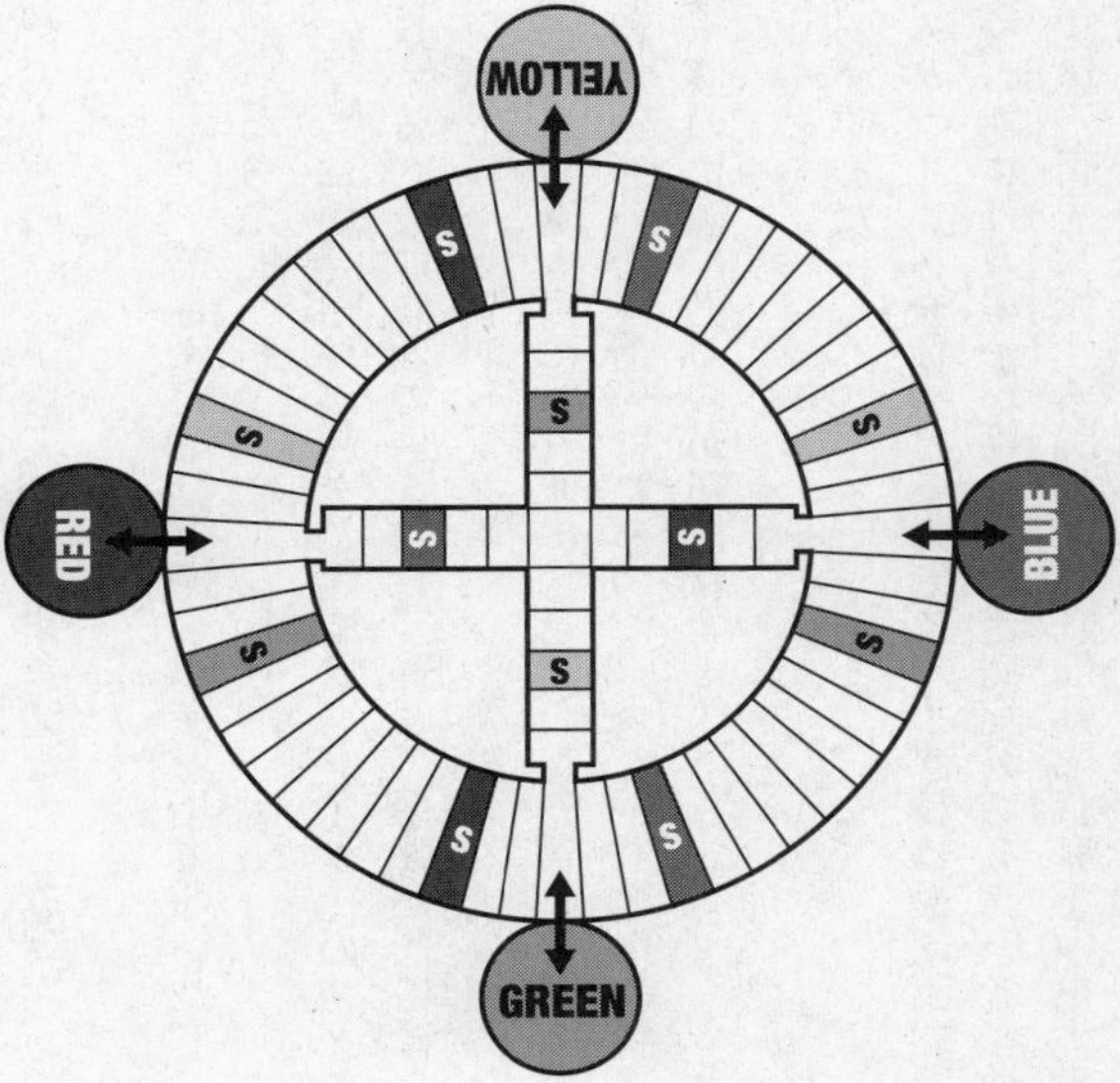

・オリジナルは1927年、ドイツのデザイナーが考案したボードゲーム。四色のコマ（帽子）を使う。
・サイコロを振り、出た目の数だけ自分のコマを動かす。相手の帽子がいるマスに止まれば、自分の帽子で相手の帽子を捕まえることができる。そのまま自分の陣地に戻れれば、捕まえた帽子は自分のものになる。
・四つの自陣を含む、ボード上の色つきマスは「安全地帯（S）」であり、そこではマスと同色の相手の帽子を捕まえることができない。

「電波ジャック犯の……質問の答えも1から16……」

「そこで、だ。十六のマスから、公園や空き地など、危険物を隠しやすそうな場所を拾い出してみた」

それがこれだ、と、爺さんたちは丸印の場所を指で叩いた。

「どう思う？　なあ先生」

たしかに、すでに爆発事件が起きた場所はプレイヤーのスタート地点とセーフティゾーンに合致する。その原理で言うなら、残りの爆弾が仕掛けられている場所は、小《こ》網《あみ》神社か江戸橋下のポケットパークあたり、楓川久安橋公園《かえでがわきゅうあんばしこうえん》あたりということになるのだろうか。どちらも人目に触れずに物を置いたり隠したりできそうだ。坂口は古い地図に描かれた図形の上を指先でなぞった。スタート地点の勝どき駅対面にあるのが東京駅。九十度の位置にあるのが新橋《しんばし》駅……

「入船《いりふね》小学校！」

坂口は思わず叫んだ。

邪悪な犯人がウイルスを仕掛けるとして、小学校は最適だ。

入船小学校の隣には万里子が勤める総合病院がある。患者を動かすリスクが高すぎるから、中央区一帯を封鎖する間も、病院は外部診療を中止するに留《とど》めて入院患者の避難はさせない。誰がウイルス感染しても、野生動物が感染した場合も危機は危機だが、最初の感染者に万里子が含まれるかもしれないと思ったとたん、坂口は震えた。彼は唇を噛《か》みしめて、二人の爺《じじい》の顔を見た。

「この地図、借りてもいいか？」

おそらくは高いところにいる妻が、ウイルスの在処《ありか》を教えてくれたのだ。

「もちろんだ。いいとも、いいとも、持っていけ」

言うなり眉毛が地図をたたんだ。そしてギョロ目が立ち上がる。

「一味にきっと、わしらぐらいの年寄りがおる。今どきの若者はボードゲームなんぞ知らんだろうから」

いや、むしろ若者がやるゲームソフトにコピットゲームがあるのかも。坂口はそう思ったが、黙っていた。素早く二人と握手を交わし、地図を小脇に並木道を駆け抜けながら、ポケットの携帯電話を探した。海谷に連絡するためだ。

呼び出し音三回を待たずに海谷が出た。

「海谷さん、坂口だ。今いいかね？」

——ちょっと待って——

海谷は言って沈黙し、数秒してから「いいわ」と答えた。

「残りの爆発物が置かれたかもしれない場所がわかったよ」

言いながら、そうはまだ言い切れないと考え直した。

「いや、まだ推測の域を出ないんだが。話を聞いてもらえないだろうか」

――その情報はどこから？――

「うちの大学のケルベロスだよ」

――ケルベロスってなに？　からかってるの？――

「いや、すまん。大学の守衛だ。学生たちがそう呼んでいる、三人の喰《く》えない爺さんたちだ。それはともかく、今まで爆破事件が起こった場所がコピットゲームのセーフティゾーンに近いんじゃないかと教えてくれたんだがね」

――コピットゲーム？　それは戦闘ゲームか何か？――

「いや。ボードゲームだ。四十年以上前に流行った」

――は？――

小馬鹿にしたような声がして、しばらくの間、沈黙があった。

海谷が所属するSSBCは警視庁の分析捜査の要《かなめ》である。最新鋭の機器を使って情報捜査をする彼女にとって、生まれる前に流行ったボードゲームが今回の事件に関わっているなど、荒唐無稽《こうとうむけい》すぎる話なのかもしれない。坂口がそう思っていると、「調べたわ」と、海谷が言った。

――ラベンスバーガー社が九十年以上前に開発した帽子取りゲームのことね。『安全地帯』が十二ある。スタート地点を足すと十六。日本独自のゲームじゃないし、犯人がこれを利用した可能性は、ありうるわ――

電話なので海谷の様子は見えないが、坂口は勝手に、パソコンのキーを叩《たた》きながら、コピットのゲーム盤と都内の地図を重ねている海谷を想像した。

日本特有のゲームではないし、犯人が利用した可能性はありうると彼女は言った。つまり海谷らはすでに犯人の目星をつけたのだろうか。黒岩の妻を追って香港マフィアへ、さらにその先へ。ならば事件の解決も近いのか。

一方で坂口の心配はただひとつ。ウイルスの行方と、その後だ。

海谷は再び沈黙し、しばしあと、静かに言った。

――たしかに……爆破事件が起きた場所とゲーム盤の『安全地帯』は近いわ――

坂口がウイルスの専門家なら、海谷はデジタル捜査の専門家だ。データも、映像も、各所に備わる防犯カメラの内容さえも、思いのままに検索できるのだろう。彼女に見せなければと思って勇んでいたのに、抱きしめていた古い地図などいらないようだ。

「それで海谷さん、『安全地帯』のひとつに小学校があるだろう?」

――入船小学校ね? 確認したわ。でも学校は臨時休校しています。住民の避難も始まっているけど、すぐ現地部隊に連絡して、『安全地帯』に近寄らないようにして避難させるわ――

「現場でぼくに探させてくれ」

思い切って訴えると、海谷は一瞬黙ってから、

――私たちには任せておけないと思ってる？――

ムッとした声で訊《き》く。

今さらここで言葉を選んで何になる。坂口は息を吸い、

「そうだと言えば気を悪くするかもしれないが、向こうにウイルスの専門家がいるならば、こっちにはぼくがいるんだから、役に立たせて欲しいんだ。伝播《でんぱ》にはそれに適した場所がある。だからそこを探せば」

――それなら適した場所を教えてください――

「だから、それは、現場を見てみないことには……」

――では結構です。民間人を危険に巻き込むなんてできない――

「だってぼくは当事者」

――情報をどうも――

ブツッと耳を打つ勢いで、海谷は通信を切ってしまった。

「石頭め！」

事態は一刻を争うのだ。

坂口は再び長い並木道を駆けたが、もはや若い頃のようには走れなかった。そうでなくとも日頃の運動不足が祟《たた》って、わずか十数メートルで息が上がった。諦《あきら》めてまた

早足になりながら、今度は二階堂に電話する。

二階堂は呼び出し音数回で電話に出た。

「二階堂君。今どこにいる」

――まだ如月先生のお宅です――

如月の奥さんと手分けして、徹夜で家中を探していたのだと言った。

――終活で、奥さんが二階の研究室以外のものを処分してしまったらしいんですが、サンプルですから滅菌設備のない場所には置かないはずだと思うんですよ。寝ていないので頭がアレですが、実験機器を端から確認しても、やっぱり何も見つからないんです。それで、今頃になって思うのは、如月先生が一番危険を知っているわけで、奥さんが感染するようなリスクは冒さなかったのではないかと……――

疲れ切った声だった。

――あと、坂口先生。気持ちはわかるけど、奥さんを責めるのは可哀想だと思うんですよ。奥さんはゾンビ・ウイルスのことは知らなかったんだし、そもそも黒岩先生があれを持ち出すなんて、誰も思わなかったんだから――

二階堂はそこで言葉を切ると、

――坂口先生のほうはどうですか？――

と、訊いた。

ケルベロスが爆発物の隠し場所を割り出したと伝えると、

——そりゃすごい！　お手柄じゃないですか——

「それでぼくも気が付いたんだが、ウイルスが仕掛けられているのは小学校じゃないかって」

——小学校！——

二階堂が息を呑《の》む。

——どうしてそう思うんですか？——

直感としか答えようがない。

無防備な子供が集まる場所は、ウイルスの伝播に最も適した環境だ。子供に異常が現れたなら大人はそれを放っておかない。友だちも、先生も、親も、医療機関も見捨てずに手当を行い、そうして病原体は蔓延《まんえん》していく。そのことは二階堂もよくわかっているはずだ。

——ああそうか……小学校か……なんてこった……ひでえ野郎だな、ひどすぎる……——

彼は坂口の答えを聞くまでもなく、勝手に納得して犯人を呪った。

このところ、いつだって二階堂は正しい。

「だからね、ぼくはこれから中央区へ行く」

坂口は二階堂に告げた。

——はあっ？　行って、どうするっていうんです——

「ウイルスもしくは拡散装置を回収する。それが一番早いと思う。それで二階堂君……」

——そんなこと先生一人でできるわけない。警察に話したのなら、警察に——

「海谷さんには話したよ。でも歯痒《はがゆ》いんだよ。組織は独断じゃ動けないから。ぼくのせいでこうなったのに、何もしないでいられるかい？」

——何もって……行っても足手まといになるだけですよ。ぼくらは研究者で、警察じゃないんだし……——

「そんなことは関係ない、当事者なんだ。誰かに任せてゾンビ・ウイルスが伝播したら、後悔したってしきれない。残念でしたじゃすまないんだよ。ぼくら以外の人間が、あれの本当の怖さを正しく知っているとも思えない」

——責任論を言うならぼくだって。処分したのはぼくなんだから——

「二階堂君は若い。ぼくはもう、いい歳だ。それだけじゃなく娘がね、入船小学校の隣にある病院で、看護師をしているんだよ」

二階堂は絶句した。

「病院は入院患者を避難させないそうだ。それに娘はトリアージナースなんだよ」

ゾンビ・ウイルスの感染者が出たら、最初に処置をするのは彼女たちだ。

「陸上自衛隊に次男がいるから、彼から情報を得られると思う。だからとにかく小学校へ行って、回収に立ち会うだけでもいい。あれを抹殺したいんだ」

——ぼくも行きます——

「いや」

坂口は即座に拒んだ。

「きみには他にやってもらいたいことがある。大学へ戻ってワクチンを探すんだ。二階堂君はさっき言ったね？　如月先生は奥さんが感染するようなリスクを冒さないんじゃないかって。だとしたら、ワクチンの保管場所はそこではなくて大学だ。やっぱり大学だと思うんだ。ウイルスの棚じゃなくワクチンの棚か、見つからなければ他のサンプルの棚を探してみてくれ。如月先生の性格からしても、どこかに必ず生ワクチンを保存していると思うんだ。『TSF.』と書かれているか、それとも『KS』かもしれない。ゾンビ・ウイルスは『TSF. KS virus.』だったのだから」

——そうか、その可能性はありますね——

「見つかったら海谷さんに電話して、あと、すぐさま関係機関と連携を取って欲しいんだよ。大学にも事情を話して……」

——ぼくから話をするんですか——

二階堂は心細げだったが、坂口は一蹴《いっしゅう》した。

「後悔がイヤならできることは全てやるんだ。卑怯《ひきょう》な言い様になるけれど、国の大学が国の一大事になるウイルスを流出させてしまったなんて、そこは公表できないはずだ。だからこそ、ぼくらがうやむやにしちゃいけない。リークするとかじゃなく、誠心誠意立ち向かうべきだと言ってるんだよ。大切なのは一人も感染者を出さないこと、それによる死者を出さないことだ。何か訊かれたらすべてぼくのせいにしていいからね。すでに人生を終えた身だ。怖いことなんか何もない」

――わかりました――

二階堂が電話を切ると、坂口は顔を上げて歩き出した。

裏庭の奥に研究棟の古びた屋根が見えて来る。坂口が人生の大半を費やした建物だ。あの建物で研究を続け、家族を養ってきた。今回の事件現場で爆破残留物から病原体やウイルスを検出しているのも、坂口が開発に携わった衛生検査ユニットだ。この大学は研究を通じて自衛隊の活動に貢献している。ウイルス研究のデータは各種感染症に対応するための装備や備品開発に応用されるほか、陸上自衛隊の対特殊武器衛生隊でも活用されている。だからこそ、すべての責任を背負ってここを追われる日が来ても本望だ、と坂口は思う。

老兵は死なず、ただ消え去るのみ、と言ったのは誰だったろう。

研究棟へ向かいながら、坂口は次男に電話した。携帯電話を耳に当てて下駄箱を探り、これほど取り込んでいるときも律儀に上履きに履き替えようとする自分を嗤《わら》った。

階段を上って研究室の前に立ったとき、ようやく次男と電話がつながった。

――父さん。なに？　どうしたの？――

「教えて欲しいことがある。大輔《だいすけ》。おまえは今、どこにいる」

――三宿駐屯地を出たところだよ。これから後方支援の準備を進める――

それは最前線へ向かうということだ。娘の時とは少し違って、次男が最前線に行くことは、むしろ心強いと感じた。自衛官の道を選んだのは彼自身だ。三人の子供たちのうち、次男は特に戦友のように思えてしまう。

「万里子から連絡がいったろう？　例のウィルスは父さんの研究室から盗まれたものなんだ」

――聞いた。でも、あまりおおっぴらに言わないほうがいい――

坂口は現場の状況を知りたいと伝えた。

――中央区の様子を知りたいのなら、テレビの生放送を観ればいい。ヘリも飛んでるし、カメラも来てる――

「そうじゃなく、内部がどうなっているかを知りたいんだよ」

――なんで？　そうだな、今朝早く丸《まる》の内《うち》の高架下でも爆破騒ぎがあって、広範囲に刺激性の液体が撒《ま》かれたんだよ。それで周辺がパニックになって、一師団が収拾に向かった。首都高六号向島線《むこうじません》、東京駅、東京高速道路、あと、隅田川《すみだがわ》までのエリアがすでに封鎖されたし――

「中央区一帯の避難は済んだってことか？」

――時間的にも全員退去というわけにはいかない。だから地域住民の外出を禁止して部外者の立ち入りを制限し、それで爆弾を探そうとしているところだ。中央区は戒厳令下の街みたいになっている。誰もいないよ。鳥だけだ……父さん。責任を感じるのはわかるけど……――

バックに騒音が混じる場所で、息子は低く囁《ささや》いてくる。

「責任は感じるさ。当然だ。父さんは逃げない」

息子はひとつため息を吐いた。父親の過ちを自分の過ちのように捉《とら》えたのだろう。

――俺たちは指定防災公園に生物剤用の対処ユニットを組むことになっている。万一のためだ。大丈夫、感染予防処置機能を備えた装置があるからね。父さんが開発に協力してくれたヤツ――

父を励ますように言い、

――大丈夫、大丈夫だから。じゃあ――

と、電話を切った。

大丈夫、大丈夫よ。それは妻の口癖だった。坂口が追い込まれて不機嫌になると、笑顔で言ってくれた魔法の言葉だ。坂口は、次男と妻の二人から励まされたような気持ちになった。

研究室のテレビをつけると、上空からの映像にかぶさって、運行を停止した交通機関のリストがテロップで延々と流れていた。中央区を通過する列車やバスなどの公共交通機関はすべてが止まり、区画内の住民は飼い猫すら外に出すなと注意喚起されているようだ。屋外ケージで鶏または大型犬など飼育している者は、動物を室内に入れるか保健所に持ち込むようにとアナウンスされている。

カメラが地上に切り替わると、防護服に身を包んだおびただしい人々が、屋外のバケツ、ゴミ箱、植栽の隙間、自販機の裏、井戸、側溝、駐車中の車に至るまで、しらみつぶしに調べている様子が映った。

それでもまだだ、まだ甘い。と、坂口は焦燥する。野鳥、ネズミ、ハクビシンやアライグマ、病原体を運ぶ生物はどこにでもいて、容易に駆除することもできない。

坂口はテレビを消して特殊研究室へ行き、防護用の装備二セットを持ち出した。自分の分と、このときなぜか頭にいたのは海谷であった。彼女なら手を貸してくれると思ったわけでもなかったが、とにかくそれを持って大学を後にした。

役に立たない老いぼれ学者と嗤うなかれ。老いぼれ学者だってやるときはやる。兎《と》にも角にもウイルスの伝播《でんぱ》を阻止するのみだ。

Chapter 8　小学校の惨劇

なんとか新橋まで来た坂口は、すぐに自分の考えが甘かったことに気付かされた。規制線は銀座周辺を取り囲むように張られているということで、報道関係者なのか、野次馬なのか、あたりは人また人で溢《あふ》れていたのだ。

ここから問題の小学校までは徒歩で四十分程度というところだが、人垣の奥には侵入者を拒む精鋭部隊が目を光らせている。よしんばその目をかいくぐって規制区域内に入れたとしても、予想外に小学校ではない場所でウィルスが見つかった場合はどうすればいいだろう。坂口はもう体力に自信がないし、これ以上失敗に失敗を重ねることもできない。彼はタクシーを探したが、乗り場に長い行列ができていて、すぐには乗せてもらえそうになかった。

駅を離れてようやく流しのタクシーを止めたが、封鎖地域へ行って欲しいと告げたとたん、目を剥《む》くようにして断られた。考えてみれば当然のことだ。戒厳令状態になったエリアには警察や消防や自衛隊が大挙しているわけで、のこのことタクシーが入って行けるわけがない。

人の波はまだ増えている。中央区を追い出された人々の群れである。

ニュースやメディアが大騒ぎして幾度も警告メールが来たはずなのに、人はどうしてこれほどまでに平素と同じ行動をとるのだろう。増え続ける人混みをかき分けていると、バキュロウイルスに冒されて危険な場所へ移動していく昆虫が頭を過《よ》ぎった。蛾などが異常発生しておびただしい卵を産み、それらがすべて孵《かえ》っても、増えすぎた虫が種のバランスを崩すことはない。ウイルスにやられるなどして激減し、無制限に増え続けることができないからだ。溢れ返る人の群れを見て、人間も昆虫も同じなのではないかと思う。きっと、たぶん、大群は危機意識を欠如させ、そして一撃でやられてしまうのだ。それをするのが殺戮《さつりく》ウイルス。ひしめき合う人々が昆虫と同じ運命を辿《たど》るのは、悪意のせいか、必然か、それを論じる資格が自分にはないと坂口はまた思う。論じるよりKSウイルスの奪還が先だ。

ビーッ、ビーッ、ポロロロロン！

人々のスマホが数分おきに緊急速報メールを鳴らし、封鎖地域から離れるようにと警告される。人混みの中、同じタイミングで一斉に鳴る警報音に危機を感じる。バラバラと頭上をヘリコプターが旋回するのでなおさらだ。明らかな異常事態だと思うのに、笑っている人がいる。娘の万里子はどうしているか。狂犬病ワクチンは手に入ったのか。次男は陰圧ユニットを設営できただろうか。もしも感染者が出てワクチンが効かずに発症したら、あとは自分を喰《く》うままにさせて死なせることしかできないが、それを見守る覚悟はいったい誰にあるというのか。

様々な考えが頭を巡るが、やはり行き着く先はひとつだ。一刻も早くウイルスを回収しないと。

「センセ、センセー、大学ノ先生」

道を急いでいた坂口の後ろで、誰かの呼ぶ声がした。独特な発音とイントネーションを持つ声は、耳から入った情報を一度日本語として整理しなければ理解ができず、自分が呼ばれていたとわかるまでにタイムラグが生じた。

「先生、ボクデス。ドモ、コンニチハ。先生、タクシー探シテマスカ？」

坂口は立ち止まり、振り向いた。

白シャツにグレーのチノパン。褐色の肌と一本につながった太い眉《まゆ》。小柄で痩《や》せた青年が、ホンダスーパーカブC125にまたがって立っている。

どこの誰かと思ったが、黒々と澄んだ瞳《ひとみ》を見て思い出す。妻がまだ生きていた頃、大きな荷物を抱えて大学を去って行った学生だ。

「きみは……大学にいた……？」

「ガイコクジンよ。タイからの研修生、大学やめるときセンセーに会ったよ。名前はチャラです」

青年は人なつっこく笑い、真っ白な歯を見せた。

「先生、タクシー探してますか？　ボク、白タクできるね」

白タクは無許可営業の違反車だ。第二種運転免許を持たない人物が、緑ナンバーの営業車両ではなく白ナンバーの自家用車で客を輸送するからそう呼ばれている。白タクができるなどと違法行為を宣言してしまう日本人は、まずいない。

「白タクは違法行為だよ」

手錠を掛けられたまねをすると、チャラは大口を開けて笑った。

「あ、そーネ。間違ィ、ライドシェアです。お金をもらう人助け」

悪びれもせずに小首を傾げる。

「あなたタクシー探すノ見てました。どこ行きたいか？」

チャラが乗っているのはスーパーカブでタクシーではないが、むしろ好都合かもしれない。坂口は路側帯の植え込みをまたいで青年のそばへ行き、耳元で囁いた。

「行きたいのは規制区域の中なんだ」

チャラもさすがに眉根《まゆね》を寄せた。

「中はキケンね。みな、ヒナンしてるヨ」

「わかってる。でも、どうしても行かなきゃならない事情があるんだ」

「事情ナンデスカ？」

坂口は、こんな事態を巻き起こしているのは大学の研究室から盗み出されたウィルスなのだと白状した。伝播すれば大量の死者を出す。病原体を動物が運んで国を滅ぼす可能性だってあると。

「犯人がそれを仕掛けるとすれば小学校だと思うんだ。現場へ行けばウィルスが隠されている場所がわかると思う。ぼくは専門家だからね」

「どこの小学校」

「入船小学校だよ。隣に大きな病院がある」

チャラはあからさまに顔色を変えた。

「チャラの奥さん、そこに入院してイルね。セパクリュウザン、動かせないよ」

切迫流産のことらしい。まさか彼が結婚していたとは思わなかったが、坂口はひとつ疑問が解けた。出ていくとき、彼はお金がないから大学をやめると言ったのだ。

「もしかして、大学をやめたのは奥さんのためか？」

チャラは答えもせずにスーパーカブをUターンさせ、

「乗って、センセ」

と、坂口を見た。荷台に取り付けてあったリアボックスを外して植え込みに押し込むと、ロングキャリアを顎《あご》で指す。

「日本人のスバラシイとこ。誰も盗んで行かないネ。植え込みに置く、そのままアルか警察ニ届くヨ」

「行ってくれるのか？」

「行く。デモ、お代もらう。ボクの奥サン近くニいるよ、ヒトゴトでないね」

「ならばチャラ君。どこか人目につかないところで防護服に着替えたいんだが」

規制線内部は防護服に身を包んだ隊員だらけだ。住民は外に出られないのだし、剝《む》き身で活動している者など一人もいない。

「オッケオッケ、チャラは抜け道大魔王ダカラ」

抜け道大魔王が何か知らないが、坂口は言われるままカブの荷台にまたがった。クンッと体が引っ張られ、スーパーカブが走り出す。坂口はヘルメットを被《かぶ》っていないが、周囲にそれを咎《とが》める者はない。渋滞する交差点をいとも簡単に迂《う》回《かい》して、狭い袋小路へ突進していく。妻の帽子が飛ばされそうになったので、脱いでシャツの隙間にねじ込んだ。

チャラはビルとビルの隙間にある渡り廊下のようなエントランスに突っ込むと、数段の階段をバイクで上り、反対側にまた下りた。規制区域のわずかに外だった。はたまたどれだけ好き好んで病原体に感染したい者はいないだろうとの判断からか、はたまたどれだけ人員を割こうとも蟻の這《は》い出る隙もない状況を作り出すのは困難なのか、警備が手薄な場所だった。その袋小路で坂口は防護服を着け、チャラにも同じ装備をさせた。こうして全身を覆ってしまうと誰が誰やらわからない。上空のヘリが映しているのは同じ装備の人々だ。太陽が照りつけるコンクリートジャングルをこんな恰好《かっこう》で歩き回るには限界があるが、感染を避けるためには仕方がない。着込んだ途端に汗が噴き出し、坂口はまたも死んだ如月と黒岩に、文句の一つも言いたくなった。

「いいね、センセイ。これであなたワカラナイ。チャラもチャラとワカラナイ。ショー学校行くョ」

いや、どうだろう。スーパーカブに乗る隊員などいるのだろうかと思いつつ、坂口は再びバイクにまたがる。混乱に混乱を重ねた状況下ですべてを掌握できている隊員などいるはずはないと、強引に信じて。

驚いたことに、チャラはその先でまた別のビルのエントランスへ突っ込んだ。建物内の通路を走り、裏口から反対側へ抜け出していく。振り落とされないよう細い腰にしがみついて坂口は訊《たず》ねた。

「大学をやめたのは奥さんのためかね?」

「フタリ一緒に日本へ来たよ。ケコンまだけど赤ちゃんできた」

と、チャラは言う。マスクとゴーグルとフードの上に、律儀にもヘルメットをかぶっている。

「入院シタ、お金イル。ダカラ仕事探したネ。留学生、いっぱい仕事スル、ハンザイね。でも、赤ちゃん命、大切よ。ダカラ先生」

やや坂口を振り向いて、

「二割増しデいいか？」

坂口は、

「いいよ」

と答えた。バイクは加速し、建物の隙間を疾走していく。給湯器や空調設備がランダムに置かれ、隙間にビールケースが並び、人が通れるギリギリの狭さの路地をためらいもなく走り抜けていく。

「チャラのバイク便、速いデ人気。デモ人乗セル、ハジメテね。落ちない、イイカ」

言うなり前輪を高く上げてウィリーをすると、路地にはみ出る配水管を避《よ》けた。坂口は益々強くしがみつく。この青年は細っこい体に妻と子供の命を背負っている。そう思ったら、鉄の荷台が尾てい骨に食い込む痛みも耐えられる。なに、ぼくだってこの背中に妻や子供の人生を背負って来たのじゃないか。右へ、左へ、また右へ、建物へ飛び込んで抜けるを繰り返すうち、バイクはついに規制線の内部へ入った。バリケードにも警備にも遭遇しなかったのは道路以外の場所を走ったからだが、どこをどう通過したのか、坂口にはさっぱりわからない。

「ニッポンの道、つながってル。イイ」

得意気にチャラが言う。

「道はつながっているものだろう?」

ピッ、ピッとチャラは唇を鳴らす。タイでは否定するときの音らしい。

「タイの道、つながらナイ。マチガエル、大変ね。ニッポンの道、サイコーよ」

飛び出た先は広めの道路で、防護服を着た人たちが列をなして植え込みやガードレールの隙間を探していた。バイクの気配に一瞬だけ振り向くも、すぐに自分たちの作業に戻る。防護服は視界が狭く、振り返るのも難儀だからだ。バラバラと激しく降ってくるヘリコプターの騒音に比べれば、バイクのエンジン音など無きに等しい。

両側にビルが並ぶ広い道路は閑散として、信号機だけが律儀に色を変えていく。青葉茂る公園に遊ぶ子供の姿もなくて、白い防護服の人だけが動き回っている様は、まるでSF映画のようだ。入船小学校にウイルスがありそうだという話を、海谷は上に伝えたろうか。その後の動きはどうなっているのか。犯人は今も首相官邸にメールを送っているのだろうか。

チャラの背中に密着した坂口の腹あたりで携帯電話のバイブが震えた。いま走っているのはビル街の裏で、前方遠くに病院が見える。小学校はその脇だ。防護服を着ているために、携帯電話がなかなか出せない。

「もしもし？」

耳に当てた途端、海谷の声が飛び込んで来た。

——坂口先生。いまどこですか？——

坂口は答えず、

「何かあったかね？」

と、逆に訊ねた。海谷はフンと鼻で嗤《わら》った。

——私を舐《な》めてもらっちゃ困ります。そっちの電波を追跡すれば、先生がどこにいるのかなんて、すぐわかるんですよ——

久々に妻に責められているような気がした。恰好をつけて後輩に奢《おご》ったり、内緒で高い書籍を購入したりしたときなどは、一万円札を渡してくれながら、彼女は必ずこう言った。あなたを見ていればわかるんですよ、と。

海谷は続ける。

——中央区の近くにいますか？　しばらく前にまた電波ジャックがあって、先生が仰《おつしや》った通り、入船小学校にウイルスを仕掛けたと言ってきました——

咄嗟《とつさ》に言葉は出なかった。視界が歪《ゆが》んだ気がして、坂口はようやく訊ねた。

「本当に？」

――本当かどうかはまだわかりません。いま特殊班を組織してウイルス回収の準備を進めています。先発隊と陸自の特殊部隊に小学校へ向かう指示が出ました――

「ぼくも小学校のそばにいる。ぼくも行って現場を見るよ」

――はっ？　だから、なんで、いつの間に、私が言ったこと、聞いていなかったんですかっ――

海谷は怒りでまくし立ててくる。

「それで？　犯人はウイルスを発射させたと言ったわけではないんだね？　どう言っているんだ」

大きくため息を吐いてから、やれやれという感じで海谷は続けた。

――今回はアプローチの仕方を変えてきました。今までのように『解答を誤った。BOMB!』というのではなく、『ごきげんよう。TIC、TAC』――

「チックタック？　時限装置を仕掛けたってことか？」

――そうかもしれない。そうじゃないかも。情報を与えて捜査員を小学校へ結集させて、ついにウイルスを撒《ま》くつもりかも――

それは理に適《かな》っていない。現に自分たちも防護服で防備している。捜査員が何人集まったとしても、防護服を着ていれば感染のリスクは極めて低い。犯人の狙いは何だ。

「センセ。学校、着クね」

チャラがバイクを旋回させる。

道路脇にコインパーキングを見つけると、律儀にそこへ停車した。

鉄筋コンクリート造り五階建ての入船小学校は、道路の際にそびえていた。子供らが育てた蔓性《つるせい》植物がカーテンのようにベランダを覆っているのを見ると、子供たちのことを考えずにはいられない。坂口は覚悟を決めて深呼吸し、チャラに告げた。

「ありがとう。助かったよ」

──はい？　坂口先生──

「いや。いまのは友人に言ったんだ。海谷さん。ぼくは小学校に着いたから」

そして再びチャラを見る。

大した金額は持っていないが、ここまでの運賃を支払わなければ。

「危険だからきみは帰りなさい」

バイクを降りると、尻《しり》のあたりがヒリヒリしていた。クッションもない鉄の荷台に尻を乗せていたのだから当然だ。そして海谷にまた告げる。

「いまから校舎に入る。大丈夫。ぼくも防護服を着用しているからね」

──だからそこまで行けたのね……先生も、いい加減アウトローですね──

だからそこまで行けたのね。海谷の言葉がささくれのように引っかかる。坂口は校舎の周囲を見渡したが、海谷の言う先発隊はどこにもいない。

「警察の人はまだ来ていないみたいだよ」

――そんなことないわ。近くにいる部隊を派遣したんだから。たぶん中です――

話しながら財布を探す。するとチャラは頭《かぶり》を振って坂口を制した。

「ボク帰らない。センセ手伝うね。奥さんのビョーインすぐそこよ」

「言っただろう？　危険なんだよ。防護服を着ているからといって……」

――……はい。えっ！　そんな……――

突然、海谷が絶句した。声の様子から尋常ならざる事態が起きたとわかった。坂口はチャラに背中を向けて電話に聞いた。

「海谷さん。どうしたね？」

返答がない。

「海谷さん、どうした！」

しばらく間を置いてから、

――ウサギが――

と、海谷は言った。

――先発隊が飼育小屋でウサギの死骸《しがい》を発見したそうです。それが……共喰《ともぐ》いしたみたいにバラバラになっているって――

見上げた空は建物に四角く切られ、照り返す太陽がゴーグルを射貫《いぬ》いた。坂口は思わず目を瞑《つぶ》る。咄嗟に頭に浮かんだのは娘である万里子の顔だ。そして顔すら知らない小学校の子供たち。ウサギが感染していたなんて。

ゾンビ・ウィルスの潜伏期間は二日程度だ。そうなら避難勧告が出るより早く、小学生たちが感染してしまった可能性がある。

「なんてことだ……」

子供は家に帰るもの。今は臨時休校で、子供は家族といるだろう。家族は外部と接触がある。職場やスーパーや公共交通機関……なんてこと、なんてことだ。

目を閉じたまま、坂口は懸命に呼吸を整えた。落ち着け、落ち着け。何ができるか考えるんだ。もがけ、考えろ、考えて……。

「海谷さん。すぐ消防に確認をとってくれ。地域の医療機関にも頼む。子供が意識不明になったとか、情緒不安定になったとか、そういう理由で救急車の出動要請があったか、医療機関を受診したか……調べて、患者の隔離を徹底しないと」

罹患者《りかんしゃ》が唾液《だえき》を吐く。家族がいたわる。手や服や床や壁に体液などが付着する。乾燥する。拡散し、伝播《でんぱ》していく……恐ろしいシナリオが頭に浮かんだ。そしてもし、もしも誰かが発症したら……。

──わかったわ。すぐに手配を──

「ナニ？ ウイルスの患者、出た？ そゆこと！」

真剣な眼をしてチャラが訊《き》く。その患者が万里子の病院を受診していたら……全身から血の気が引いた。

坂口はチャラには答えずに、走って学校の敷地へ入った。

近代的で美しい小学校は階段を上がった二階部分が正門で、階段を途中まで上がると、正門の内側に似たような装備の人たちが見えた。海谷は手配をしているらしく、応答がなくなったので通話を切った。チャラも走ってついてきて、階段の途中で坂口と並んだ。防護服の坂口とチャラを認めた一団が怪訝《けげん》そうに見下ろしてくる。だからこそ坂口は、威風堂々と彼らの前へ進み出た。自分たちがここへ来たのは必然だとでもいうように。

頭の中でケルベロスが、手足を振り回してもがけとエールを送る。

「ゾンビ・ウイルスの研究者、帝国防衛医大の坂口です。警視庁から依頼されて死んだウサギの鑑定に来ました」

ゴーグルから覗《のぞ》く眼に有無を言わさぬ力を込めた。背筋を伸ばして大声で言うと、防護服を着た連中は「はっ」という感じで緊張し、頭を下げた。チャラもしれっと助手を装っている。

「こっちです」

中から一人が進み出て、坂口とチャラを飼育小屋へ誘《いざな》った。思った通り、混乱に混乱を重ねた状況下では、すべてを掌握できている隊員などいないのだ。

「ウサギはいつ死んだのかね？」

訊くと白い相手は事務的に答える。

「見つけたのは数分前ですが、すでに血が乾いているので、昨晩か、少なくとも数時間前には死んだものと思われます。喰い散らかされてバラバラですよ」

坂口は失意とショックで吐きそうになったが、この衝撃を分かち合えるのは二階堂だけだ。

「ゾンビ・ウイルスは潜伏期間があるんだよ。ウサギが発症したとするなら、最初の電波ジャックが起きたとき、すでにウイルスに感染していたことになる」

歯ぎしりをした。なんてことだ。ゲームを仕掛けた時点ですでにウイルスが撒かれていたなんて。しかも子供たちがいる場所で。呪われろ、如月教授。呪われろ、黒岩准教授。呪われろ、ハニートラップの女詐欺師め。だが、すでに三人ともこの世にいない。

昇降口の扉に『あいさつは元気よく』と、たどたどしい文字で書かれている。下駄箱に並ぶ上履きは小さくて、薄紙で作ったバラの花や壁のスローガンが目に入るたび、坂口は喪《うしな》われていく命を想った。いたいけな子供らに、どんな罪があるというのか。

ジジジ！　と、いきなり蟬が鳴く。防護服の中は蒸し風呂《ぶろ》状態だが、もはや暑さも感じなくなって、坂口は自然と早足になる。さほど広くない校庭に出ると、真っ白に消石灰が撒《ま》かれていた。シューズカバーがそれを踏み、一足ごとに白煙が舞う。

今さら撒いても、もう遅い。ウイルスは子供たちが持ち出した。それなのに自分は何をしているのだろう。ことここに至っては、二階堂が生ワクチンを見つけ出すのを祈るばかりだ。飼育小屋が見えてきた。その前だけに人垣がある。

「専門家が来た。小屋を見せるぞ」

坂口を先導してきた男が言うと、開け放たれた飼育小屋から隊員たちが出てきて脇へ退く。小屋の周りも消石灰で真っ白だが、記録に残すためか、ウサギの死骸はまだそのままになっていた。

金網にこびりついた肉片やおびただしい血の跡に驚いて足を止めてしまったチャラを押しのけ、坂口は飼育小屋へ入ってゆき、ウサギに起きた惨劇を見た。

鮮血で汚れた真っ白な毛。引きずり出された内臓とバラバラの四肢。ちぎれた耳、白濁した目で宙を見つめるウサギの頭。数羽のウサギが散らばる様は吐き気をもよおすものだった。ひっくり返った餌箱に、血を吸って黒くなった干し草。その上を無数のハエが飛び回り、抜け毛の塊が風に転がる。

しばらくして、坂口は唸《うな》った。

「……ちがう……」

白い人たちを振り向いて高らかに叫んだ。

「このウサギはウィルスに感染して死んだんじゃない！」

その場にいた者たちは、怪訝そうに互いを見合った。

「ああ……ああ……よかった、神様、感謝します……」

一気に汗が噴き出してきた。

神など信じていないのに、腰を折って呟《つぶや》いてから、坂口は宣言した。

「これはゾンビ・ウイルスじゃない。誰かがゾンビ・ウイルスに見せかけてウサギを殺した。それだけだ！」

「本当ですか？」

と、先導してきた男が訊いた。初めて視線を合わせると、高揚しつつも疲れ切った眼差《まなざ》しをしていた。

「間違いない。ゾンビ・ウィルスを発症すると個体は獰猛《どうもう》に喰い合いをするんだ。でも、見てごらん。内臓が残されている。四肢も、耳も、尻尾《しっぽ》も、少しも欠けずに残っている。喰《く》い合いしたら後に残る部位はほんの少しで、尻尾の先とか、あと、頭とか。特に頭部は相手の臓物を喰い破るので血だらけになっていないといけない。でも、このウサギはそうじゃない。バラバラにされてはいるが、全部が残っている。喰い合いをしていないんだ。だからこれはゾンビ・ウイルスじゃない。ゾンビ・ウイルスじゃありません」

説明しながら木陰に逃げた。安堵《あんど》で全身の力が抜けそうだったのだ。

やはり暑さは感じず、いっそ寒気がしたくらいだった。

助かった、生き延びた、とりあえず今は。それで自分にこう言った。

「間に合う。まだ間に合う……早くウイルスを回収しないと」

隊員はざわめき、本部に連絡すると言い置いて、先導してきた男がその場を離れた。スマホか何かで連絡すればいいものを、セキュリティの観点から直接報告を指示されているのだろう。

「ナンデ？」

そんななか、意外にも冷静だったのはチャラだ。彼も日陰に身を寄せて、坂口の脇腹をつついた。

「怖いウイルスでない、ヨカッタ。でも、なんでウサギを殺したか？」

ゴーグル越しに真っ黒な瞳《ひとみ》が問いかけてくる。さすがに坂口はへばってきたが、チャラは汗ひとつかいていない。なんで？　そう。なんでウサギを殺したか？

「偽装だよ。ゾンビ・ウイルスが拡散したように見せかけたんだ」

「ナンデ偽装？　それ、犯人、イイコトあるか？　ワカラナイ」

遠くサイレンの音がする。

小学校が汚染されたと聞いて、あらゆる部隊が集結しつつある。

ナンデ？　チャラの瞳がまた問いかける。坂口の脳は目まぐるしく動く。

犯人はここにウイルスがあると宣言した。奴らは中央区の随所に仕掛けを施し、捜査当局を翻弄《ほんろう》し続けている。ナンデ？　そうとも、最初からそれがわからない。

黒岩はウイルスチューブを持ち出した。感染マウスのビデオも、だ。

彼の妻がそれを依頼主に渡し、新婚旅行先で一億円を手に入れた。

妻は用済みになった黒岩をヒ素で殺して出奔したが、逃亡できずに殺された。死因は外傷性ショック死で、リンチされたと海谷は言った。

なぜリンチ？　なぜ殺された？

何かを吐かせるためだとしたら……ＫＳウイルスはどこにある？

坂口は携帯を出して海谷にかけた。かけながらまだ考えていた。

奴らの真の目的はなんだ？

「海谷さん？　ぼくだ、坂口だ」

――ああ先生。関係機関に連絡しました。ウイルスに感染したとおぼしき患者の情報は、まだありません――

「うん、そうだろう。ウサギを見たんだ。感染じゃない。これは偽装工作だ、少なくともウサギが死んだのはウイルスのせいじゃない」

――……ほんとうですか？――

「ほんとうだ」

答えながらバックノイズが妙だと思った。

「海谷さん、運転中？」

――私もそちらへ向かいます。機材を持ち込んで、現地で後方支援することに――

「フェアレディZで？」

――相棒だもの、あたりまえ、今ならどこでも駐車し放題だし――

「運転中の携帯電話は違法じゃないの？」

警察官は特例かもと思ったが、訊《き》いた。海谷は運転が荒いので、ちょっと心配になったのだ。

――ハンズフリーよ。違法かどうかはグレーゾーンね。運転中に手動操作をすればアウト――

「こっちへ向かっているのかね？　小学校へ」

──ウサギが感染したと連絡が来たので、大半の部隊がそちらへ行くよう指示されました。でも、私たち後方支援部隊はそこではなく京橋公園を基地にします。京橋公園はすでに安全確認を終えているので──

サイレンの音が激しくなった。白い人たちは校庭に集まり、自衛隊の衛生検査ユニット車までやって来た。次男が中にいるかもしれない。衛生検査ユニットは大型トレーラーに積んだ実験室のようなものだから、病原体の種類や型を即時特定できる。おそらくは死んだウサギからウイルスを検出するために派遣されて来たのだろう。何かが変だ。何かがおかしい。なぜ犯人は、ここにウイルスがあると宣言したのか。

慌ただしい光景を前に坂口は考える。

学校の奥は病院だ。そのまた奥に大学があり、保健所があり、隅田川が流れている。そしてここでウイルスを拡散したと宣言したら、犯人にどんなメリットをもたらすか。そして本当にウイルスがあるのなら、ウサギを感染させなかったのはなぜだ。それとも事態をよりセンセーショナルに演出するため、ウイルスの拡散前にウサギを殺しておいたのだろうか。やがておまえたちもこうなるぞ、と知らせるために。

脳裏を凄《すさ》まじい勢いでシーンが巡る。

それは如月の奥さんに呼ばれた日から、分離したウイルスをマウスに感染させた日に及び、妻の臨終と死に顔を思い出し、彼女にしてやれなかったことなどが痛みと共に行き過ぎた。どれもこれもが結婚記念日の前後に起きたことだった。

『そりゃ先生、旅行に連れて行けだとか、首飾りを買ってくれだとか、言われそうな年月ですな』

「首飾り……」

――え？――

ケルベロスの一人は首飾りを買う参考に、とんでもないものを手渡してきた。数億円相当の宝石類を写した宝飾展のチラシだった。

『今も昔も高価なものは銀座に集まる』

守衛の言葉が頭に閃《ひらめ》く。戒厳令状態になったエリアでは防護服に身を包んだ者たちだけが活動している。

――だからそこまで行けたのね――

頭で海谷がまた言った。防護服に身を包んだら、確認できるのは目と声と体格だけだ。坂口とチャラが容易にここへ来られたように、部外者が交じっていてもわからない。すべてを把握できている隊員なんて、一人としていないのだ。

「海谷さん、すぐ調べてくれないか。中央区で今、何が起こっているのかを」

――なにって？　ゾンビ・ウイルスで大騒ぎよ――

「そうじゃなく、高価な宝飾展をやっているとか、すごい名画が来ているとか、一時的に銀行の地下金庫に、もの凄《すご》い金額をプールしたとか」

――坂口先生、大丈夫？　実はウイルスに冒されてない？――

海谷は怪訝《けげん》な声を出したが、チャラは真意を察したらしく、あっけらかんと言う。

「黄金展ヤッテルね。銀座の百貨店。ヒッロクジュオクのフクソー品。仮面や祭器が来テイルね」

チャラは瞳を光らせて親指を立てた。

「パンフレット間に合わなくテ、印刷屋サンからチャラが運んだ」

「それだ！」

坂口は叫ぶ。

「海谷さん、それだ！　犯人の狙いはそれだ。すぐに銀座の百貨店へ。本当の狙いはテロじゃなく、金《かね》だよ、金だ。黄金ならば」

「溶かシて安全。宝石ハ鑑定証から足ツクね。キンは加工ラクダし、ルートも多いネ」

坂口の電話を奪ってチャラが言う。

「ケイサツみんなコッチ来た。イマゴロ、デパート襲ってル。早ク行って、捕まえテOK？」

――いったいなんなの。ちょっと待ってよ――

パパパパパーッ！　とクラクションの音がして、海谷との通信は切れてしまった。

と、思ったら再び着信があった。チャラが脇から手を伸ばし、スピーカーホンのボタンを押した。車を止めて自分の足で走ったらしく、海谷は息が上がっていた。

――設備がある場所に着いたわ。待って、いま調べる――

一瞬あって、すぐに答えが返ってくる。

――あった。これのことかしら？『展示総額・百六十億円。太古の眠りから覚めたクントゥル・ワシの黄金製品、アンデスの秘宝展』銀座の百貨店で開催中よ――

「それに限らず、どこかで大金を奪う作戦かもしれない」

――そうか、そうね、そうかもしれない。非常事態宣言で即時退去命令が出たから、展示物はそのままのはず。セキュリティが万全とはいえないのかも――

海谷は少しだけ声のトーンを落とした。

――黒岩准教授の奥さんだけど身元がわかった。可馨《ケアシン》と呼ばれる中国系の女性だったわ。一人っ子政策のせいで戸籍を持てなかった子供の一人よ。彼女を雇っていたのは香港マフィアで、中東の武器商人から強力な生物兵器の調達を依頼されていたみたいなの――

「じゃ、ゾンビ・ウイルスはマフィアを通して武器商人に？」

――その可能性も出てきたわ。武器商人は、先にフィリピンのグループに生物兵器の入手を依頼していたんだけど、それが粗悪品で全員が殺された――

「それはこの間の事件かね？　火災現場で二十人以上の死体が見つかったという」

——そうよ。見せしめのために貯水槽にあった遺体がグループのボス——

「誰への見せしめかね？　まさか……その香港マフィアに？」

——可能性はあると思う。武器商人も切羽詰まっているのかも——

「それで女を黒岩先生に近づけて、ウイルスチューブを盗ませたのか」

——でも、そう単純には行かなかったのかもしれない——

海谷はもう少し声を潜める。

——マフィアはケアシンにお金を払った。つまりチューブを手に入れた。黒岩准教授の急死は一億円を独り占めにしようとした彼女の仕業だと見ているんだけど、でも、じゃあ、ケアシンはなぜ殺されたの？——

彼女はリンチを受けていた。そういうことか。

「ゾンビ・ウイルスは、まだマフィアに渡っていない？」

——可能性はあると思うの——

海谷は答え、先を続けた。

——ケアシンは酷《ひど》い拷問を受けていた。殺害現場は空港の多機能トイレで、防犯カメラに彼女が引っ張り込まれる様子と、トイレからスーツケースを引いて出てくる不審な男が二人映り込んでいた。一人は日本人、一人は中国人で、どちらも当局にマークされている人物だったわ。私たちはこう考えている。黒岩准教授はウイルスを盗み出したけど、どこかで中身がすり替わっていたんじゃないかって——

「え」

——そのせいで彼女は拷問を受けた。ゾンビ・ウイルスの在処《ありか》を吐かせようと——

確かにウイルスはチューブを見ただけではわからない。設備の整っていない場所で迂闊《うかつ》に分離することもできない。それが人工的に創られたウイルスであればなおさらだ。マフィアは武器商人のために生物兵器を手に入れたかった。そこで大学が狙われた。ターゲットにされたのが黒岩で、ケアシンは彼を陥落させて強力なウイルスを創らせようとしたか、もしくはそれに匹敵する強力なウイルスサンプルを盗ませようとした。折悪しく、そこへKSウイルスが持ち込まれたのだ。自分のせいで。

上空を激しくヘリコプターが飛び交っている。いつのまにか機数が増えて、まるで戦争映画のようだ。冷たい汗が背中を伝い、そのあたりがイガイガする。酷いストレスと興奮で、蕁麻疹《じんましん》になったのかもしれない。

「つまりそれはどういうことだね？　ケアシンにはマフィア以外の取引相手がいたと？　この騒ぎを起こした犯人はマフィアでも武器商人でもないというのか」

不明のウイルスが手に入っても、病原体に冒された実験動物などを見なければ正体の予想がつかない。それが完全新種のウイルスで、データもないならば、動物実験をするしかない。まさかこの大がかりな騒動が人体実験だったなんてことは……いやいや、それはあり得ない。だとすれば、やはり目的は黄金だろうか。

――真相は、わからない。でも混乱に乗じて黄金が狙われるのは……――

その時だった。鳥の群れが校舎の上へと飛び立って、数秒後には地面が揺れた。

坂口もチャラも衝撃で投げ飛ばされて、校舎の窓ガラスにヒビが入った。飛散防止用フィルムのおかげでガラスが降ってくることはなかったが、顔を上げた坂口は、校舎の奥に立ち上る巨大で不穏な黒煙を見た。土煙だろうか、空が灰色に曇っていく。もしもあれにゾンビ・ウイルスが含まれていたら。

――先生、今のはなに？　大丈夫？――

電話の奥から海谷は叫び、しばし後、

――わかったわ。入船中央大学構内で爆発が起きたのよ。現場は……科学棟に設置された屋外浄水槽ですって。爆発物処理中の作業員二名が重傷、ほか数名が負傷したもよう……銀座通り交差点近くでも小規模爆発。こちらは負傷者ゼロ。もうっ――

テーブルを叩《たた》く音がした。

坂口とチャラがいる場所からは、校庭を走って行く防護服の人たちがよく見えた。責任者が怒鳴る声、そんな中でも一向に隊列が乱れない自衛官たち。同じ恰好《かっこう》をしていても、集団で動けば見分けがつくものだなと感慨が過《よ》ぎる。

――銀座一丁目、複数のビルで防犯セキュリティがショートしたわ。銀座通り交差点の爆発はこれを狙ったものみたい。アンデスの秘宝展の他にも、宝飾店、高級時計専門店、純金を扱うショップがあるの。捜査員がそっちへ向かう――

海谷の声にかぶさって現場の音が響いてくる。状況は緊迫しているが、坂口はまだウイルスのことを考えていた。KSウイルスはどこなんだ？

爆発現場の黒煙にヘリコプターの爆音、隊員たちの叫び声や校舎に貼られた子供たちのポスターが、グルグルグルグルグル脳裏を過ぎる。

「ハンニン馬鹿ね。ぼくノ奥さんコワガラセタ罪、重い。ドコもカシコモおまわりサン。逃げられナイよ」

怒りをこめたチャラの言葉を聞いたとき、坂口は稲妻のごとき閃《ひらめ》きを得た。チャラの言う通りだ。逃げおおせる確証がなかったら、こんな手口を使うはずがない。

「海谷さん！」

坂口は怒鳴った。その剣幕に驚いて、チャラがビクリと身を震わせる。

「犯人には勝算があるんだ。そうでなきゃ、こんな馬鹿げた、それでいて大それた仕掛けをするわけがない。理由だ、理由があるはずだ！」

――そりゃそうよ！　それがわからないからこうやって――

「複雑な課題や現象に立ち向かうとき、まとめて考えてはダメだ。遠回りに思えても、ひとつひとつの出来事を、順を追って考えるのがコツだ。事象と理由をつないで行くんだ」

——ご高説は尤《もっと》もですが、早くしないと犯人に逃げられるのよ。とんでもないことしてくれて、絶対に逃がすわけにはいかないわ——

それじゃダメだ、思うツボだと、坂口は自分自身に言い聞かせる。犯人を憎む気持ちは海谷よりずっと強い。人のためになればこそと続けてきた研究と、誇りであった探究心を、こんな形で踏みにじられたのだ。

戒厳令状態の中央区から、そいつらはどうやって金品を持ち出すつもりだろう。周囲に警察官や自衛官が溢《あふ》れているのはわかっているし、防護服でカムフラージュしても集団の中で不審な動きをすれば目立つ。さらに金は重いのだ。学者脳が即座に計算を進めていく。一グラムを四千五百円と換算しても、百六十億円の純金は三トン以上の重さになるはず。展示品は加工されているから美術的価値と歴史的価値を差し引いて……坂口はそこで計算をやめた。

宝飾品の美術的価値など、自分にわかるはずがない。とりあえず、防護服の中に隠して持ち出すのが不可能な重さだということはわかった。

だとすれば特殊設備のように見せかけた箱や、運搬用機材を用意しているはずだ。

いやいや、特殊設備は中央区から持ち出せないぞ。ウイルスを外へ出さないために規制区域内で装備を脱ぐし、設備も消毒するはずだから。

卑怯者《ひきょうもの》、と、その時またもケルベロスの声がした。

『爆弾という究極の飛び道具を仕掛けて己は安全圏にいる。そういう輩《やから》は……臆病《おくびょう》で卑怯で鼻持ちならん野郎だ』

「己は安全圏にいる……」

坂口が呟《つぶや》くと、

「ナンデスカ？」

と、チャラが訊《き》く。坂口はタイから来た青年の目を覗《のぞ》き込んだ。

「卑怯者はどう逃げる？」

「そりゃセンセー、隠れて逃げるネ。ミツカラナイ、安全ヨ」

バラバラだった点と点とが一本の線で結ばれた。銀座の百貨店の地下には駅がある。運行を休止した地下鉄が通っているのだ。

「海谷さん、調べてくれ」

坂口は強い口調で命令した。

「犯人は地下鉄の線路を逃亡に使うつもりかもしれない。中央区一帯の交通機関は停止しているから、地下鉄の線路を通って逃げれば、安全に、たとえば……」

手元に地図がないので、当てずっぽうにものを言う。

「隅田川とか運河とか、そのあたりまで逃げられないかね？」

海谷の反応は早かった。

――銀座の百貨店は地下で銀座一丁目駅につながっています。この線路を使って逃亡に適した場所まで逃げたとすると――

「線路、トテモ走りにくいね。ダイジョビカ？」

脇からチャラが口を出す。海谷は答えた。

――たぶん軌陸車を使うんだわ――

「キリクシャ？」

と、坂口が問う。

――軌道走行用の装備を持つ特殊車両です。これだと保線用の敷地から線路に入れて線路を走行できるから。人目につかずに封鎖区域を抜けて……トンズラしようと思ったら……――

キーを叩く音がした。かなりのハイスピードで、しかも力が入っている。

――東京メトロ有楽町《ゆうらくちょう》線から日比谷《ひびや》線に移動して、茅場町《かやばちょう》駅周辺から隅田川に出るルートを使うわ。そのあたりに船を待たせておけば豊洲《とよす》運河から海に出られる――

言うなり海谷の通信が切れた。同時に坂口のガラケーが、激しい警報音を発し始めた。画面に【緊急速報】の文字が浮かんでいる。

【中央区一帯に爆発物を仕掛けた犯人から、間もなく時限装置によってウイルスの拡散が始まると警告がありました。封鎖区域に残っている人は建物内に避難して、外気の侵入を防いでください。封鎖区域の近くにいる人は速やかにその場を離れ、建物内へ避難してください】

坂口は校舎を振り返り、そしてチャラと目が合った。

「時限装置……」

二人同時に学校を見る。

校庭には隊員たちが集まっているが、さっきと同じにザワついていて、外から見ただけでは状況がつかめない。坂口の手で電話が震え、そこに次男の名前が浮かんだ。

「おまえか、大輔？」

――父さん、ウイルスの拡散装置が見つかった。入船小学校体育館の運動用具置き場に仕掛けてあった――

拡散装置が見つかった。ウイルスがあった。

あったのか！　と、坂口は思い、やっぱり、とまた思う。ウイルスは目に見えない。だから、もしも伝播《でんぱ》を狙うなら、最も効果的な場所に置くはずだ。マットや跳び箱やボールなど、子供たちが直接触れる品物に付着して大量の感染者を出す。

身の危険を感じてか、チャラが坂口の前から姿を消した。

——時限装置が三分を切っている。拡散を防ぐにはどうしたらいい？　凍らせる？　それともプールに落とす？——

「大輔、今どこにいる」

——だから入船小学校——

「小学校のどこだ」

——校庭だよ。最悪の場合、衛生検査ユニットの中で爆発させるしかない——

「それはマズい。それではその後の処置ができない」

——じゃあ、どうすれば——

坂口は頭をひねり、

「一番近いシェルターはどこだ」

と聞いた。次男は誰かに助言を求め、すぐに、

——小学校の地下だ——

と答えた。

「乗れ！　センセ！　スグ！」

突然、脇にバイクが止まった。両足を踏ん張って、チャラがスーパーカブを吹かしている。

「大輔、ウイルスを高く掲げるんだ。父さんがシェルターへ運ぶ！」

電話を畳んでチャラの後ろにまたがると、クンッ！　とバイクに体を引かれ、坂口は危うく振り落とされそうになった。

バイクは階段を駆け上り、ワンバウンドして校庭に下りた。深緑色のボディに赤十字のマークを貼り付けた特殊車両を防護服の群れが取り巻いて、中の一人が筒状の小さなものを高々と頭上に掲げている。バイクの音を耳にするなり、彼は坂口のほうへと走って来た。手から手へ、小さな筒が渡されたとき、表示されたデジタル数字は一分二十秒を切っていた。

「右、通用口の先が渡り廊下で、突き当たりをまた右へ、階段下がシェルターだ！」

スーパーカブは加速して、坂口の目を太陽が射貫《いぬ》いた。

名案が浮かぶわけもない。坂口はただ人生の汚点をやっとこの手に握ったと感じていた。八方塞《はっぽうふさ》がりになったとき、闇雲に手足を動かしてもがけば活路が見つかると言ったのは、そうやって人生を乗り越えてきた老人たちだ。バイクは校舎に突進し、開閉式の扉を突き破り、またジャンプして通用口に下り立った。

「センセ！　ダイジョビか？」

「大丈夫だ、早く行け！」

「ウイルス落とすナ」

「落とすか！」

片腕でチャラの腰をがっちり抱え、もう片方の手で時限装置を胸に抱く。

渡り廊下のスノコをガタガタ言わせてスーパーカブが進むので、今どきの小学校でもスノコを使っているのだなあと懐かしく思った。切迫した一秒が、なぜかゆっくり感じられる。殺戮《さつりく》ウィルスさえなんとかなれば人生が終わったっていい。あとは二階堂君がいる。優秀な助手も、院生たちも、この国を愛する学生たちを、ぼくは大勢育ててきたんだ。

感慨に浸るのも束の間、バイクは右に大きく曲がり、今度は階段を下り始めた。バイクごと階段を下りるなんて想像もしていなかった。ガガガガガッと衝撃が尻《しり》に来て、踊り場の壁が眼前に迫る。衝突する！　と思った途端、体は強引にねじられて、再び階段を下りていく。タイから来た青年の、必死の想いが伝わってくる。そうだ、彼は父親になるのだ。そのためにこうして闘っているのだ。

そんな場合じゃないが、感動した。

「センセ、すぐよ、バイク止めるね！」

チャラはバイクを急旋回させた。

その反動で、坂口は後部座席から振り落とされる。時限装置を抱きしめて顔を上げたとき、チャラは壁のボタンを肘《ひじ》で押し、シェルターの扉を開けていた。ビーッ、ビーッ、ビーッ、ウィルスの拡散装置が警告音を鳴らし始めた。もう十秒を切っている。

坂口は立ち上がり、するとチャラにタックルされた。シェルターに転がり込んだときチャラは内部からボタンを押して、たちまちシェルターの扉が閉じた。

「バカ！　チャラ君、きみは逃げ」

プシューッ！　と激しい音を立て、坂口の手から装置が吹き飛ぶ。

それはシェルター内に格納された毛布や水や食料にぶち当たり、床を転げて壁を打って跳ね、再び床に落ちてクルクル回った。発射されたのは唐辛子スプレーや色のついた粉ではなくて、無色透明の空気であったが、だからこそ余計に恐ろしかった。

坂口は、メデューサの首のようなおぞましい姿のウイルスが狭いシェルター内部に蔓延《まんえん》して行く幻を見た。チャラは床に這《は》いつくばって、両腕で頭を抱えている。

恐ろしい何秒間かが過ぎ去って、ついに拡散装置が動きを止めると、坂口は、勇敢な青年の背中を叩《たた》いた。

「なんて危険なことをするんだ。きみまで一緒に入る必要はなかったのに。防護服を着ているからって、感染の危険性は否めないんだよ」

チャラはそーっと顔を上げた。

大丈夫、ゴーグルはズレていないし、マスクもしている。

「きみの防護服は？　大丈夫なのカ」

坂口までイントネーションが変になる。教え子の体を撫《な》で回し、防護服がきちんと機能しているか確かめる。そうはいっても、この狭い空間だ。ウイルスが蔓延したら安全とは言い難いのではないか。早く彼を除染して脱出させないと。いや、性急に事を進めては危険だ。まずはシェルターを開ける準備を整え、完全にウイルスを封じ込めないと。考えを巡らせる坂口は、チャラの様子がおかしいことに気がついた。

彼は両目を見開いている。まるで怖いものでも見たように。

その肌は浅黒いけれど、それでも顔色の悪さがわかる。坂口は眉根《まゆね》を寄せた。

「チャラ君？　大丈夫かね」

「ダイジョブ、だけどセンセはダイジョビじゃない」

悲しみを湛《たた》えた目で言うと、人差し指で坂口の尻あたりを示している。スーパーカブの荷台に尻を乗せていたために、坂口の防護服は尻の部分が裂けていた。

シェルター内に拡散されたウイルスは、間違いなく隙間から防護服のなかに入った。首から下に剝《む》き出しの粘膜がなくても、坂口が汚染されたのは間違いない。

感染マウスの惨状が脳裏を過《よ》ぎる。

恐ろしい餓《う》えと幻影に苛《さいな》まれ、己の腕に喰らいつく自分の姿が想像できた。

そして思ったのは、そんな浅ましくもおぞましい姿を息子や娘や知人たちに見られたくないということだった。病気が発症する前に、この青年を自分から離さなければ……坂口は自分の体をまさぐった。幸いなことに、携帯電話を持っている。

「すぐ外に連絡をしてきみを出す。きみは無事だ。安心しなさい」

「ぼくハ無事。でも、センセーは？」

「大丈夫、大丈夫だから」

根拠もなく言って携帯電話を操ってみたが、圏外になっていて通話ができない。

「シェルターの壁、厚いネ。だけどダイジョビ、専用電話あるはずョ」

チャラは立ち上がり、開閉ボタンの周囲を探った。

ビーッ、ビーッと、微《かす》かな音が鳴り続いてる。壁にはモニターと受話器があって、ゴーグル越しにこちらを見ている次男の顔が映されていた。


同じころ。

特殊車両を飛び出した海谷は、愛車で白魚橋《しらうおばし》料金所高架下を疾走していた。海谷からの連絡で銀座一丁目の百貨店へ飛んだ捜索隊は百貨店関係者に連絡を取ったが、何重もの防火扉を開けさせることに先《ま》ず手間取った。建物内部は食品を扱うブース以外の電源を落としているため、エレベーターもエスカレーターもストップしていて、全館の確認にも時間が必要だったのだ。

問題のアンデスの秘宝展会場は二重セキュリティが施されていたが、職員用扉が解錠されると会場内に死体がひとつ転がっていた。戒厳令状態の渦中に現場を警備していたガードマンだった。警備は二人ひと組とされていたが、もう一人は消えていた。

――至急。至急。警備会社に問い合わせた結果、行方不明のガードマン一名の身元が判明。履歴書の氏名はオノデラ　タイキ。年齢は二十六歳。半月前に雇用されたばかりの新人と判明。なお、履歴書の写真が顔認証システムと一致。オノデラタイキは偽名にて、ハラヤマ　ショウゴ　三十二歳と思われる。麻薬取締法違反ほか複数の前科あり。現在は品川《しながわ》区で発生した強盗傷害致死事件で指名手配中。繰り返す、警備会社に問い合わせた結果……――

車も人も姿を消した道路では、信号機だけが虚《むな》しく色を変えている。海谷は右にハンドルを切り、タイヤを鳴らして八丁堀《はっちょうぼり》方面へ進路を変えた。

「逃がさないわよ」

無人に見える中央区内にけたたましくサイレンが鳴り響く。ビルの隙間に建つ民家には、窓越しに覗《のぞ》く人たちの影がある。

しばし後、助手席と運転席の間に置かれたポータブル無線が鳴り出した。

――対特殊武器衛生隊から警視庁。ゾンビ・ウイルスは入船小学校地下シェルターで起爆したもよう。ウイルス学者と助手が汚染された――

海谷はチラリと無線を見たが、無線機は報告を繰り返すばかりだ。

――あー……了解。警視庁から対特殊武器衛生隊。被害状況を報告せよ――

ブー、ブブブブ、と雑音が入り、くぐもった隊員の声がする。

――現在二人はシェルターの中……共に防護服を着用していたが、学者の……一部にキズがあり、汚染されたもよう。二人とも意識あり。あー……ブブ……現在……シェルター入り口付近を陰圧……処理し……感染者を救出する準備を進め……ブ……入船小学校の……を除染する……ブブ……――

「坂口先生……」

海谷はフードとゴーグルを脱いで、長い髪の毛を振りさばいた。規制区域に入るなら着用せよと押しつけられた装備である。装備はともかく、両手にはめたラテックス手袋と、その上に重ねたアウター手袋が邪魔だった。無防備にすぎると坂口は怒るだろうが、『備えあれば憂いなし』が、この場合に当てはまるとは思えない。ウイルス学者と助手が汚染されたと無線で聞いて、てっきり坂口と二階堂のことだと思っていたのに、なんと二階堂から電話が来た。

――海谷さん。帝国防衛医大の二階堂です。坂口先生と連絡が取れなくて――

海谷は髪を掻《か》き上げた。

「坂口先生は小学校のシェルターよ。一緒にいたんじゃなかったの？」

――いえ。ぼくは大学でワクチンを探していたんです――

海谷は思う。じゃあ坂口とシェルターにいるのは何者だろう。

「先生はウイルスの発射装置を持ってシェルターに入ったの。シェルターの壁は厚いから、電波が届かないいんだと思う」

二階堂は「えっ」と叫んだ。

――先生は無事なんですか？――

「無事じゃない。感染したかも」

――ええっ！――

八丁堀二丁目交差点にさしかかったとき、海谷は応援部隊が近くまで来ているのではないかと期待したが、パトカーのサイレンは聞こえなかった。特殊犯捜査係にも強行犯捜査係にも通報したのに、出足が遅い。組織は巨大になるほど小回りが利かなくなっていく。上司の前に整列させられ、指示をもらってからでなければ動けないなんて、バッカじゃないの。

「二人とも意識はあるみたい。先生は汚染されたけど、もう一人の助手は大丈夫だって……」

――もう一人？　もう一人の助手って誰ですか？――

二階堂が聞く。海谷は眉間《みけん》の縦皺《たてじわ》を深く刻んだ。

「知らないわ。二階堂さんが知っているんじゃ？」

――いえ。先生は独りで向かったはずだけど――

じゃあ誰なのかしら。海谷は頭の中だけで思った。二階堂は続ける。

――連絡したのは、KSウイルスの生ワクチンを発見したからです。先生が言った通り、大学の保管庫にありました――

「じゃ、坂口先生は助かるのね？　ワクチンがあったなら」

海谷は思わずガッツポーズを決めたが、二階堂は明快な答えを返さなかった。

――それらしいチューブは発見したけど、本当に効果があるかは別の問題です。でも、先生が感染したなら、抗原の反応性を検査して……――

難しいことはわからないけど、学者ってヤツはなぜ明確に、『そうです。もう大丈夫です』と言えないのだろう。そう言ってくれたなら、心置きなく盗人《ぬすっと》野郎を捕まえに行けるのに。

――これから関係機関に連絡をして生ワクチンを調べます。早くしないと、KSウイルスの潜伏期間はとても短いんですよ。発症したら先生は――

「どうなるの？」

敢《あ》えて聞く。二階堂の手元にあるそれを坂口に打てば、済む話ではないのだろうか。

——人間に感染した場合のデータは、まだないのでわかりません——

イライラしたので通話を切った。

都道五〇号線に辿《たど》り着くと、そこで規制線が解除されていた。防護服の警備員、規制テープと真っ赤なコーン、何台もの関係車両のその奥は人々が溢《あふ》れ返る通常の光景だ。規制区域内から突然姿を現した赤いフェアレディZは警備員らの注目を集めた。ここまで来てもパトカーのサイレンは聞こえてこない。ヘリは小学校の上を旋回しているし、街頭モニターはその生中継を流している。

海谷は規制線を突破して進みたかったが、身分証を示してもなお、その場で装備を脱ぐよう指示された。防護服だけここで脱いでも、車が汚染されていたら同じことではないのだろうか。こんなまどろっこしいことをしなければならない理由が、海谷にはわからない。

「ボス、どうなってるの？」

車の脇で装備を脱ぎつつスマホに怒鳴ると、京橋公園にいる班長は、さらに大声で怒鳴り返してきた。

——どうなってるじゃないだろう！　あれほど勝手なまねをするなと……おまえは俺をおちょくっているのか！　ＳＳＢＣは後方支援部隊だ。あちこち勝手に飛び回りやがって！——

足に絡みつく防護服を振り払っていると、警備員が先を引っ張ってくれた。

海谷は再び車に戻ってエンジンを掛けた。スマホをスピーカーにして助手席に放り出す。車用のブルートゥースとスマホの両方から、上司の怒号が響いてくる。

「地下鉄の線路は調べてくれたんですか？」

――防犯映像をチェックしたら、確かに軌陸車が走行していた。軌陸車が地上に出られるのはずっと先だから、犯人が河川を使って逃亡を図る計画ならば、整備用のルートを使うしかない――

「茅場町駅から先は徒歩ですか」

――百貨店の防犯カメラを解析したら盗みのグループは五名だ。手分けして運び出すとしても、重量物を担いで徒歩で逃げられるのはわずかな距離だ。今、トロッコや荷台を使える場所をようやく割り出したところだよ――

「どこなんですか」

――永代通《えいたいどお》り下にある護岸駐輪場近くだ。そこに地下鉄の排水溝が通っている――

「わかりました」

――わかりましたじゃねえ！　すでに水上警察に連絡済みだ。おまえは後方支援に戻れ！――

「確認したら戻ります。あ、それと、ボス。帝国防衛医大の二階堂って助教さんがゾンビ・ウイルスのワクチンを発見したそうですよ。しかるべき手配をお願いします」

——俺に指示してんじゃねえよ、バカ！——

声がうるさいので通話を切った。

海谷は車をバックさせると、永代橋に向かう裏道へ入った。


暑苦しい防護服を脱いでしまったら、いっそ気分がスッキリした。

坂口は格納されていたミネラルウォーターのボトルを取ると、救急セットの消毒液で飲み口を消毒して水を飲んだ。干からびた肉体に水分が染み渡ってゆくようだった。

「センセ、服脱いでダイジョビか」

チャラが心配そうに聞く。坂口は彼に微笑みかけた。

「このウイルスは狂犬病ウイルスにインフルエンザウイルスを掛け合わせたものなんだ。母体になっている狂犬病ウイルスは脆弱《ぜいじゃく》で、宿主から切り離されると急激に不活性化するんだよ。恐ろしいのは感染力だが、おそらくきみは大丈夫だ。それに、このままじゃぼくは、感染で死ぬ前に熱中症で死んでしまうよ」

そのほうがゾンビになるよりずっといいのに、感染から発症までの貴重なデータを取らずに死ぬのは悔しい。なんといっても人間が感染するのは初めてなので、体や器官や細胞にどんな変化が現れるのか、とても興味があったのだ。

ビー、ビー、と音がして、壁に取り付けられたモニターに息子が映る。彼は防護服を着たままで、ゴーグルの奥からこう言った。

「父さん。ウサギは感染していなかった。父さんの言う通り、ウイルスは検出されなかったよ」

「そうか。よかった。学校はどうだ？ シェルターの周りは」

「陰性だ。父さんと助手のおかげでね」

振り返るとチャラがガッツポーズを決めていた。坂口は言う。

「ぼくはともかく、彼を早く出してやりたい。ここには食料も水もあるけれど、彼は水さえ飲めないんだからね」

「今、階段室に陰圧ユニットを組んでいる。それができたらシェルターを開けて、ユニット内で除染する。異常がなければ助手は外に出られるよ。でも、父さんは……」

息子は苦しげに目を細めた。

「そんな顔をするんじゃない。ぼく自身が開発に関わった移送用トランジットアイソレータを患者の立場で体験できる、そんな機会はまずないぞ。研究者として光栄だ」

「かなわないな、父さんには」

と、息子は泣きそうな顔で笑ってみせる。

「大輔。いいか、聞いてくれ」

坂口はモニターを抱くようにして次男を見た。

「もしもぼくが仮死状態になったら、その時は決して救おうとせずに体を焼くんだ。心臓が動いていても、脈があっても、ためらうことなくすぐに焼け」

「……父さん」

「いいか、必ずそうするんだ。一紀《かずき》なら」

と、坂口は長男の名前を出した。

「一紀は医者だ。パルスがあっても一紀に死亡診断書を発行させて、火葬許可を取ってくれ。仮死状態のままで二日も経てば、父さんは覚醒《かくせい》し、周囲にウイルスを撒《ま》き散らす。その時、ウイルスはさらに変異しているかもしれない。肉体も細胞も変異している。そうなる前に体を焼くんだ」

相手は無言だ。坂口は念を押す。

「世界が滅びるんだぞ。やるんだ、どうか約束してくれ」

モニターの中で次男はキュッと目をつむり、それから目を開けて、坂口に言った。

「わかった。やるよ、俺と兄さんで」

そうだ。それでいいと坂口は思い、体中の力が抜けていくのを感じた。

センセ、センセ！　大丈夫カー。

チャラの声が遠のいていく。見えるのは防護服に身を包んだチャラの影。そしてコンクリート製の天井だ。天井には非常灯が点《つ》いていて、迷走する視線が高く積み上げられた非常用グッズを捉《とら》えた。ああ……もしも激しい飢えに襲われたなら、乾パンや、非常用の食料や、缶詰やドライフードを食べることにしよう。人間には理性があるから、ウイルスに脳を冒されても自分の手足を喰《く》いちぎらずにいられるのではないか。いま自分に厳しく命じておけば……どうなんだろう……

結果を知りたいと渇望しながら、坂口の意識はどこかへ飛んだ。

封鎖区域を出た途端、海谷の車はまったく進まなくなってしまった。

「はあ？　信じられない」

と、海谷は怒る。

公共交通機関がストップしたときくらい、そして都内がパンデミックの危機にさらされているときくらい、仕事をやめたらどうなのよ。それともなに？　野次馬根性でウロウロと規制区域を囲んでいたくせに、今さら我先に逃げ出そうって魂胆なの？

イライラしながらあたりを見渡し、急旋回して脇道に入った。

茅場町駅の手前まで来ると、サイレンを鳴らして走行していく何台ものパトカーを見た。ようやく本庁が動いたのだ。

「遅いのよ、バーカ！」

海谷はアクセルを踏み込んで、パトカーの群れに合流した。

ボスに大目玉を喰らうのなんか、慣れているのよ、甘く見ないで。

自分はたしかにバカかもしれない。組織の一員なのだから、仲間を信じて待てばいいのだ。部署には部署の責任者がいるし、誰もが懸命に最善の中で最善の策を講じている。だから彼らに任せればいい。ボスの道理は尤《もっと》もだ。でも、実際は、

「そうじゃないから困るのよ。最善なんてクソくらえっ」

言葉に出して吐き捨てる。組織というのは集団だ。そこには自《おの》ずと温度差が生まれる。責任を負う者と負わぬ者、現状を知る者と知らぬ者、海谷は現状を知っている。ここで奴らを逃したら、坂口が命がけで奪取したゾンビ・ウイルスの所在とその顚末《てんまつ》がうやむやになる。小学校に撒かれたウイルスは培養されたものなのか。それとも黒岩が盗んだオリジナルだったのか。ウイルスはすでに誰かの手に渡ったか。絶対に、そんなことがあってはならないけれど。

「わからないなら確かめるまでよ」

頭の中に坂口の顔がある。図らずも未知のウイルスに関わったことで全人類の運命を背負ってしまった男の顔だ。彼は勇敢に立ち向かい、病原体を体に浴びた。意志の強さを感じさせる眼差《まなざ》しと、時々見せるチャーミングな笑顔、それは海谷に亡き父を

思い出させた。古いスポーツカーを大切にした父、車にワックスをかけながら、きれいだろう、と笑っていた父。彼はもういないから、海谷は坂口を救いたい。自分にしかできないこと、自分自身がやるべきことを、やらずに後悔したくはなかった。

脳裏を凄《すさ》まじい勢いで思考が巡る。これまでの捜査や、SSBCが手がけた膨大なデータ、ケアシンやマフィアの捜査資料。後方支援で拳銃《けんじゅう》の携帯も許されていない自分にできることは何か。どうしたら奴らを阻止できるのか。

警察車両は先へ行く。海谷は隊列を離れてハンドルを切った。地下鉄の巨大排水溝は永代通り下にある護岸駐輪場近くで隅田川に注ぐという。敵は軌陸車を降りて排水溝へ入り、隅田川に待機させた船に乗り換えて海へ逃げるつもりに違いない。

そうはさせない！

ハザードランプをつけたまま、川っぷちで車を止めた。長い髪を振りさばいて上着を脱ぐと、ルージュを真っ赤に塗ってから、はすっぱな感じが出るようにブラウスのボタンを外して胸元を大きく開けた。バッグをかき回して制汗スプレーを取り出すと、ハンカチでグルグル巻きにしながら外へ出る。

海谷は川に沿って通りを走り、護岸駐輪場のガードレールを跳び越えた。

やっぱり。

隅田川に一艘《そう》のモーターボートが浮かんでいる。船体を護岸ギリギリにつけ、すでにエンジンを吹かそうとしている。

水上警察はまだ来ない。パトカーもだ、来ていない。

ケアシンは雇い主にウイルスを渡さなかったから殺された。一部だけ渡して一部を隠し、他の誰かに取引を持ちかけたのか、そのへんはよくわからないけれど。だから奴らは知っているはず。ゾンビ・ウイルスは存在し、自分たち以外にもそれを所持する者がいるのかもしれないと。それに賭《か》けるしかないのだ、今は。

風向きを確かめて、駐輪場から護岸へ下りる。

モーターボートには緊迫した面持ちの男が二人乗っていた。ケアシンの殺害現場で防犯カメラに映っていた男どもだ。どちらも目立たない恰好《かっこう》をしているが、サングラスの下はさぞかし鋭い目つきだろう。

草だらけの護岸を走り抜け、海谷はボートの風上にすっくと立った。

「ズ、オウ、ニ、ロ！　找到你了」

長い髪を風になびかせ、海谷は鋭くボートに叫んだ。

見つけたわ、そこにいたのね！　と。

二人の男は驚いて一瞬腰を屈《かが》めたものの、叫んだのが派手な顔つきの小娘だと見て取るや、小鼻の脇に皺《しわ》を寄せて嗤《わら》った。

「何者だ？　あっちへ行け」

「日本語がわかるのね。なら好都合だわ」

海谷は二人に見せつけるように、ハンカチでグルグル巻きにした制汗スプレーを高く掲げた。

「これが何かわかる？　そう、おめでとう。あんたたちが欲しがっていたものよ」

行き当たりばったりの狂言だったが、反応は想像以上のものだった。

「馬鹿、やめろ！」

運転席の男はハンドルを握り、もう一人は腰に手を置いた。撃たれる！　と直感したとき、海谷はスプレーを発射していた。

「ケアシンの仇《かたき》よ、喰らうがいいわ！」

シトラス風味の微細な煙が、風に乗ってボートのほうへ流れていく。男は拳銃から手を離して口を塞《ふさ》ぎ、もう一人がボートを急発進させた。水煙が上がり、川が波打つ。モーターボートが急旋回しても、海谷は噴射をやめなかった。ついにボートが逃げ出したとき、ようやく水上警察隊のエンジン音と、こちらへ向かってくるパトカーのサイレンが聞こえてきた。

「ニーザイグァシェマ！」

何してる、戻れ！　と、足の下二メートルほどのところで声がした。排水溝の出水口でブンブンと振り回される腕が見えたが、その下で仲間の到着を待っていたボートはもういない。

「警察よ！　観念しなさい！」

海谷が叫ぶと腕は消え、足の下が静かになった。

今さら排水溝を戻っても、そこには捜査員たちがいる。中央区一帯で数百名が動員されているのだし、逃走経路の地下鉄内部は袋小路になっているところもあって、軌陸車で動ける場所は限られる。

サイレンの音を響かせながら警察車両がやって来る。モーターボートが出て行った先で何発かの銃声がしたが、直後に水上警察の拡声器が投降を呼びかけたので、ケガ人はいないのだと思う。海谷は手の甲で唇を拭《ぬぐ》った。真っ赤な紅が袖口《そでぐち》につき、冷や汗は制汗スプレーの味がした。

そのあとはブラウスのボタンを留めて、ボスから大目玉を喰らうため、トボトボと自分の車に戻った。愛車フェアレディZは駐停車禁止の路肩でおとなしく海谷を待っていたが、脇に警察官が立って切符を切っているところであった。

まったく……こんなときくらいは仕事をサボったらどうなのよ。

海谷は苦笑し、ため息を吐いて肩を落とした。

当日の午後遅く、坂口とチャラは小学校の踊り場に設営された陰圧ユニット内に自力で移動し、細菌兵器に冒された患者を収容するための移送装置で帝国防衛医大病院の陰圧病室に収容された。この移送ユニットはクリアケースで担架を覆い、外側から装着できるゴム手袋で救急処置できるよう工夫されたものである。

二人の入院を海谷に伝えたのは二階堂で、『助手』の男は汚染されていなかったので、すでに帰されたと付け加えてきた。

——坂口先生は助手と言ってたようですが、やっぱりぼくの知らない男でした。うちの大学の海外研修生らしいんですが、どうして現場にいたのかなあ……先生に聞いてみないとなんですが——

「それで？　坂口先生の容態はどうですか？　ワクチンは？」

始末書を書く手を止めて海谷が聞くと、二階堂はあっけらかんとした声で答えた。

——収容当初は軽い熱中症だったようですが、点滴をして今は落ち着いているそうです。もっとも、ぼくもまだ本人には会っていなくて……でも、病院へ呼ばれているので、これから準備して会いに行くところです——

ワクチンについては答えてくれない。

「行くって、こんな真夜中に？」

顔を上げて時計を見ると、時刻はすでに午前二時を回っていた。

――うちの大学の病院ですしね、先生がいるのは特別病棟だから――

それに、と、二階堂は一呼吸置いて、一気に言った。

――坂口先生はご自分の血液や皮膚のサンプルを取ることにしたそうで、事情を知っているぼくに手伝って欲しいと言っているんです。電子顕微鏡を持ってこいとか、データを揃えてこいとか、うるさいんですよ。時間がないから真夜中とか言っていられないですしね。それじゃ――

何かあったら連絡しますと彼は言い、早々に電話を切った。

時間がないという残酷な言葉が耳に残った。

ひとまずウイルスの伝播《でんぱ》を防いだことで、坂口は自分を許せたのだろうか。自分がどうなるかわかっているのに、そんなに強くいられるものだろうか。

薄闇に沈む仕事場で、海谷は強く目頭を揉《も》んだ。明かりがあるのは海谷のデスクだけで、光量を落としてもモニターの光が目に突き刺さる。ゾンビ・ウイルスの潜伏期間が二日程度と言うのなら、たしかに坂口の時間は無きに等しい。

「バッカじゃないの？　研究者って」

小さな声で吐き捨てた。

初めて神社で彼を待ち伏せしたときの、驚いた顔を思い出す。いい歳をして、小動物のように飛び退いて、『ひゃっ』と奇声をあげた坂口の顔。まん丸に見開かれた小さい目。叱られた子供のようなその仕草。あの瞬間、海谷は坂口という研究者は信用できると感じてしまった。人として彼に好意を持った。

この夜、海谷のチームは午後十時を回った時点で解散したが、捜査一課の部屋にはまだ煌々《こうこう》と明かりが点《つ》いていた。警視庁の外には記者会見を待つテレビクルーが張り付いていて、ウイルスが検出されなかった中央区一帯は、入船小学校を除いて間もなく立ち入り禁止制限が解かれることになっていた。

永代通り下の水路で大捕物をした結果、ケアシンを殺害したとおぼしき男二名と、銀座のデパートから黄金を奪って逃げようとした男五名の身柄が拘束された。その中には国際指名手配されている人物が三名いて、一人が香港マフィアとつながっていたこともわかった。

ブー。ブー。小さな光を点滅させて内線電話が鳴り始めた。取調室からだった。

「海谷です」

――俺だけどさ――

と、相手は言った。常日頃から後方支援で十分すぎるほど恩を売っている若手刑事の声である。彼の所属は捜査一課で、まさに今、ケアシン殺害事件に関する事情聴取をしているところだ。

――独り？　また始末書で居残りってか――

「ご明察通りです。そして始末書を書いていました」

海谷は受話器を耳に当て、

「それがなにか？」

と、頭を掻《か》いた。

警視庁にはとても多くの職員がいるが、この刑事とは始末書仲間だ。恰好《かっこう》つけて言えばアウトロー仲間。その実は跳ねっ返りのハブられ警官同士と言えるだろうか。

――ちょっと教えて欲しいんだけどさ――

刑事はひそひそ声である。おそらくは、使われていない取調室からかけているのだ。

――いま班長が殺し屋の一人に当たったってんだけどさ、死んだケアシンの姉ちゃんか、妹が復讐《ふくしゅう》に来たって言ってんだよな。風上からゾンビ・ウイルス撒《ま》いて、自分らを殺そうとしたんだと。長い髪で派手な顔した、眉間《みけん》に縦皺《たてじわ》寄ってる女だそうだ。俺的にはさ、その姉ちゃんを知ってる気がするんだよなあ……――

ヤバい、と海谷は肩をすくめて声を呑《の》む。

――聞きたい？　誰か――

と、相手は言った。

「いえ、まったく」

そのまま互いに沈黙が続き、ややあってから、

――なんか知ってんなら教えてくれね？――

と、刑事は言った。

――てかさ、海谷。あんた違反切符を切られてるよな？　現場の近くで――

「わかってるなら、なんで訊《き》くのよ」

つっけんどんに海谷が言うと、相手は、

――はぁー――

と、ため息を吐く。

――やっぱりか……んで、そんとき何を撒いたのよ？　ウイルスじゃなく――

笑いをかみ殺している声だ。

「制汗スプレー。それしか持ってなかったんだから、しょうがないでしょ」

――持ってたらウイルスだって撒いたってか――

「バカ言わないで」

クックッと低く笑って刑事は言った。

――だよな、サンキュー――

「あ、ちょっと」

と、海谷は慌てて呼び止める。

「私、もう一枚始末書を書くの？」

――あー――

と彼は言葉をためてから、

――……まああれだ――

と、朗らかに言った。

――俺的に謎だったから訊いただけ。今のはただの雑談だから。んじゃ――

内線を切って、海谷は笑った。とてもサッパリした気分だった。

始末書にサインして印鑑を押し、ボスのデスクに載せると反省文を上に重ねた。それからパソコンの電源を落として、長い髪をアップにまとめた。自分のデスクをざっと片付け、少し考えてからスマホを出して、二階堂に電話する。

「二階堂さん？　海谷です。忙しいところをごめんなさい。あのね、電話をしたわけは……」

夜が明けたら坂口の見舞いに行きたいと伝えた。だから帝国防衛医大病院のどこへ行けばいいのか教えて欲しいと。見舞いどころじゃないと二階堂に断られるかと思ったが、そうではなかった。彼は飄々《ひょうひょう》と、坂口先生はコーヒーを飲みたいそうですよ、とだけ言った。

あの日坂口と入ったカフェは、コーヒーが不味《まず》かった。海谷はコーヒーの味がわかるつもりだが、それではどこのコーヒーが美味《おい》しいかと考えてみれば、行きつけの店があるわけでもない。

「わかった。じゃ、後で」

二階堂との通信を切りながら、海谷は真剣に考える。

坂口に末期《まつご》のコーヒーを持って行くなら、どの店のものが正解だろうと。


帝国防衛医大病院の駐車場へ愛車を止めて、海谷はバッグを肩に掛け、二階堂に教えてもらった病室へ向かうために院内へ入った。

今日も朝からボスの小言をもらい、その後、関係各所へ頭を下げに連れて行かれて、最後は警察官のくせに違反切符を切られたことを課長にネチネチ叱られて、ようやく警視庁を出ることができた。

だから病院に着いたとき、時刻は正午少し前になっていた。

坂口のためにどんなコーヒーを用意しようか考えたあげく、コンビニでネスカフェのインスタントコーヒーを買って、オフィスでお湯を沸かし、ボトルにブラックコーヒーを作って持って来た。不味いドリップコーヒーを飲まされるなら、ネスカフェのほうがずっと美味しいというのが海谷の持論だ。

病院のロビーへ入って行くとインフォメーションの前に外国人の青年がいて、インフォメーションのおかしな日本語で懸命に病室の案内を求めていた。

「大学のセンセーね。名前はサカグチ。サカグチ、知らない？」

「何科を診療されている方でしょう」

「ワカラナイ」

「下のお名前はわかりますか？」

「ワカラナイ。大学のセンセイよ。ウイルスのセンセ。昨日ここへ来たマスヨ」

「失礼」

海谷は青年の隣に進み出た。

青年は褐色の肌に大きな目、太い眉《まゆ》は眉間で一本につながっている。

「あなた、もしかして坂口先生の助手をしてた人？　昨日、先生と一緒に入船小学校にいた」

青年は黒い瞳《ひとみ》をキラキラさせて頷《うなず》いた。

「名前はチャラです。ぼくも一緒ニ、ここ来たよ。デモ、ぼくだけ先に帰されたネ。センセに会いたいケド、場所ワカラナイのネ」

インフォメーションの職員に頭を下げて、海谷はチャラの腕をそっと引いた。

「私がわかるから案内するわ」

「それ本当ヵ？　アリガトさんね、アリガトウ」

チャラはインフォメーションの職員にも礼を言い、海谷の後をついて来た。

「オネさん美人ね。センセの生徒か？　センセ具合どう？　元気ナッタか」

ロビーを抜けて廊下に入る。海谷はチャラの顔を見た。

「私は彼の生徒じゃないの。あなたは昨日、どうして先生と一緒にいたの？」

「バイクで学校マデ案内したよ。お金マダなの。もらいに来たネ」

ポケットから紙を出してヒラヒラさせる。請求書のようである。

「坂口先生の助手じゃないのね」

「ライドシェアマンね」

二階堂が知らない男と言った理由はこれか。

「研修生なんでしょ？　許可を取らないと就労はできないんじゃ？」

「ピッ。大学やめてしまったネ。奥さんビョウキ。お金がイルね」

「じゃ、あなた今、どこにいるの」

「どこにもイナイ。公園とか」

チャラは悪びれもせずに首をすくめた。

「奥さん大きいお腹。セパクリュウザンで入院シテル。悪い人、爆弾仕掛けた学校のトナリよ。センセー、爆弾、トラナカッタら、ボクの奥さん、死んだかもシレナイ。

頭キタよ」

「だから坂口先生とシェルターに飛び込んだのね」

「奥さん大事ョ。赤チャン大事。パパは、つおいネ」

不法就労を咎《とが》めようと思ったのに、肩の力が抜けてしまった。この件については坂口と会ってから考えることにしよう。

二階堂に教えられた病室は、一般病棟と別の場所にあった。廊下を複雑に折れ曲がり、見舞客や病院関係者の姿がまったくない薄暗い廊下を進んで行くとエレベーターが一基あり、特殊病棟につながっていた。海谷はチャラとエレベーターに乗り、上ではなく、地階へ下りた。生物剤に冒されたとおぼしき患者の病棟は、奈落《ならく》を思わせる地下にひっそりとあるらしい。

特殊病棟へ入るには、二つの前室を通らなければならなかった。最初の部屋で靴や上着を脱いでロッカーへ入れ、消毒室を通って次の部屋へ入り、そこで防護服を着る規則だという。

「またコレ？」

と、チャラは文句を言ったが、海谷よりも早く装備を終えた。前室の扉は病室側からしか開かない仕掛けになっていて、覗《のぞ》き窓から看護師が海谷らの装備を確認して、こう聞いた。

「病室内に持ち込んだものは基本的に廃棄処分となりますが、よろしいですか？」

海谷が坂口のために持って来たコーヒーのことを言うのであった。

「差し入れのコーヒーです。ボトルは廃棄してかまわないわ」

答えると、看護師はようやく扉を開けた。

内部はさらにシールドカーテンで区切られているという念の入れようで、手前には扉を開けてくれた看護師のほか、複数人の白い人物が立っていた。

「海谷さん。本当に来てくれたんですね」

背の高い男がそう言った。

同じ服装なのでパッと見分けはつかないが、声が二階堂のものだった。ほかの人物はチラリとこちらを振り向いたものの、計器類の前で頭を寄せ合い、何事か協議している様子である。もしや坂口が深刻な状態に陥っているのかと思ったが、

「お、海谷さん。チャラ君も」

シールド越しに坂口が明るい声を出したのでホッとした。

シールドの奥にベッドがあって、ベッドの脇にはテーブルがあり、テーブルの上には試験管やらシャーレやらの実験機器が並んでいる。坂口は水色の病衣に裸足《はだし》でサンダル履きという出《い》で立ちで、テーブルから立ち上がったところであった。完全防備で

表情すら見えない人たちの中で、病衣一枚の坂口だけがバカンスを楽しんでいるかのようだ。彼のベッドに鎮座している中折れ帽が、余計にそう思わせた。

「体調は？　寝てなくていいんですか？」

海谷が聞くと坂口は、

「うん、まあね」

と、悪戯《いたずら》っぽく微笑んだ。

「こんなチャンスはまたとないから、ぼくの唾液《だえき》や血液からウイルスを分離してみたんだけどね」

テーブルに並ぶ実験機器を指してしれしれと言う。シールドの手前では白い人たちの協議が続く。坂口から採取した検体を確認している最中なのだ。

「坂口先生から十分おきに血液を採って、変化の状態を解析しているんです」

ゴーグルの奥で二階堂の目が、なぜか笑っているように見えた。

「こんな時でもデータですか？」

海谷はコーヒーのボトルを強く握った。

「やあ、コーヒーを持って来てくれたんですね」

二階堂は海谷のボトルを受け取ると、シールドの脇にある四〇センチ四方の扉を開き、内部に置いてまた閉めた。坂口も同じ場所へ行き、扉を開けてボトルを受け取る。

「嬉《うれ》しいねえ。どこのコーヒー？」

この物々しい警戒の仕方を見ると、坂口が人間らしくいられる時間があと二十四時間足らずしかないということが、現実味を帯びて海谷の心にのしかかって来た。

末期《まつご》のコーヒーを差し入れるなら、もっと、なにか、コーヒーソムリエが焙煎《ばいせん》した豆とか、何時間もかけて抽出した水出しコーヒーとか、そういう品にするべきではなかったろうか。

「一番美味《おい》しいコーヒーを持ってこようと思ったんだけど……」

「それはいい」

坂口はボトルを開けた。

「時間がなくて、結局、私が好きなネスカフェを」

いい匂いだと坂口は言い、一口飲んで、

「旨《うま》い！」

と笑った。海谷は胸が潰れそうになった。

「ネスカフェのスタンダードだね？　インスタントコーヒーの中ではこれが最高。大好きだよ」

「そう？　そうですよね。私も下手なコーヒーを飲むならネスカフェのほうが」

「海谷さん」

と坂口は言い、

「ありがとう」

と、頭を下げる。こんなの自分らしくないと思いつつも泣きそうだ。一方チャラは
あっけらかんとしたもので、

「先生ダイジョビか。お金モライに来たんだけどナ」

海谷の背中越しに言う。シールドの中で坂口は、ポカンと口を小さく開けた。

「そうだった。特殊アイソレータで運ばれちゃったからね。お代を払う暇がなかった。

財布も携帯電話もここにあるけど、安全が確認できないと、この部屋からは出せない
んだよ」

坂口が振り向いた先はサイドデスクで、携帯電話やハンカチや入構証が載せてあり、
さらにズボンやベルトや上着も壁のハンガーに掛けてある。汚染されたそれらはすべ
て廃棄処分になるようだ。

「困ったなあ」

と頭を掻《か》いて坂口は、何を思ってか、突然海谷に微笑んだ。

「海谷さん、立て替えておいてもらえないだろうか」

「えっ、私？　どうして私？」

すかさず二階堂が目を逸《そ》らす。

「ぼくは金欠病の末期で無理です。黒岩先生に三万円貸したまま返って来ないし」

白い人たちは振り向きもしない。海谷はチャラを見て聞いた。

「しょうがないわね……幾らなの？」

「二割増しデ、五千九百三十円ョ。顔ヨシミだからオマケしたね」

「なんなのよ、顔ヨシミって」

海谷は唇を尖《とが》らせてブツブツ言った。

「給料日前なのに……この部屋を出たら払うから、三十円だけ負けなさいよ」

「日本人ケチね」

まったくもう、と海谷は思う。私たちに軽薄なやりとりをさせる理由も、深刻さの裏返しなのだろう。坂口はすでに実験機器の前にいて、真剣な眼差《まなざ》しでモニターを見ている。命より研究のほうが大事だなんて、科学者の頭の中はどうなってるの。

さっきまでと打って変わって、坂口は、落胆と失望に満ちた表情だ。

「どうです先生？」

二階堂が坂口に訊《き》く。彼もまた白い連中の肩越しにモニターを見ている。

「残念だけど……うん」

シールドの中で、坂口の重々しい声がした。

「何度調べても陰性……やっぱり陰性だねえ」

海谷は絶望的な想いに囚《とら》われて、ガックリと肩を落とした。それから、

「ん？」

と首を傾げて、二階堂の顔を見た。

「陰性？　陰性って、陰性ってこと？　ゾンビ・ウイルスが陰性？」

「そういうことになりますか」

と、二階堂はモニターに頷《うなず》いてから、振り向いた。

「培養時間が短すぎるとしてもKSウイルスの増殖速度は並みじゃない。触れてから概《おお》ね二十数時間が経っているから、ウイルスが検出できないはずはない」

「じゃあ」

「そういうことになってしまうね。ぼくは感染していない」

シールドの奥から坂口も言う。

「人類初の感染者にはなれなかった。小学校で発射されたのはKSウイルスじゃないってことだ」

「え……じゃあ、時限付き拡散装置に入っていたのは……」

「ヒトゲノムだよ。ぼくらが研究で扱っているゴミだ」

その見解に納得したというように、モニターの前にいた白い人たちが背筋を伸ばす。

「よろしいでしょう。感染は認められませんでした」

医師とおぼしき言葉遣いで一人が言った。

「よかったですね、坂口先生。念の為に健康状態をチェックして、すぐにも退院できそうですよ。また研究に戻れます」

別の白い人が目で笑う。もしかして坂口の教え子だろうか。彼らが眺めていたモニターには、粒状の鎖のようなものが無数に映し出されていた。

「あれはゾンビ・ウイルスじゃないの？」

「違います。ウイルスと言うか、ウイルスもどきと言うか、とにかくKSウイルスじゃない。KSウイルスはもっと、こう、メデューサの首のようなおぞましい姿なんですよ」

二階堂が教えてくれる。外に出ていいと言われたにも拘《かか》わらず、坂口はやはり納得がいかない顔である。海谷はゆっくり頭を振った。彼の気持ちがわかったからだ。

「じゃあ結局、ゾンビ・ウイルスはどこへ行ったの？」

坂口の苦しみの原因はそこなのだ。

今朝早く、海谷は例の刑事から情報を聞き出してきた。

逮捕された連中の取り調べについてである。

連中が香港に根を張るマフィアとつながりがあったことは、海谷が所属するSSBCが指紋や顔認証ですでに割り出していた。モーターボートで待機していた二人はマフィア子飼いの掃除人、殺し屋であることもわかっていた。彼らはゾンビ・ウイルスの在処《ありか》を吐かせようとケアシンをリンチして、やりすぎて殺してしまったらしい。

「良い事と悪い事って、同時に起きるものなのね」

坂口を励まそうと、海谷は懸命に言葉を選ぶ。

「先生たちのおかげで、今回の騒動を起こした一味のうち、何人かは逮捕できました。黒岩准教授の奥さんを殺害した犯人と、強盗犯です。手引きしていた一名は警備員としてしばらく前からデパートに潜り込んでいて、今回の事件が行き当たりばったりでなかったことがわかります」

シールドの中で坂口が振り返る。少しは元気が出ただろうかと思ったが、人はそう単純にはできていないようである。坂口は眉間《みけん》に縦皺《たてじわ》を刻んでいた。

「先生が推理した通り、黄金がターゲットだったんです。尤《もっと》も、美術的、文化財的価値を含んで百六十億円ですから、金そのものの重さで換算すると、八十億円程度らしいです。彼らは隅田川へ逃れる直前に身柄を確保されました。ゾンビ・ウイルスによる電波ジャック騒動は、とても大がかりな陽動作戦だったんです」

「結局のところ、ウイルスを持ち去った犯人は別にいるということかね？」

「それが、そうとも言えないんです」

海谷は無意識に髪を掻き上げようとしたが、すっぽりフードを被《かぶ》っているので、できなかった。

「ケアシンはチューブの中身がすり替えられていたことを知らなかったようです。彼女がマフィアに渡したチューブは三本。それと実験映像です」

「三本？　大学から消えたクライオチューブは一本ですよ」

二階堂が言う。

「その後に分離培養したとすれば、三本でもおかしくないけどね」

坂口はこんな時にも冷静だ。ただ、その顔はあまりにも疲れ切って、老いていた。白髪も随分増えた気がする。たった数日で、彼の髪は真っ白になっていた。

「マフィアはケアシンに報酬を支払い、一本を武器商人に渡した。ところが」

「中身はKSウイルスじゃなかった？」

二階堂が聞き、海谷が頷く。

「小学校で使われたのはその一本でした。ゾンビ・ウイルスだった可能性もあったわけですが」

「どういうことなのかなあ」

二階堂は首を傾げる。

坂口はシールドの奥でイスに掛け、全身を海谷のほうへ向けている。医師たちもチャラも事件の真相に興味があるらしく、黙って話を聞いている。

「偽のチューブを武器商人に渡して慌てたのはマフィアです。彼らは窮地に立たされた。ウイルスを盗み出した黒岩准教授はケアシンが殺してしまったし、ケアシンは何も吐かずに死んだ。手元にあるのは何が入っているかわからないチューブが二本。三本のうちの一本はすでに武器商人が開けて、不活性化されたインフルエンザウイルスだと言ってきた。もう一本はマフィアが開けて、大して害のないウイルスが入っているだけだとわかった。そして最後の一本には」

「それがこれだね。ヒトゲノムが入っていた」

と、坂口が言う。

「まだ推測の域を出ませんが、武器商人に顔が立たなくなったマフィアは莫大《ばくだい》な違約金を払うことで合意を取り付け、そのために黄金を手に入れようと目論《もくろ》んだようです。武器商人の取引相手はすでにフィリピンのマフィアグループを血祭りに上げている。それで余計に焦ったのでしょう。また、自分たちがとんでもないミスを犯したわけではないと示すため、先生方を利用することにした。ゾンビ・ウイルスを手に入れてみせると言った言葉が嘘ではなくて、実際にあるとクライアントに示す必要があったのです」

「ぼくらはいいように使われた？」

二階堂が怒り心頭に発するという声で言う。

「オチツイテ。カッとする、ヨクナイね」

「彼らは大仰な拡散装置にチューブを仕込んで小学校に置き、黄金強奪の現場が手薄になるよう画策しました。地下鉄を止め、誰にも知られずに金を運び出す計画だった」

「そこまではわかった」

海谷をまっすぐ見つめて坂口が言う。

「じゃあ……ウイルスチューブは、どこで、どの時点で、いったいどこへ消えたんだろうね？」

計器類が立てるモーターの音だけが室内を包み込んでいる。答えを探し続ける海谷の耳に、その時、電話の着信音が聞こえた。海谷は胸に手を当てたが、持ち物は上着と一緒にロッカーの中だ。シールドの奥で坂口が立ち上がり、ベッドサイドの携帯電話をつまみ上げた。こんな地下でも携帯電話がつながるなんて、今どきの施設だなあと妙に感心してしまう。

「万里子か？　ぼくだ。少し前に結果が出てね、うん、うん、お父さんは感染していなかった」

あまり嬉《うれ》しそうじゃない声で言う。携帯電話を耳に当て、坂口はシールドのこちら側にいる人々を振り向いた。悪いね、電話が来ちゃってさ、という顔だ。

「宅配便の不在連絡票？　いや？　お父さんは心当たりが……」

言葉を切って坂口は、大きく目を見開いた。

そのうちさらに、目だけではなくて口まで開けた。

「期日指定の冷凍便？　サンプル？　差出人が……え」

坂口は電話を持ったままでシールドの際まで来ると、

「差出人は、黒岩一栄」

と、ハッキリ言った。殺害された黒岩准教授の名前である。

「看護師をしている娘からだ。家へ寄ったら不在連絡票が届いていたと。再配達を申し込んで荷物が来たが、差出人が黒岩先生だったと言っているんだ」

二階堂にそう告げて、坂口は携帯電話をギュッと握った。とても興奮した顔だ。

「万里子。封を切って中を見てくれ。保冷ケースの中を見て」

誰も、何も喋《しゃべ》らない。

ただでさえ重苦しい雰囲気を持つ病室を、息苦しいほどの沈黙が包む。

ややあって、『ドライアイス』という娘の声が漏れ聞こえてきた。

坂口は電話を持たないほうの手を拳《こぶし》に握った。

――お金の封筒とメモが一枚入っているわ。あとは新聞紙にくるんだドライアイスと……――

「わかった。それ以上は迂闊《うかつ》に触るな」

坂口は強い口調で言ってから、スピーカーにしてメモに何が書いてあるかと訊《き》いた。

――海外へ行くことになりました。同封のものは二階堂君に返してください。黒岩――

二階堂が無言で自分の鼻先を指す。

「それだけか？　ほかには？」

――それだけよ。ほかには何も書かれてないわ。封筒に三万円入ってる。あと映画のチケットが二枚。『夏の嵐』ですって、なんか古そう――

「ぼくが黒岩先生に貸してた分だ。チケットは延滞のお詫《わ》びかな？」

二階堂は嬉しそうに叫ぶと、唐突に海谷を振り返り、

「ちなみに海谷さん、古い映画は好きですか？」

と訊いた。その時になると坂口はもう立っていられず、ベッドの縁に腰掛けていた。言葉を噛《か》みしめるように、ゆっくり電話に話しかけている。

「万里子。そっとドライアイスをどかしてみてくれ。何がある？」

――あっ！――

娘の声は、特殊病室に響き渡った。

――クライオチューブよ。3・6ミリの小さいやつ、油性ペンで何か書いてある。TSF. KS virus. ですって……お父さん、これって……――

「神よ！」

坂口は立ち上がって拳を振り上げ、天を仰いだ。それから固く目を閉じて、振り上げた拳をもう一振りし、携帯電話を両手に握って娘に言った。

「触らず、すぐに封をしてくれ万里子。お父さんが飛んで行く！」

電話を切って命令する。

「シールドを切ってくれ。黒岩先生はあれを誰にも渡さなかった。渡さずに、ぼくに送ってよこしたんだ。彼は研究を裏切らなかった。やっぱり彼は科学者だった」

興奮して病衣を脱ぎ始めたので、海谷は思わず背中を向けた。

科学者という生き物は、ひとつのことに夢中になると周りが見えなくなるようだ。いくら男性連中と同じ防護服を着ていても、中身は花も恥じらう乙女だというのに。

「センセ、病気ナオッタカ」

しばし黙っていたチャラが、嬉しそうに跳ね上がる。医師たちはスイッチを操作して、坂口を隔てていたシールドを解除した。

透明な仕切り壁が開き、着替えを済ませた坂口が病室を出る。

「よかった、よかった、二階堂君！　きみのおか」

ハグしようと坂口が両腕を広げた途端、その胸には海谷が飛び込んでいた。

「よかった！　本当によかった！　私、先生もネズミみたいになっちゃうのかと……」

シャワシャワとした防護服越しに、海谷は坂口を抱きしめた。子供のとき以来抱かれたことのない父親の、無条件に安心できる匂いと、あの感触。何もかもすべてを受け止めてくれるあの感じ、坂口にはそれがあると思いながら、本当に泣いていた。

坂口のほうは胸に飛び込んで来た海谷に戸惑いながらも、あやすように彼女の背中を叩《たた》いた。そして、行方知れずのウィルスと戦っていたのは自分一人ではなかったのだと改めて思った。同志二階堂は首をすくめて、チャラはおどけて両手を挙げた。医師たちの目は笑い、やがて海谷は、咳払《せきばら》いしながら坂口を解放した。

「じゃ、そういうことなので、お代は直接もらってね。坂口先生、三十円値引きしておきましたから」

坂口はその場でチャラに支払いをした。

エピローグ

SSBCの跳ねっ返り捜査官・海谷優輝は、その後一度だけ坂口の大学を訪れた。

今回の事件で、大学の研究室がどんなものをどの程度扱っているのか掌握する必要があると感じたらしい。警視庁はあらゆるデータを欲しいのだろうが、何をどの程度開示するかという点については簡単に判断できないというのが坂口の見解だ。そんなことは海谷もわかっているはずで、実際は口実をつけて事件解決のお礼に来たのだと思う。その証拠に坂口の研究室には、海谷が持って来たネスカフェが一年分も置かれている。

研究室ではようやくテーブルクロスが掛け替えられた。妻がタンスに残しておいたテーブルクロスは八枚あって、気がついたときにすぐ掛け替えられるよう、今では研究室に積んである。そのせいで、坂口の研究室はますます雑然とした眺めになった。

切迫流産の危機が去り、快方に向かって退院が決まったチャラの奥さんのため、坂口は彼に新しい住まいを紹介した。独りになったら住んでいる家が広すぎると思っていたところだったのだ。ついでに大学へ推薦状を書き、チャラが研修生として戻れるよう手配した。このままでは不法就労で当局のお世話になってしまうし、子供が生まれれば父親として妻子を養って行かねばならない。若い頃に自分が受けた恩や指導や厚情を次の世代に返す年齢になったのだと坂口は思い、恩師如月の年齢と比べたら、まだまだいろいろなことができると思った。

なんの、まだ、たったの六十五歳じゃないか。

黒岩が悪意の第三者に渡さなかったKSウイルスについてだが、その後、生ワクチンやサンプルの解析によって、やはり細胞を変異させる効果を持つことがわかってきた。如月があれを処分できなかった理由はそこにあり、だからこそ、坂口にすべてのデータを残していたのだ。

それがわかったからといって、坂口はまだ如月も奥さんも許す気持ちにはなれない。科学者として人類に貢献できる発見をしたという自負と、それがあることによって起こりうる恐怖を天秤《てんびん》に掛けたとき、どちらをとるべきか、答えは出ない。

でも、科学者としてではなく人としてなら、坂口は迷うことなくあれを処分すべきと言い切れる。

季節は巡り、大学のケヤキ並木は益々影が濃くなった。

裏門のケルベロスは今日も元気で、坂口に入構証の提示を求めてくる。事件を経たことで少しは心が通じただろうと思うのに、爺《じい》さんたちの態度は変わらない。

過ぎた日に妻がくれた中折れ帽を、今日も坂口は被《かぶ》っている。KSウィルスを追いかけている間中、胸に抱いたり、押し込まれたり、また取り出されたりしたために、随分よれよれになってはいるが、薄くなった頭を隠すにはもってこいなので気に入っている。ケヤキ並木の木漏れ日に今日も帽子の男が映り、しおたれた背中の丸みを影に見て、ハッと背筋を伸ばすのもいつものことだ。

何分間か並木道を歩くと、前方遠くに微生物研究棟Dの屋根が見えてくる。そして坂口は思うのだ。自分がこの大学を去り、二階堂が教授になっても、二階堂がいつか大学を去り、その次の誰かが教授になっても、古びた微生物研究棟Dの建物と、裏門のケルベロスだけは変わらない気がすると。

微生物研究棟Dの、壁とリノリウムと湿った匂いがする廊下を、ペタペタとサンダル履きの誰かが進む。廊下の一部に敷かれたスノコでサンダルを履き替え、押しボタン式のナンバーキーを押す。

あたりは暗く、風もなく、非常灯の碧《あお》い明かりが凍ったように廊下を照らす。

カチャリとドアが解錠されると、機器のモーター音が静かに聞こえる。

赤や緑の星さながらに計器類のランプが光る室内を、ペタリ、ペタリとサンダルは進み、保管庫の前で止まる。

再びナンバーキーが押されて、扉が開く。

白い冷気が溢《あふ》れ出し、整然と眠る試験管やアンプルが微《かす》かに揺れた。何段目かの棚を引き出し、最も奥の一角に、小さなクライオチューブがしまわれる。

チューブには名前がついている。神か悪魔か、その答えを託された名前だ。

20191027. TSF. KS virus.

保管庫の扉が再び閉まる。人は、未《いま》だに答えを出せずにいるのだ。

To be continued.

参考文献

『種の起源（上）』ダーウィン／著　八杉龍一／訳　岩波文庫　1990年
『加藤嶺夫写真全集　昭和の東京　5　中央区』
加藤嶺夫／著　川本三郎、泉　麻人／監修　deco　2017年
『70歳、はじめての男独り暮らし　おまけ人生も、また楽し』
西田輝夫　幻冬舎　2017年
『警察手帳』古野まほろ　新潮新書　2017年
『破壊する創造者　ウイルスがヒトを進化させた』
フランク・ライアン／著　夏目　大／訳　ハヤカワ文庫NF　2014年
『失われてゆく、我々の内なる細菌』
マーティン・J・ブレイザー／著　山本太郎／訳　みすず書房　2015年

動物愛護管理法の概要　環境省
https://www.env.go.jp/nature/dobutsu/aigo/1_law/outline.html
「25年の眠りから覚めたインフルエンザウィルス：ウィルスの分子進化学」
宮田　隆　JT生命誌研究館　2005年
https://www.brh.co.jp/research/formerlab/miyata/2005/post_000007.php

「病原体はいかにして宿主の行動を操るのか：昆虫のウィルスを用いたアプローチ」
東京大学農学生命科学研究科　プレスリリース　２０１２年
https://www.a.u-tokyo.ac.jp/topics/2012/20120410-6.html
「狂犬病」源　宣之　日本獣医学会
https://www.jsvetsci.jp/veterinary/infect/01-rabies.html

本書は、二〇一九年十二月に幻冬舎文庫より刊行された『メデューサの首　微生物研究室特任教授　坂口信』を大幅に加筆・修正したものです。

メデューサの首《くび》　微《び》生物《せいぶつ》研究《けんきゆう》室《しつ》特任《とくにん》教授《きようじゆ》・坂口《さかぐち》信《まこと》
内藤《ないとう》了《りよう》

角川ホラー文庫　24176

令和6年5月25日　初版発行

発行者———山下直久
発　行———株式会社KADOKAWA
〒102-8177　東京都千代田区富士見2-13-3
電話 0570-002-301(ナビダイヤル)
印刷所———株式会社暁印刷
製本所———本間製本株式会社
装幀者———田島照久

●お問い合わせ
https://www.kadokawa.co.jp/ (「お問い合わせ」へお進みください)
※内容によっては、お答えできない場合があります。
※サポートは日本国内のみとさせていただきます。
※Japanese text only

ISBN978-4-04-113988-2　C0193

角川文庫発刊に際して

角　川　源　義

第二次世界大戦の敗北は、軍事力の敗北であった以上に、私たちの若い文化力の敗退であった。私たちの文化が戦争に対して如何に無力であり、単なるあだ花に過ぎなかったかを、私たちは身を以て体験し痛感した。西洋近代文化の摂取にとって、明治以後八十年の歳月は決して短かすぎたとは言えない。にもかかわらず、近代文化の伝統を確立し、自由な批判と柔軟な良識に富む文化層として自らを形成することに私たちは失敗して来た。そしてこれは、各層への文化の普及滲透を任務とする出版人の責任でもあった。

一九四五年以来、私たちは再び振出しに戻り、第一歩から踏み出すことを余儀なくされた。これは大きな不幸ではあるが、反面、これまでの混沌・未熟・歪曲の中にあった我が国の文化に秩序と確たる基礎を齎らすためには絶好の機会でもある。角川書店は、このような祖国の文化的危機にあたり、微力をも顧みず再建の礎石たるべき抱負と決意とをもって出発したが、ここに創立以来の念願を果すべく角川文庫を発刊する。これまで刊行されたあらゆる全集叢書文庫類の長所と短所とを検討し、古今東西の不朽の典籍を、良心的編集のもとに、廉価に、そして書架にふさわしい美本として、多くのひとびとに提供しようとする。しかし私たちは徒らに百科全書的な知識のジレッタントを作ることを目的とせず、あくまで祖国の文化に秩序と再建への道を示し、この文庫を角川書店の栄ある事業として、今後永久に継続発展せしめ、学芸と教養との殿堂として大成せんことを期したい。多くの読書子の愛情ある忠言と支持とによって、この希望と抱負とを完遂せしめられんことを願う。

一九四九年五月三日

ON 猟奇犯罪捜査班・藤堂比奈子

内藤 了

凄惨な自死事件を追う女刑事！

奇妙で凄惨な自死事件が続いた。被害者たちは、かつて自分が行った殺人と同じ手口で命を絶っていく。誰かが彼らを遠隔操作して、自殺に見せかけて殺しているのか？ 新人刑事の藤堂比奈子らは事件を追うが、捜査の途中でなぜか自死事件の画像がネットに流出してしまう。やがて浮かび上がる未解決の幼女惨殺事件。いったい犯人の目的とは？　第21回日本ホラー小説大賞読者賞に輝く新しいタイプのホラーミステリ！

角川ホラー文庫

ISBN 978-4-04-102163-7